ANDREW SEAN GREER

# Happy End

Roman

Aus dem amerikanischen Englisch
von Charlotte Milsch

S. FISCHER

Aus Verantwortung für die Umwelt hat sich der S. Fischer Verlag zu einer nachhaltigen Buchproduktion verpflichtet. Der bewusste Umgang mit unseren Ressourcen, der Schutz unseres Klimas und der Natur gehören zu unseren obersten Unternehmenszielen.

Gemeinsam mit unseren Partnern und Lieferanten setzen wir uns für eine klimaneutrale Buchproduktion ein, die den Erwerb von Klimazertifikaten zur Kompensation des $CO_2$-Ausstoßes einschließt.

Weitere Informationen finden Sie unter:
*www.klimaneutralerverlag.de*

Zitat auf S. 7: aus dem Englischen von Matthias Jendis, C. Hanser Verlag, 2001

FSC www.fsc.org
MIX
Papier aus verantwortungsvollen Quellen
FSC® C014496

Erschienen bei S. FISCHER

Die Originalausgabe erschien 2022 unter dem Titel »Less is Lost« bei Little, Brown and Company.


Satz: Dörlemann Satz, Lemförde
Druck und Bindung: GGP Media GmbH, Pößneck
Printed in Germany
ISBN 978-3-10-397528-4

*für meinen wunderbaren Vater, William Greer*

An einem Menschen,
der etwas herzlich Lächerliches aufweist,
ist gewiß mehr, als ihr glauben mögt.

Herman Melville, *Moby-Dick*

# ABENDDÄMMERUNG

Arthur Weniger hätte schon vor einigen Wochen bei seinem Termin im Krankenhaus wissen müssen, dass seine Beziehung in Schwierigkeiten steckte. Eigentlich war es nicht mehr als eine ganz gewöhnliche Blutabnahme bei einer ganz gewöhnlichen Vorsorgeuntersuchung gewesen, eine von denen, die Männer über fünfzig in den USA einmal im Jahr über sich ergehen lassen mussten. Als er die Tür zum Krankenhaus öffnete, läutete es; ein zweites Mal, als er daran scheiterte, sie wieder zu schließen, und dann ein drittes Mal. Und noch ein Mal. »Entschuldigung!«, rief er in den Wartebereich hinein, in dem sich allerdings nur ein Klemmbrett, ein Wasserspender und ein Aufsteller mit Klatschmagazinen in den absurdesten Farben befanden. Aber sehen Sie sich Weniger an: der Pullover so knallbunt wie ein Textmarker, dazu ein kleiner Fischerhut. Besser, niemand bezeichnet hier irgendwen anders als absurd.

Der Phlebologe (Glatze, taiwanesisch, voller Tattoos und akut an Liebeskummer leidend, der allerdings mit dieser Geschichte nichts zu tun hat) betrat das Behandlungszimmer mit einem Klemmbrett in der Hand und reichte es Arthur Weniger.

»Notieren Sie bitte oben auf dem Blatt Ihren vollständigen Namen«, sagte der Phlebologe, während er auf einem faszinierenden Tablett voller Ampullen alles vorbereitete.

Der Patient notierte den Namen *Arthur Weniger*.

»Schreiben Sie bitte den Namen Ihres Notfallkontakts auf«, sagte der Phlebologe, während er die aufblasbare Armmanschette bereitlegte.

Der Patient schrieb den Namen *Freddy Pelu*.

»Bitte notieren Sie den Beziehungsstatus«, sagte der Phlebologe.

Der Patient sah verwundert zu ihm auf. Unser liebeskranker Phlebologe schielte auf den Fragebogen und legte die Blutdruckmanschette mit dem seetangähnlichen Schlauch und dem Ball auf das Tablett neben sich (ein solches Gerät nennt man übrigens Manometer).

»Den Status der Beziehung, Mr. Weniger«, sagte er schroff.

»Schwer zu beantworten«, sagte der Patient. Für einen Moment hielt er inne. Und ein kosmisches Missverständnis später schrieb er schließlich: *unsicher*.

Eine ähnliche Tölpelhaftigkeit des Herzens zeigte sich auch bei einem gewissen Roadtrip durch Kalifornien: ausgestattet war Weniger lediglich mit seinem Liebsten, einem alten Saab und ein paar eilig zusammengesuchten Camping-Utensilien in Form von zwei miteinander verknüpfbaren Schlafsäcken und einer großen Nylon-Scheibe. Diese Scheibe aus Schweizer Herstellung entfaltete sich zu einem Zelt, dessen geräumiges Inneres einen ungläubig zurückließ. Weniger war ganz fasziniert von den Taschen und Lüftungsöffnungen, dem Außenzelt, dem runden Guggenheim-Dach aus vernähtem Netzstoff. Doch, wie die Schweizer, war es ganz neutral: Es liebte ihn nicht zurück.

Sich seiner Unfehlbarkeit bewusst, öffnete er den Reißverschluss des Insektennetzes und gewährte einer ungehobelten Bachelorette-Party an Moskitos Eintritt, die sich an der menschlichen offenen Bar so volllaufen ließ, dass er sogar den Reißverschluss der Schlafsäcke bis ganz nach oben zuzog. Und am letzten Tag, als zur Mittagszeit ein heftiger Regenschauer einbrach, war entschieden, dass zwar dem Zelt, nicht aber Weniger zu trauen war. Ein Hotelzimmer musste her. Am nächsten lag das Hotel D'Amour. Es entpuppte sich als cremefarbener Kuchen in einem regendurchtränkten Wald, mit vergoldeten Möbeln und weißen Rosen. Die Empfangsdame begrüßte sie freudig überrascht. Aufgrund der kurzfristigen Stornierung einer Hochzeit waren sonst keine Gäste im Hotel. »Wir haben einen Rosenaltar und eine Pastorin und ein Hochzeitsmenü und einen Kuchen und Champagner und einen DJ und alles andere auch!« Sie seufzte und ihre Kollegen schauten erwartungsvoll zu den neuen Gästen herüber. Tauben gurrten romantisch in einem Käfig. Die korpulente Pastorin, deren Gewand vom Regen noch dunkler geworden war, lächelte hoffnungsvoll. Ein Streichquartett spielte »Anything Goes«. Der Sturm draußen verriegelte die Tür und verhinderte die Flucht. Es schien, als ob dem Schicksal nicht zu entrinnen sei.

»Was denkst du?«, sagte ich zu Arthur Weniger.

Ja, ich. Freddy Pelu. Ich bin der Notfallkontakt (der Weniger nach der Blutabnahme, und nachdem er in Ohnmacht gefallen war, aus dem Krankenhaus abgeholt hat). Ich bin ein kleiner und schmächtiger Mann, der auf die vierzig zugeht, ein Alter, in dem die charmanten exzentrischen Eigenheiten der Zwanziger (Hausschuhe mit Hasenohren tragen und mit einem Seidenbonnet schlafen, um die Locken zu schützen) zu den Kuriositäten des mittleren Alters werden. Meine Locken haben Patina angesetzt, wie kleine Muscheln auf altem Silber, meine rote Brille betont meine Kurzsichtigkeit, ich bin aus der Puste, wenn ich mit meinem Hund im Park herumtolle. Und dennoch habe ich bislang keine Falten; ich bin kein Arthur Weniger. Vielmehr bin ich ein Durcheinander (meine Großmutter würde *Pasticcio* sagen) von italienischen, spanischen und mexikanischen Herkünften – mehrere Nationalitäten, die sich wiederum aus iberischen, indigenen, afrikanischen, arabischen und fränkischen Migrationsbewegungen zusammensetzen. Diese Reihe ließe sich noch weiter herunterbrechen bis zu den ersten Menschen, von denen wir alle abstammen.

Ich habe die letzten neun Monate mit unserem bekümmerten Patienten, diesem Arthur Weniger, dem Schriftsteller und Reisenden, in San Francisco in einem beinahe-aber-doch-nicht-ganz-wasserdichten Einzimmer-Bungalow auf den Vulcan Steps gelebt, den wir liebevoll »die Hütte« nennen, einem Haus, das seinem alten Liebhaber Robert Brownburn gehört und das Weniger seit über zehn Jahren sein Zuhause nennt, ohne dafür Miete zahlen zu müssen. Abgerundet wird dieses Glück von einer Bulldogge namens Tomboy, von der die Menschen ausgehen, sie sei ein Junge, obwohl Tomboys, und Weniger wird nicht müde, dies zu betonen, qua Definition Mädchen seien. Es ist eine Aufgabe und eine Ehre und ein Abenteuer, mit den beiden zusammenzuleben. Neun Monate unverheiratetes Glück. Zuzüglich der neun Jahre, die wir uns bereits kennen.

Wir wurden eher beiläufig ein Paar, als ich siebenundzwanzig und er einundvierzig war, und »ganz beiläufig« hielt ich es auch die darauffolgenden neun Jahre. Weil ich bei meinem übellaunigen Onkel Carlos wohnte und mich in meiner Wahlheimat nicht sonderlich wohl fühlte (ich lebte und atmete mit dem sperrigen Werkzeug einer zweiten Sprache), war die Hütte für mich ein gemütliches Plätzchen zum Schlafen. Weniger drängte mich nie zu mehr als einem Abschiedskuss; ich vermutete, er war zu beschäftigt mit seiner Arbeit oder womit Männer seines Alters sonst so beschäftigt sind. Neun Jahre solcher Mutmaßungen – und auch, wenn es sich gemein anfühlt, das zu behaupten, waren diese Jahre für mich mit die schönsten. Die einzige Zeit in meinem Leben, in der ich mich wie ein Prinz fühlte. Ich ging ein und aus, gerügt und verehrt. Damals wusste ich nicht, was »Liebe« war.

Das musste ich auf die harte Tour lernen. Eines Morgens erwachte ich am anderen Ende der Welt, weit weg von Arthur Weniger, und sah nichts als das leuchtende Blau seines Anzuges, sein Markenzeichen. Ich verstand, dass das Glück eine Handbreit entfernt ist, und wir bloß danach zu greifen brauchen. Also machte ich mich auf den Weg, ihn zurückzugewinnen ...

Doch er heiratete mich nicht an diesem Tag im Hotel D'Amour. Trotz der Tauben und dem Hotelpersonal als Zeugen und dem strömenden Regen, der auf die Dachfenster trommelte. Aus seinem Gesicht sprach ein einziges Wort: *unsicher*. »Ich muss darüber nachdenken«, sagte er.

Dies ist die Geschichte einer Krise in unserem Leben. Weder im Krankenhaus noch im Hotel D'Amour (oder bei anderen verhängnisvollen Unternehmungen), sondern während einer Reise im Alleingang. Sie beginnt in San Francisco und sie endet in San Francisco. Dazwischen: ein Flugzeug, ein Van, ein Bus, ein Zug; ein Esel, ein Wal und ein Elch. Lassen Sie uns von mir, Freddy Pelu, wegschwenken. Denn ich tauche in dieser Geschichte erst sehr viel später auf.

(Und um das noch kurz klarzustellen: In der Klinik hätte er *Lebenspartner* schreiben müssen.)

Sehen Sie sich Arthur Weniger heute an:

An Deck einer Fähre vor der Küste San Franciscos stehend, sein grauer Anzug in der Farbe des Nebels, der ihn umgibt, so dass er (einem nicht näher benannten Horrorfilm gleich) wie ein gespenstisch fliegender Kopf erscheint. Sehen Sie sich das schüttere Haar an, vom Wind zu einer steifen, blonden Schaumkrone geformt, seine zarten Lippen, seine spitze Nase und sein längliches Kinn, das an die Wikinger auf dem Wandteppich von Bayeux erinnert, so weiß, wie ein weißer Mann nur sein kann, farblich abgesetzt lediglich die pinken Spitzen von Nase und Ohren und das mundgeblasene Blau seiner Augen. Sehen Sie sich Arthur Weniger an: Die fünfzig bereits überschritten, wahrlich ein Geist seines früheren Selbst, doch als der Himmel dunkler zu werden beginnt, nimmt er die Form eines Mannes mittleren Alters an, der vor Kälte zittert. Hier steht er also, unser Held, und schaut sich um wie ein Mann, der sich einen Schnäuzer hat wachsen lassen und darauf wartet, es möge jemand bemerken.

Er hat sich tatsächlich einen Schnäuzer wachsen lassen.

Und tatsächlich wartet er darauf, es möge jemand bemerken.

An diesem nebligen Oktobermorgen ist unser unbekannter US-amerikanischer Schriftsteller auf dem Weg zu einem kleinen Goldgräberstädtchen in der Sierra Nevada, um einen Vortrag in der Reihe »Bedeutende Persönlichkeiten« zu halten. Für jeden anderen würde das eine gerade mal dreistündige Reise bedeuten, doch unser Arthur Weniger muss es auf die harte Tour machen: Er hat sich für Fähre und Zug entschieden. Binnen fünf Stunden sollte er in dem Städtchen ankommen und auf seinem Weg dorthin hofft er, dieselbe Aussicht zu genießen, wie die Goldgräber damals, als sie vom schäbigen San Francisco den kargen Berg ihrer glücklichen Zukunft bestiegen.

Ach, hätte man nur ein Manometer, um das wahre Wesen des Menschen zu messen! Was würde es bei unserem Protagonisten anzeigen, der seiner Stadt sanft zulächelt, wie sie langsam im Nebel verschwindet, wie bei einem Foto, das man zu lange betrachtet? Vielleicht die Rastlosigkeit des Herzens, das im Inneren eines fünfzigjährigen Brustkorbs wankt. Und gleichzeitig denke ich: Vielleicht ist es ja auch die durchdringende Freude der Anerkennung, die den einzigen Passagier auf den oberen Decks an diesem kalten, nebligen Sonntag wärmt, obwohl Schriftsteller ja gerne behaupten, sie wollten lediglich, dass ihre Tinte trocknet, bevor sie diesen Planeten verlassen. Ja, ist er denn keine »Bedeutende Persönlichkeit«? Unterwegs, um den Applaus von Goldgräbern zu hören, so wie Oscar Wilde auf seiner Tour durch den sogenannten Wilden Westen (so groß sind seine Wahnvorstellungen, dass Weniger sich Bergleute und nicht Marihuana-Bauern vorstellt)? Zudem hat Arthur Weniger in den letzten Tagen mehr Einladungen bekommen als im ganzen letzten Jahr zusammen. Ein renommierter Preis hat ihn gefragt, in der Jury zu sitzen, eine Theatergruppe um Erlaubnis gebeten, eine seiner Geschichten aufzuführen. Wäre es möglich, dass ein schweigsames Publikum existiert, das sehnlichst seinen neuen Roman erwartet? Eine verborgene Kraft, von der Welt New Yorker Literaten und Kritiker unbeachtet, die wie eine Raumstation in der Umlaufbahn auf das übrige Amerika blickt, ohne jemals mit ihm zu interagieren?

*Vergiss das alles*, erinnert er sich an die Worte des Dichters Robert Brownburn. *Beim Schreiben kommt es einzig und allein auf die Seite an.* Der berühmte Dichter Robert Brownburn, er hat leicht reden: *Wende dich von der Liebe ab.*

Der Dichter Robert Brownburn – mein Vorgänger. Fünfzehn Jahre waren sie ein Paar und fast die gesamte Zeit lebten sie in der Hütte. Als sie sich in Baker Beach, San Francisco, kennenlernten, war Weniger gerade mal einundzwanzig. Weniger hatte ein Gespräch mit einer Frau mit Sonnenbrille angefangen, die eine Zigarette rauchte und sich als Marian vorstellte, ihm den Tipp gab, seine Jugend auszukosten, sie wegzuwerfen, und ihn dann um einen Gefallen bat: Ob er ihren Ehemann wohl in die gefährliche Brandung begleiten könne? Er konnte; besagter Mann war niemand Geringeres als Robert Brownburn. Dieser verließ Marian, um mit Weniger zu leben. Als er den Pulitzer-Preis erhielt, nahm er Weniger mit zur Verleihung, nahm ihn auch mit nach Paris und Berlin und Italien. Als sie sich trennten, war Arthur Weniger Mitte dreißig. Man könnte also sagen, Robert Brownburn war seine Jugend. Ich bin sein mittleres Alter. Wird es noch einen anderen geben, einen noch nicht Getroffenen, der Arthur Wenigers Lebensabend sein wird? Gut möglich, dass er Robert Brownburn geheiratet hätte, wäre er dazu in der Lage gewesen. Aber es waren andere Zeiten, andere Gesetze. Und ich habe nie danach gefragt.

Zurück in die kalte Brise von San Francisco, wo Weniger an Bord der Fähre den ersten von drei Anrufen an diesem Morgen erhält:

»Hallo-ich-habe-Peter-Hunt-in-der-Leitung-bitte-warten-Sie.«

Weniger wartet, während Céline Dion AC/DC's »You Shook Me All Night Long« in voller Länge vorträgt, gefolgt von einem Interludium der Stille, gefolgt von der Stimme von Peter Hunt, seinem Literaturagenten: »Arthur, lass uns gleich zum Punkt kommen.« Er überbringt gute wie schlechte Nachrichten auf eine Art und Weise, die einen an Elektroschocks erinnert, mit denen Vieh vorangetrieben wird.

»Peter!«

»Du bist doch in der Jury von diesem Preis«, sagt Peter auf lapidare Weise. Man kann ihn regelrecht vor sich sehen, wie er den weiß schillernden Schweif seines Pferdeschwanzes hinter sich herschwingt. »Ich wünschte, du hättest nicht zugesagt. Dieses Jahr hättest du doch eine Chance auf den Preis gehabt –«

»Peter, mach dich nicht lächerlich –«

»Ich rate dir, gar nicht erst mit dem Lesen anzufangen. Der Gewinner wird zu dir kommen, wie eine Prophezeiung. Deine Zeit kannst du besser auf anderes verwenden.«

»Danke dir, Peter, aber meine Aufgabe –«

»Wo wir schon dabei sind«, drängelt sich Peter dazwischen, »gute Neuigkeiten! Ich habe dir ein Exklusiv-Interview mit H. H. H. Mandern besorgt, ein zehnseitiges Porträt mit Hochglanzfotos und allem Drum und Dran. Und er hat extra nach dir gefragt.«

»Bitte was?«

»Er hat nach dir gefragt, Arthur.«

»Nein, ich meine, wer hat nach mir gefragt?«

»Mandern hat nach dir gefragt. Er war etwas durcheinander, aber ich habe das geklärt. Er ist bald unterwegs auf Lesereise für sein neustes Buch. Du fährst nach Palm Springs und Santa Fe. Interviewst ihn auf der Bühne. Redest mit ihm danach. Und machst daraus ein Porträt für das Magazin. Einziges Problem: Es geht in zwei Tagen los.«

»Dann ist es von meiner Seite ein klares Nein«, sagt Weniger mit Nachdruck. »Ich bin auf dem Weg nach Maine.«

»Arbeitest du an etwas?«

»Peter, in sechs Monaten soll mein Buch erscheinen!«

»Ich bin mir sicher, du hast schon was auf Tasche.«

Natürlich hat er das nicht. Unser Subjekt hat einen gewissen Punkt im Leben eines Schriftstellers erreicht, den Moment, an dem es den Wintermantel letzter Überarbeitungen und grammatikalischer Änderungen abzulegen gilt, nach fruchtlos verschwendeten Monaten auf der Suche nach den letzten, gehorteten Nüssen und Beeren des Geistes, jenen Essays und Rezensionen, die das Unvermeidliche manchmal auf unbestimmte Zeit hinausschieben können, und sich aus dem Winterschlaf in einer Art literarischer Brunst zu erheben: Es ist an der Zeit, einen neuen Roman zu beginnen.

»Palm Springs also –«

»Peter, von meiner Seite ein klares Nein.«

»Dienstag geht es los, denk drüber nach, genieß die Jurysitzungen, willkommen zu Hause –« Und die Leitung ist tot.

Vor der Bucht von San Francisco erscheint mit einem Mal ein Gesicht im Wasser: Ein Seehund richtet seinen starren Blick auf Arthur Weniger, der allein an Deck der Fähre im kalten Wind steht. Weniger starrt zurück. Wer weiß, wovor ihn das Tier warnen will? Der Seehund (oder die Seehündin?) verschwindet im Wasser und lässt Weniger allein zurück.

Willkommen zu Hause. In der Tat! Denn dieser unbekannte US-amerikanische Schriftsteller war schon länger nicht mehr in seiner Heimat. In etwa so lang, dass er jetzt daran denkt wie der Lachs bei seiner Rückkehr zum Flüsschen seiner Eltern, nämlich wie an einen weiteren fremden Ort. Nach einem Zick-Zack-Kurs um die Welt – fast zehntausend Kilometer geflogen wie ein Albatros (aber das ist eine Geschichte für ein anderes Mal) – landete er zu Hause in San Francisco ... nur um sich erneut auf den Weg zu machen, um drei USA-freie Monate zu verbringen und seinen Roman zu beenden. Unser sparsamer Autor hatte sich eine solarbetriebene Hütte am Strand von Oaxaca gemietet, die ihn dazu nötigen sollte, zur Morgendämmerung aufzustehen und zu arbeiten, bis der Strom zum Sonnenuntergang wieder ausfiel. Als er zu mir zurückkam, war er ein Wrack, aber ich konnte ihm ansehen, dass er in seinem ganzen Leben nie zufriedener gewesen war.

Wie es sich anfühlt, nach so langer Zeit in das eigene Land zurückzukehren? Weniger hatte erwartet, es wäre ganz so, wie einen Roman weiterzulesen, den man vor einiger Zeit zur Seite gelegt hatte: Vielleicht muss man ein bisschen was nachlesen, sich daran erinnern, wer noch mal Janie und Butch und Jack waren und warum in Newtown-on-Tippet alle so betrübt wegen des Schlosses sind. Aber nein, nein, nein. Es ist noch viel seltsamer. Eher, wie einen Roman weiterzulesen, den man vor einiger Zeit zur Seite gelegt hat, nur um zu entdecken, dass sich das Buch, während man weg war, von alleine weitergeschrieben hat. Weder Janie, noch Butch oder Jack sind da. Es gibt kein Newtown. Kein Schloss. Aus irgendeinem Grund ist man im Weltall und kreist um den Saturn. Schlimmer noch, die vorhergehenden Seiten wurden herausgerissen und es ist schlicht nicht möglich, etwas nachzulesen. Beginnen lässt sich nur von dort, wo man steht – wo das eigene Land ist – und von dort aus wird die Geschichte weitergesponnen. Vielleicht denken Sie: *Was ist passiert? Um Gottes Willen, soll das ein Scherz sein?*

Doch es ist nun mal ein ungeschriebenes Gesetz, dass niemand zu Scherzen aufgelegt ist.

Der zweite Anruf kommt von mir, Freddy Pelu.

»Freddy, gute Neuigkeiten!«

»Du klingst glücklich!«

»Peter hat eben angerufen und offenbar will H. H. H. Mandern, dass ich ein Porträt über ihn schreibe.«

»Bitte was?«, frage ich.

»H. H. H. Mandern!«, sagt Weniger. »Einer der berühmtesten Schriftsteller unserer Zeit. Es gibt gutes Geld. Ich habe Nein gesagt!«

»Und das sind gute Neuigkeiten?«

Weniger ist überglücklich: »Ich habe Nein gesagt! Denn ab morgen bin ich bei dir in Maine! Ich weiß nicht, was los ist, ich weiß nicht, warum ich in dieser Jury sitze, ich weiß nicht, warum ich heute eine Rede halte, ich weiß nicht, warum Mandern nach mir gefragt hat, aber all das ist einfach schön, Freddy! Es ist schön, gewollt zu werden! Mal ehrlich, wer interessiert sich schon für einen schwulen weißen Romanautor mittleren Alters, von dem noch nie jemand gehört hat?«

»Ich«, sage ich. »Mich interessiert er.«

Ich befinde mich nicht in der Kälte San Franciscos, sondern in der Kälte des Nordostens. Ich bin für die drei Monate meines Sabbaticals in einem kleinen College-Städtchen in Maine und belege einen Kurs zu Formen des Erzählens.

»Tja, dann hast du Glück«, sagt er. »Mein Flug geht morgen Mittag.«

»Du hast wirklich abgesagt?«

»Klar habe ich das! Ich will bei dir in Maine sein, das war unser Plan. Ich möchte nicht monatelang von dir getrennt sein.«

»Aber du liebst es zu reisen.«

»Ich liebe es nicht zu reisen, ich liebe es, zu dir zu reisen«, sagt Weniger und ein Nebelhorn ertönt. »Ich bin jetzt auf dem Weg in diese Bergbaustadt, und dann mache ich mich auf den Weg zu dir nach Maine.«

»Weißt du, was ich an einem schwulen weißen Romanautor mittleren Alters, von dem noch nie jemand gehört hat, gut finden würde? Ein bisschen Selbstvertrauen. Vielleicht bekommst du diese ganzen Einladungen, weil du wirklich ein großartiger Schriftsteller bist.«

»Weißt du was?«, sagt Weniger. »Heute fühlt es sich fast so an, als wäre ich das!«

»Klar bist du das!«, sage ich.

»Entschuldige, Freddy, ich bekomme gerade einen Anruf. Ich liebe dich!«

»Leg auf! Vielleicht ist es ja das Nobelpreiskomitee!«

»Ja, vielleicht!«, sagt er. Ich sage ihm, dass ich ihn liebe. Die Seehunde oder Seehündinnen scheinen aus dem Wasser zu Weniger herüberzuwinken, eine letzte Warnung; er winkt zurück und beantwortet vergnügt das klingelnde Telefon für den dritten Anruf des Morgens. Die Dinge laufen heute so gut, dass es nicht unmöglich scheint, dass am anderen Ende der Leitung das Nobelpreiskomitee sitzt.

Doch es ist nicht das Nobelpreiskomitee. Es ist nun mal ein ungeschriebenes Gesetz, dass es leider nie das Nobelpreiskomitee ist.

Am anderen Ende der Leitung ist eine bedrückte Stimme zu hören: »Arthur, hier ist Marian …«

Stark bleiben, Arthur Weniger. Erinnerst du dich noch an unsere Vereinbarung? Kurz nachdem ich in die Hütte gezogen bin? Es war ein Sonntag und ich hatte den ganzen Tag in dem weißen Bett verbracht (unter dem Fenster mit der Trompetenranke) und Hausaufgaben korrigiert und mich seit dem Frühstück nicht bewegt. Draußen war es schon seit langer Zeit wieder dunkel. Du kamst mit einer Pizza und einer Flasche Wein zu mir herein. Du hattest ebenfalls den ganzen Tag in deinem Bademantel verbracht. Du hast dich auf das Bett gesetzt, mir ein Glas Wein eingeschenkt und gesagt: »Freddy, jetzt, wo wir zusammenleben, habe ich einen Antrag.« Deine Haare waren ein blondes Durcheinander, deine Wangen »errötet«, wie es in britischen Romanen immer so schön heißt; womöglich hattest du bereits die Reste einer anderen Flasche intus.

»Wir sind beide nicht stark. Wir können beide kein Regal aufbauen oder die Spüle reparieren, und keiner von uns wäre in der Lage, eine Maus zu fangen.« Du hast deine Hand auf meinen Arm gelegt. »Aber irgendwer muss die Maus fangen. Deswegen kommt hier mein Antrag. Du bist montags, mittwochs und freitags stark. Und ich werde am Dienstag, Donnerstag und Samstag stark sein.«

Ich wartete misstrauisch. »Und was ist mit den Sonntagen?«

Beschwichtigend hast du mir den Arm getätschelt. »Sonntags ist keiner von uns stark, Freddy.«

In Maine bekomme ich eine Nachricht von meiner Mailbox. »Freddy. Marian, Roberts Exfrau, hat eben angerufen.« Dann eine Pause. »Robert ist vor ein paar Stunden gestorben. Multiples Organversagen. Ich habe meine Veranstaltung heute abgesagt. Ich muss wieder zurück. Marian meinte, sie sei schon in Sonoma losgefahren, sie bleibt über Nacht in der Hütte, wir müssen die Beerdigung planen, die schon morgen stattfindet, also komm nicht extra her. Das wird etwas im kleinen Rahmen, nur wenige Leute. Ich kümmere mich darum und gebe dir dann Bescheid. Ich rufe dich später an. Ich liebe dich.«

Heute ist Sonntag.

Die erste Person, die seinen Schnäuzer nicht bemerkt, ist Robert Brownburns Exfrau.

»Es tut mir so leid, ich sollte hier drinnen nicht rauchen«, sagt Marian Brownburn. Als er in der Hütte ankommt, wartet sie bereits im Schlafzimmer auf ihn. Aus dem Nebenraum ertönt der hurrikanartige Staubsauger; unsere Hippie-Putzhilfe Lydia hat weißes Pulver über alle

Teppiche gestreut. Weniger schließt die Tür hinter sich und seufzt.

Klein und robust und wunderschön. Mit fast achtzig Jahren strahlt Marian immer noch genauso vor Lebenskraft wie bei ihrem ersten Treffen am Strand. Ihr Haar – in seiner Erinnerung braun und gelockt und vermutlich dauergewellt – ist mittlerweile zu einem stahlweißen kinnlangen Bob geschnitten, der ihr Gesicht streng einrahmt, als wäre er ein antiker, griechischer Helm. Wenigers Haare hingegen erinnern eher an die Tonsur eines Abtes. Sie trägt einen langen lilafarbenen Poncho oder eine Art Gewand aus Baumwolle und eine Kordel um ihren Hals. Marian lächelt, obwohl ihr Gesicht vom Weinen ganz dunkel und verschmiert ist.

»Ich fröne all meinen Lastern«, sagt sie und schmeißt ihre Zigarette aus dem Fenster. Sie hat Mühe zu stehen, die Knochen beider Hüften, die am Tag ihres ersten Treffens so prächtig im Sand lagen, sind mittlerweile durch etwas ersetzt worden, das ebenfalls stahlweiß ist. »Ich habe bloß noch zwei Laster übrig. Das andere ist mein Optimismus. Obwohl, eigentlich ist es das gleiche Laster.« Sie und Weniger umarmen sich.

»Ach, Marian, es ist schrecklich, einfach schrecklich.«

»Du siehst verändert aus, Arthur.«

»Wirklich?«, fragt er und berührt dabei seinen Schnäuzer.

»Dünner«, sagt sie. »Ich wünschte, die Trauer hätte auf mich denselben Effekt.«

»Dünner, hm, findest du? Du siehst wunderschön aus, Marian.«

Sie setzt sich wieder, lacht und wischt sich dabei mit dem Handrücken die Tränen aus dem Gesicht.

Ist es leichter, den Tod eines alten Geliebten mit achtzig

oder mit fünfzig zu ertragen? Schwer zu sagen, schaut man sich diese beiden einstigen Feinde und ihr verblassendes Lächeln an. Marian sieht gleichzeitig lebhaft und verzweifelt aus, wie eine Pflanze, die an der Wurzel ausgerissen wurde; gegen ihren Kummer gibt es keine Abhilfe, und ihre Augen wandern immer wieder zum Fenster, als ob sich dort das Tor zu einer anderen Dimension öffnet, in der all das nie geschehen ist. Und Arthur Weniger. Arthur Weniger sieht aus wie der Assistent eines Zauberkünstlers, bloß ohne Zauberkünstler. Wer wird nun kommen und ihn zersägen?

Weniger setzt sich neben sie auf das Bett. »Marian, wie ist es dir ergangen?« In Roberts Hospiz waren sich die beiden respektvoll aus dem Weg gegangen.

»Ach, weißt du, ich habe angefangen, Teppiche zu weben«, sagt sie und greift dabei, vermutlich reflexartig zur Beruhigung, an den Stein auf ihrer Brust. »Ich webe all diese Teppiche für das Anwesen einer reichen Frau, oben in Montana. Ein Dutzend Räume. Jetzt bin ich fast fertig und, Arthur, ich werde immer langsamer. Es ist, als sei ich mit einem Zauber belegt, und wenn ich den letzten Teppich fertig habe ... falle ich tot um.«

»Du klingst wie eine Schriftstellerin«, sagt er wehmütig.

Sie zuckt mit den Schultern und schaut aus dem Fenster. »Ich habe ihr gesagt, dass ich Angst davor hätte, die Aufgabe zu beenden, also hat sie ein Gästehaus bauen lassen. Nur, damit ich noch einen Teppich weben muss.«

Weniger schaut sich um. »Hier muss irgendwo unsere Bulldogge sein ...«

»Ich bin ihm schon begegnet, die nette Frau hat ihn im Badezimmer eingesperrt. Und offenbar sind *wir hier* eingesperrt, während das magische Pulver seine Arbeit auf den

Teppichen erledigt. Danke, dass ich hier unterkommen kann.«

Weniger lässt unerwähnt, dass Tomboy ein Mädchen ist. »Es ist schön, dich zu sehen, Marian. Auch, wenn es zu diesem traurigen Anlass ist.«

Sie sieht ihm nun direkt ins Gesicht und bemerkt seinen Schnäuzer noch immer nicht. Die beiden hören, wie der Staubsauger im Nebenraum sich ihnen nähert. Sie sitzen da, ohne zu sprechen, bis der Hurrikan vorbeizieht.

»Und du, Arthur? Du meintest, du seist irgendwohin unterwegs.«

»Ach, bloß nördlich von hier«, sagt er. »Ich habe abgesagt.«

»Ich stelle mir dich immer reisend vor.«

»Das war einmal«, sagt Weniger. »Ich habe einige Anfragen. Und ich bin in der Jury für diesen Preis. Aber ich reise nicht.«

»Weißt du«, sagt Marian. »Für mich ist Robert nicht tot. Ist das nicht albern? Für mich ist er eher wie Merlin, der sich davongemacht hat und nun im Stamm eines Weißdorns verschollen ist. Tausend Jahre lang.«

Weniger ertappt sich dabei, wie er lächelt. »Wirklich? Das ist ja kurios. Er hat öfter von dieser Geschichte gesprochen. Ich dachte immer, er spricht über mich. Dass er meint, ich sei der Baum.«

»Nein, Arthur, ganz und gar nicht.«

»Dass ich ihn dorthin gelockt hätte«, sagt er. »Wie eine Fee, die seine Kräfte gestohlen hat.«

»Nein, Arthur, niemand hat so gedacht. Wenn schon, dann war ich der Baum.« Marian sitzt da, die Hände auf den Oberschenkeln ruhend, und seufzt mit einem Mal. »Das ist wohl die absurdeste Unterhaltung, die je geführt wurde. Wir sind die absurdesten Gestalten.«

»Robert wäre stolz auf uns.«

Ach, Marian! Mach dir keine Illusionen über die Grenzen des Existenten, das Erstaunliches und Unbekanntes bereithält! Denn es gibt eine Gestalt weit absurder als euch, und sie ist im Anmarsch, mit den Krallen über den Boden scharrend, frisch gepudert, schnaufend wie eine Dampflok: eine Bulldogge namens Tomboy, die vor Liebe gerade ihren kleinen Verstand verliert.

Marian hat sich für die Nacht ins Schlafzimmer zurückgezogen, Weniger und ich haben telefoniert, und Weniger, der mittlerweile in seinen Schlafanzug geschlüpft ist und den eigens für seinen Schnäuzer erworbenen Elektrorasierer eingestöpselt hat, entspannt sich jetzt auf dem Sofa, indem er sich *Langsame Deutsche Nachrichten* anhört, ein Radioprogramm, bei dem eine Frau in einer derartigen Langsamkeit *Welt*-Artikel vorliest, dass es der Geschwindigkeit von Zugpferden gleicht, die eine Wagenladung Stallmist transportieren. Das Deutsch, das Weniger in seiner Jugend oft praktiziert hat, tritt heute genauso selten in Erscheinung wie eine pensionierte Diva, doch die *Langsamen Deutschen Nachrichten* spenden ihm nun mal am meisten Trost. *Monotone Deutsche Nachrichten,* wie ich sie gerne nenne, und Weniger versteckt dann schüchtern die Kopfhörer, als würde er dabei ertappt, *Langsame Deutsche Pornofilme* zu schauen. Ich glaube, auf seine eigene Weniger'sche Art tut er das auch. »Die wachsende Kluft«, erzählt sie ihm mit ruhiger Stimme, »zwischen dem amerikanischen Volk« – just in diesem Moment erhält er einen Anruf. Diesmal ist es nicht sein Lebenspartner; es ist seine Schwester Rebecca.

»Ach, Archie«, seufzt sie. Sie nennt ihn Archie. Sie hat ihn immer so genannt, und so wird es auch bleiben. »Kommst du klar?«

»Nicht mal ansatzweise. Marian auch nicht. Und so sollte es ja auch sein.«

»Das ist so ein Schock.«

»Eigentlich nicht«, gibt Weniger zu. »Ich wusste ja, dass es bevorsteht. Ich habe mich nur nicht angemessen darauf vorbereitet.«

»Archie, die einzige Aufgabe, die du in den nächsten Tagen hast, ist mit dem Kopf zu nicken, wenn dir Menschen ihre Trauer bekunden, und so viel wie möglich zu essen. Und vergiss nicht, Alkohol zu trinken. Das ist wichtig. Hol dir diese kleinen Fläschchen, die du so magst. Ist da eine deutsche Frau bei dir?«

»Nein, nein«, sagt Weniger und schaltet das Radio aus. »Nein, hier bin nur ich.«

»Okay. Wann ist die Beerdigung?«

»Morgen«, sagt Weniger. »Im Kolumbarium. Wir haben ja nur die Asche. Marian und ich haben uns bemüht, alles zu arrangieren. Sie hat ein paar alte Freunde eingeladen. Ich habe einen Chor organisiert.«

»Wie bitte?«

»Einen Chor. Sänger.«

»Sehr gut.«

»Und danach wird es noch eine kleine Feier zu Ehren seines Lebens geben. Zumindest wurde es so angekündigt. Robert hätte es gehasst. Und bei dir?«

»Nur ich und das Meer.«

Er hört sie seufzen, drei Zeitzonen entfernt t in Delaware. In einer gleichzeitigen Ausdehnung und Reduzierung ihrer Gestaltungsmöglichkeiten zog seine Schwester aus einem Einzimmer-Appartement mit Ehemann in Brooklyn in ein Haus am Atlantik ohne Ehemann. Nach einem Jahr des Streitens wurde die Scheidung letzte Woche rechtskräftig.

»Geht's dir gut, Bee?«

»So wie uns allen.« Sie spricht über Scheidung in der Familie wie über einen uralten Familienfluch. Und mit Weniger spricht sie über Robert. »Du musstest da ja auch durch. Die Dinge sind schwerer, aber besser. Ich muss mich nicht erst durch die vermüllte Schublade eines anderen wühlen, um die Schere zu finden. Metaphorisch gesprochen.«

»Denkst du, es war auch für Mom schwerer, aber besser?«

»Ich glaube, Dad war verrückt«, sagt seine Schwester. »Stell dir vor, du wachst jeden Tag neben jemandem auf, der dir das Blaue vom Himmel verspricht, und du glaubst daran, und jeden Tag passiert einfach gar nichts.«

»Bee, genauso bin ich früher aufgewacht.«

»Ich bin nur froh, dass ich noch klein war, als Dad uns verlassen hat. Ich erinnere mich eigentlich nur noch daran, dass er mich immer *Walloon* genannt hat.«

Vergnügtes Lachen auf beiden Seiten. Sie sagt ihm, er solle sich ausruhen, und das Telefonat ist vorbei.

Erst später, nachdem Weniger zur Sicherheit noch eine letzte Runde um das kleine Haus gedreht, er Tomboy zur Schlafcouch getragen und sich die Kopfhörer wieder aufgesetzt hat, und die Frau mit ihrer elfengleichen Stimme zu sprechen beginnt – »Wer weiß, wohin das Land gehen wird?« – fängt Weniger an, heftig zu schluchzen, tief in die Nacht hinein, bis zum nächsten Morgen.

Seine Schwester hat das Wort *Walloon* benutzt, das für mich deswegen von so großer Bedeutung ist, weil ich stets das Gefühl hatte, dass es etwas über unseren Trauernden aussagt. Meine eigene Herkunft hatte ich ja bereits erwähnt, doch es dauerte einige Zeit, bis ich überhaupt darauf kam, Weniger nach seiner zu fragen. Wir, Weniger und ich, befanden uns im Schlafzimmer der Hütte. Das war in unserer Anfangszeit, als ich noch sehr jung war und Weniger vermutlich ebenfalls. Er lag müde in den zerwühlten weißen Bettlaken unter dem Fenster, das die Trompetenranke schon vor langer Zeit erobert hatte, das gleißende Sonnenlicht drang hindurch und warf einen Schatten aus schmiedeeisernen Blättern auf meinen Liebsten. Ich stand vor dem Spiegel, trug das Jackett seines Smokings und sonst nichts. Draußen war die Nachbarskatze zu hören, *ciao ... ciao .... ciao.*

»Wo kommen eigentlich deine Vorfahren her?«, fragte ich ihn.

Er saß regungslos im Bett und beobachtete mich. »Versprichst du mir, dass du dich nicht über mich lustig machst?«, fragte er.

»Ich verspreche es, Weniger.«

»Du musst es wirklich versprechen. Ich möchte nicht, dass du mich damit aufziehst.«

Halb nackt bekreuzigte ich mich. »Ich würde dich niemals mit so etwas aufziehen.«

Er schaute weg und sagte dann: »Ich bin Wallone.«

Ich dachte darüber nach. »Sag das noch mal.«

»Ich bin Wallone«, sagte er. »Prudent DeWeniger, mein Vorfahre, kam 1638 hierher.«

»Von wo?«

»Aus der Wallonie.«

Ich brach in schallendes Gelächter aus und krümmte mich vor dem Spiegel. Schweigend nippte er an seinem Kaffee. »Es tut mir wirklich leid, ich kann nichts dafür!«, beteuerte ich und krabbelte auf das Bett. »Du bist also ein Wallone aus der Wallonie?« Er nickte ernst. »Bist du eine Art Schlumpf?«

»Ich wusste, du würdest dich darüber lustig machen. Ich wusste es.«

»Okay, okay, okay. Es tut mir leid.« Ich kroch zu ihm und runzelte die Stirn. »Erzähl mir mehr über diesen ... Prudent?«

Er zog seine Augenbrauen hoch und fuhr fort: »Prudent DeWeniger. Mein Vater hat uns alles über ihn erzählt. Für Rebecca ist es noch heute die witzigste Geschichte der Welt. Prudent DeWeniger, ein Mann, oder Gauner vielmehr, der 1638 herkam, um New Sweden zu gründen.«

»Es existiert doch aber gar kein New Sweden.«

Weniger erklärte, dass es neben New France, New Spain und New England auch ein New Sweden hätte geben sollen. Zum Scheitern verurteilt, wie sich herausstellte, denn die Möchtegern-Gründerväter überstanden nur wenige Jahre, bevor sie vor New Netherland kapitulierten, was ebenfalls keinen Bestand hatte.

»Und Prudent?«, fragte ich.

»Er war der einzig übrig gebliebene Wallone.«

Ich setzte mich auf und stellte seinen Kaffee auf den kleinen Nachttisch. »Ach, komm schon ... in deiner Familie haben wohl kaum über vierhundert Jahre ausschließlich Wallonen untereinander geheiratet. Du musst doch noch etwas anderes sein.«

Er breitete seine Arme aus. »Offensichtlich. Die ganze *Walloon*-Sache ist Nonsens.«

»Eher eine Erfindung.«

»Es ist dir trotzdem nicht erlaubt, mich damit aufzuziehen.«

Ich war mehr genervt als amüsiert, auch wenn ich damals noch nicht wusste warum. Da war ich nun und erzählte jedem US-Amerikaner, der danach fragte, von meiner Herkunft, wie die Spione in Kriegsfilmen, die ihre Papiere vorzeigen müssen, und mein Liebster konnte so tun, als sei er der Stirn des Zeus entsprungen! Doch alles, was ich an diesem Tag sagen konnte, war:

»Von jetzt an werde ich dich Prudent nennen.« Ich stieg aus dem Bett und schaute im Spiegel erst mich an und dann ihn, wie er hinter mir lag. »Ich finde, der Name passt perfekt zu dir.«

»Bitte nicht, Freddy ...«

Prudent steht auf und nimmt seine Ohrstöpsel heraus; Marian hat bereits geduscht und Kaffee gekocht. Als sie ihm eine Tasse bringt, sieht er, dass sie ganz in Schwarz gekleidet ist, und Prudent erinnert sich daran, was ihnen heute bevorsteht.

Die Gedenkfeier findet im Kolumbarium statt – ein Gebäude, das an eine Gugelhupfform im Beaux-Arts-Stil erinnert, eingekeilt zwischen einem Copy Shop und einem Parkplatz im Nordwesten der Stadt –, Aufbewahrungsort für die kremierten Überreste vieler berühmter Einwohner San Franciscos. Wie in den meisten Krematorien wird die Asche der Verstorbenen in Nischen aufbewahrt, doch im Gegensatz zu den meisten anderen sind diese Nischen hier aus Glas, was den Hinterbliebenen die Möglichkeit bietet, nicht nur die Urne auszustellen, sondern alles, was das Herz begehrt: Puppenhausmöbel, Mardi-Gras-Perlen, den Pappkarton eines chinesischen Imbisses oder ein Glas gefilte Fisch. Es ist irgendwie erbaulich, so viele Leben ausgestellt zu sehen. Weniger hätte zum Beispiel vermutet, niemand könne *Westwärts zieht der Wind* so lieben, dass er mit der DVD bestattet werden wolle, und doch steht hier der unwiderlegbare Beweis! Ebenso Madonnas *The Immaculate Collection*. Und *Judy at Carnegie Hall*. Diese Gegenstände enthüllen eine andere Facette der Geschichte San Franciscos: In den frühen Jahren der AIDS-Krise, als viele Friedhöfe sich weigerten, die Körper der Toten zu bestatten, hat dieser wunderliche Ort seine Nischen für die toten schwulen Männer bereitgestellt. Und hier sind sie nun, farbenfroh geschmückte Kammern mit den Todesjahren 1992, 1993, 1994 und so weiter – die schwersten Jahre. Ein bisschen wie auf dem alten Mission Dolores Friedhof, wo auf vielen Grabsteinen die Todesjahre 1850 und 1851 verzeichnet sind – die ein oder zwei Jahre, nachdem Hunderttausende nach San Francisco geströmt waren, um nach Gold zu graben. Sie kamen her und starben hier. Genauso wie diese jungen schwulen Männer. Der karge Berg ihrer glücklichen Zukunft.

»Sieh dir das an«, sagt Marian zu Weniger. Sie sind in Schwarz gekleidet. Marian trägt etwas, das wie ein Nachthemd aussieht, und Weniger hat seinen einzigen schwarzen Anzug an, in dessen Brusttasche ein gefaltetes weißes Stofftaschentuch steckt. Er hatte ihn gemeinsam mit Robert in Paris gekauft vor etwa zwanzig Jahren. Die beiden stehen neben einer Glasvitrine, in der zwei kristallene Bilder die Gesichter zweier junger Männer mit Schnäuzer zeigen. Er geht davon aus, dass die beiden ein Paar waren, doch Marian zeigt auf die Gravur: Sie waren »geliebte Partner« des gleichen Mannes, ein Mann, der offenbar noch zu leben scheint. »Er war mit dem hier zusammen«, sagt Marian, »bis er starb. Und dann war er mit *diesem* hier zusammen, bis *der* starb.«

»Um Gottes willen.«

»Stell dir vor, der zweite Mann zu sein. Er muss mit hierhergekommen sein, er muss diese Gedenkstätte gesehen haben. Und als er krank wurde, hat ihm der Mann vielleicht versprochen, dass auch er eine Gedenkstätte bekommen würde. Stell dir das mal vor. Zu Kristall geworden.«

»›Leonard LeDuke‹«, liest Weniger den eingemeißelten Namen dieses geliebten Menschen. »Unglücksrabe.«

»Glückspilz«, kontert Marian.

Von draußen sind Geräusche zu hören und da kommen sie auch schon in ihren schwarzen Anzügen und Kleidern – die alten Sachen, die sie ab und an in ihrem Kleiderschrank finden und denken, *das trage ich eh nie, das kann eigentlich weg*, nur um beim Herausnehmen der Farbe gewahr zu werden und sich daran zu erinnern, dass der Tod nah ist – da kommen sie, mit ihren Sonnenbrillen und abgewetzten Schuhen, Kleenex in den Taschen, freundlich miteinander schwatzend. Da kommt sie durch die Tore des Kolumbariums: die trauernde amerikanische Gemeinde.

Und da kommt auch die Russian River School. Oder zumindest diejenigen, die von der damaligen künstlerischen Phase Roberts noch übrig geblieben sind. Und wie alt sie geworden sind! Weniger erinnert sich an die Abende oben in der Holzhütte, an Kartenspiele und Rotwein und Geschrei, wie er schüchtern im Hintergrund saß, während Robert stundenlang mit Stella Barry diskutierte. Mit ihren Falten und ihrem Bauchansatz haben sie auf ihn so alt gewirkt, obwohl sie damals selbstverständlich jünger waren als er heute, und es bleibt zu hoffen, dass eine Zeit kommen wird, in der Weniger älter sein wird, als sie es heute sind (für einen ausgefallenen Prosastil kann man sich stets auf die Zeit verlassen). Wird er sich auch dann noch so töricht fühlen? Und Stella heute, ein großer Blaureiher, der jeden Fuß vorsichtig über den Kiesweg hebt, ihr Haar eine weiße Flamme, ihre Haltung hager und unsicher, aber ihr großer Schnabel schwingt noch immer hin und her, während sie mit dem Mann an ihrer Seite spricht. Der Mann an ihrer Seite ist der berühmte Künstler Franklin Woodhouse, der einst einen nackten Arthur Weniger malte (heute in einer Privatsammlung). So vornübergebeugt wirkt es, als schaue er mehr auf seine schlurfenden Füße als auf den Weg, der vor ihm liegt, wie wir es vielleicht alle müssten. Und da sind noch andere, an deren Namen sich Weniger allerdings nicht erinnert, die auf den Fotografien mit ihm nur im Hintergrund zu sehen sind und die sich jetzt mit Stöcken und Gehhilfen und einer sogar mit einem elektrischen Rollstuhl vorwärts bewegen. Alle steuern sie auf den Ort zu, an dem sich Weniger und Marian in Kristall verwandelt haben.

Etwa zur Hälfte ihrer gemeinsamen Zeit als Paar, als der nebulöse Zauber der frischen Liebe verblasst war und der Dunst der Enttäuschung sich noch nicht über sie gelegt hatte – eine romantische Phase, deren Klarheit manchmal durch ihre Gewöhnlichkeit überschattet werden kann, was seine eigene Schönheit hat –, nahm Robert Weniger mit nach Provincetown. Bei jeder Ebbe schlenderten Robert und Weniger durch die Bucht, die nun auf wundersame Weise vom Meerwasser befreit war und den groben dunklen Sand des Meeresbodens und rote Raupen zum Vorschein brachte, die an die Anmerkungen eines Lektors in einem Manuskript erinnerten (*dies kürzen und dies und dies*), vielleicht, weil für Weniger fast alles an sein anhaltendes Versagen erinnerte, seine Träume nicht zu Papier zu bringen. Über ihnen breitete sich der weiche Himmel wie Wolle in grauen Fäden aus. Sie waren noch immer verliebt.

In Provincetown erfuhr Weniger, ebenfalls bei einem Telefonat mit seiner Schwester, dass seine Mutter Brustkrebs hatte. Er saß zitternd an dem wackligen kleinen Tisch; ein Sturm hatte sie nach drinnen vertrieben. Neben dem Kastenbett knisterte ein Feuer. Weniger sagte, er würde zurück nach Delaware fliegen, und Robert sagte nichts. Weniger sagte, er wolle die Arbeit am Roman aufgeben. Weniger sagte, es sei alles bloß Eitelkeit. Wie hätte er schreiben sollen, während seine Mutter im Sterben lag?

»Es tut mir leid, dass du Schriftsteller geworden bist«, sagte Robert schließlich, während er neben ihm kniete und seine Hand nahm. »Aber du kannst jetzt nicht aufgeben. Du musst all das aufschreiben. Du musst es später verwenden. Und das bedeutet, dass du jetzt aufmerksam sein musst. Das wird dir jetzt nicht helfen, ich habe keine Ahnung, was dir jetzt helfen könnte, aber ich verspreche dir, es wird dir später von Nutzen sein. Alles, was du zu tun hast, ist, aufmerksam zu sein.«

Weniger erwiderte, den Tod seiner Mutter nicht als Schreibübung nutzen zu wollen.

Robert stand auf und holte eine Flasche Wein, öffnete sie und schenkte den beiden ein. Das Knistern des Feuers tickte wie eine Sanduhr neben ihnen. Der Duft nach Sandelholz, Roberts Eau de Cologne, vermittelte ihm ein Gefühl von Trost. »Als ich in Padua unterrichtete, starb meine Schwester. Ich habe dir davon erzählt. Ich ging in die Scrovegni-Kapelle, um mir Giottos Arbeiten anzuschauen, und ich fühlte nichts. All die Schönheit blieb mir verborgen; ich wollte keine Schönheit. Aber ich zwang mich hinzusehen. Er bemalte die Kapelle im Jahr 1305. Dante besuchte ihn. Und im *Bethlehimitischen Kindermord* ist eine der ersten realistischen Darstellungen menschlicher Tränen zu sehen. Wie sie ein Rinnsal auf der Wange hinterlassen und vor ihrem Fall für einen Moment am Kinn hängen. Ich habe viel Zeit damit verbracht, mir das anzuschauen. Es half mir zu wissen, dass jemand vor siebenhundert Jahren genau das wahrgenommen und eingefangen hat. Jemand wusste von meinem Schmerz.« Er nahm Wenigers Brille und legte sie auf den Tisch. »Und das ist jetzt auch deine Aufgabe. Aufmerksam zu sein. Nicht für dich, sondern für jemanden in siebenhundert Jahren.« Weniger hob den Kopf, glühend vor Wut über diese erste Begegnung mit dem Tod. Später merkte Robert einmal an, dass er jene Tränen in einem seiner Gedichte wiedergefunden hätte, ein Detail sei ihm aufgefallen. Weniger fragte ihn, was es gewesen war. »Die Tränen waren schwarz.«

Die Gedenkfeier wird von einem Chor Homosexueller eröffnet, die ein Lied von Leonard Cohen singen. Marian lehnt sich zu ihm rüber und fragt leise, wo Weniger bloß so eine schreckliche Truppe aufgegabelt habe, woraufhin Weniger erwidert, jemand anderes habe sie für ihn gefunden, und flüsternd hinzufügt, »die sind schon in Ordnung, die sind okay«, woraufhin Marian aufschnaubt und sagt: »Toll, ein O. K.-Chor.«

Dann folgt ein Stück für Geige, das von einem von Roberts Gedichten inspiriert ist. Gespielt wird es von einem Teenager mit pinker Stachelfrisur, die an einen Seeigel erinnern lässt. Marian beginnt zu weinen, und obwohl auf den Säulen im Mittelgang überall Boxen mit Taschentüchern bereitstehen, reicht Weniger ihr das Stofftaschentuch aus seiner Brusttasche, in das sie laut hineinschnäuzt.

Weniger beobachtet, wie Marian sein Lieblingsstofftaschentuch in ihrer Handtasche verstaut.

Ein älterer Schwarzer Herr mit einem Barett rezitiert zitternd den letzten Spruch des Orakels von Delphi: »Alles ist aus!«

Der O. K.-Chor singt ein weiteres Lied von Leonard Cohen.

Sei aufmerksam, Arthur Weniger. Jetzt, hier, wo die Menschen die Stufen hinauf zu Robert Brownburns Nische gehen. Weide dich an deinen Gedanken über den Körper in Asche in dieser Urne, der jetzt in diese kleine Kammer platziert wird – denn dies ist der Moment, die Möglichkeit zu trauern, aufmerksam zu sein, wie Robert seine Schreibkollegen, darunter auch dich, so oft ermahnt hat, zu schauen und zu bemerken –, doch sobald du deinen Geist durch die engen Pforten des Kummers geführt hast ... driftet er ab, tollen die Gedanken über neue Felder. Du denkst zum Beispiel an dein Stofftaschentuch, das Marian in ihre Handtasche gesteckt hat, und dir wird klar, dass diese Geste bei einer Beerdigung bedeutet, dass du das Taschentuch für immer an die trauernde Empfängerin vergeben hast. Denn auf Beerdigungen steht *für immer* als Überschrift über den Dingen. Das Stofftaschentuch wird niemals zurückkehren. Und dabei hast du es extra in Paris gekauft. Du denkst über die Feierlichkeiten nach und die gestammelten Worte, die an dich gerichtet wurden, vor allem dein Name. Du denkst auch über den O. K.-Chor nach, doch an den hättest du lieber nicht gedacht, denn nun musst du gegen ein kleines Grinsen ankämpfen. Und jetzt trifft dein Blick den von Marian. Und ihr scheint es ähnlich zu gehen. Im Beisein dieser Gruppe berühmter Dichter und Künstler, die ihm folgten, wird Robert in seine private Grotte befördert, um sich zu den Dichtern und Künstlern zu gesellen, die ihm vorausgegangen sind, ein erhabener Moment – und seine Exfrau und sein Exgeliebter können nicht mehr an sich halten. Es passiert, es wird gleich passieren. Denk an etwas anderes, Arthur Weniger. Irgendetwas. Vielleicht an Roberts Gesicht als Totenschädel, seinen Atem, den schrecklichen Haarschnitt, den er zuletzt hatte, eine einzelne weiße Stirnlocke, wie ein Baby in einem Zeichentrickfilm ... es klappt nicht. Der O. K.-Chor stimmt eine Hymne in langsamem Deutsch an. Marian versucht, ihr Grinsen zu kaschieren, nimmt aus ihrer Handtasche das Stofftaschentuch, und es passiert: Arthur Weniger prustet los vor Lachen.

Als ich Robert Brownburn zum ersten Mal traf, war ich siebenundzwanzig und er über sechzig – eine fast großväterliche Altersdifferenz –, und obwohl ich zu dieser Zeit noch nicht offiziell eine Beziehung mit Arthur Weniger führte und also frei und ungebunden wie ein junger Bonobo war, sah ich in ihm einen Rivalen. Wir trafen uns bei einer kleinen Dinnerparty in der Hütte und als er an der Tür klingelte, war ich ein absoluter Hingucker: die Hände ganz gelb vom Kurkuma und die Augen von den Chilis rot unterlaufen. Weniger war im Schlafzimmer, also öffnete ich ihm mit ausgestreckten Armen und weinend wie ein Heiliger die Tür und begegnete so zum ersten Mal Robert – ich erntete ein schiefes Lächeln und die Worte »Du musst Carlos' Sohn sein.« Die darauffolgende Stunde ist als Dunst unerfindlicher Wut zurückgeblieben, unerfindlich, weil Robert nett und zuvorkommend zu mir war, so wie die anderen auch, doch ich konnte mich des Eindrucks nicht erwehren, dass, obwohl ich wusste, dass er mein Rivale war, er mich ganz offensichtlich nicht als den seinen betrachtete. Warum sonst sollte man so nett und zuvorkommend zu jemandem sein?

Weniger klärte den Dichter darüber auf, dass ich Lehrer an einer High School sei. »Wir lesen gerade Homer«, ergänzte ich.

»Ihr Glücklichen!«, sagte Robert strahlend. »Weißt du, erst neulich habe ich darüber nachgedacht, dass die *Odyssee* den besten Cameo der gesamten Literaturgeschichte hat.«

»Die Schüler sind immer ganz begeistert davon.«

Er lächelte, wandte sich dem Rest des Tisches zu und breitete seine Arme aus. »Als Telemachos an den Hof von Menelaos kommt«, sagte er, »nachdem er Ithaka mit Athene, selbst in verwandelter Gestalt, verlassen hat und so weiter und so fort, kommt er an den Hof von Menelaos und wir hören alles über die Silber- und Gold- und Elfenbeinverzierungen, und sie reden ewig, und dann, im Hintergrund, läuft Helena vorbei. Die verdammte Helena von Troja.«

»›Aus der hohen duftenden Kammer‹«, zitiere ich.

»Ganz genau. Hier ist sie, die Frau, die im Mittelpunkt seines *letzten Epos* steht. Zwanzig Jahre müssen vergangen sein, und Homer lässt sie wiederauftauchen, im Palast umherspazieren, und er erzählt uns nicht, was wir so dringlich erfahren wollen: *Ist sie wunderschön?*«

Ich griff nach dem Papaya-Salat. »Meine Schüler sind nicht der Ansicht, dass Helen–«

»Ist das nicht *bemerkenswert?*«

Später, als die Party vorbei war und ich mit Weniger aufräumte und mir von gezuckertem Gin und Champagner ganz schwindlig war, fragte er mich, was ich von Robert hielt. Ich war zu jung, um zu wissen, was ich von Robert hielt; ich wusste nur, was ich von mir selbst hielt, und ich hatte das Gefühl, besiegt worden zu sein. Also wiederholte ich bloß »Ist das nicht *bemerkenswert?* Ist das nicht *bemerkenswert?*«, bis Weniger den Raum verließ. Wir stritten uns, und er zerstörte ein Glas und weinte darüber, und ich stand einfach nur da und klammerte mich an meinen Cocktail aus Triumph und Scham.

Das zweite Mal traf ich den Dichter Robert Brownburn, wie es der Zufall so will, bei einer Beerdigung. Es war die für Wenigers Mutter, deren Krebs nach Jahren der Remission zurückgekehrt war. Weniger war ebenso verloren wie seine Schwester Rebecca, und so war es an mir, das Essen für die Feier danach zu planen, Kellner der lokalen Hotelschule zu engagieren und so weiter. Ich wusste, was zu tun war; ich hatte beide Elternteile innerhalb eines Jahres verloren und genug vom Tod gesehen, um alles Praktische parat zu haben. Weniger stand in seinem schwarzen Anzug vor der Haustür, neben ihm Rebecca, ich hinter ihm; ich legte meine Hand auf seinen Rücken und war mir sicher, er würde ohne sie zusammenbrechen. Irgendwo da drin war der Dichter Robert Brownburn. Ich erinnere mich noch, wie ich aus meiner Position hinter Arthur Weniger mitbekam, wie er auftauchte, um seinen alten Geliebten zu begrüßen, und wie inmitten ihrer traurigen Umarmung die Augen des Dichters auf mir ruhten. Meine Intelligenz widerstand der Botschaft, die in ihnen lag, nahezu vollständig. Er flüsterte die Worte *Hi, Freddy*. Dann wandte er sich Wenigers Schwester zu und verschwand aus meinem Sichtfeld. Es folgte eine Prozession der Geister. Später stieß ich erneut auf ihn, den Dichter, der unsicher auf den mexikanischen Dip starrte, und ich schlug ihm vor, was er dazu essen könne. Er drehte sich zu mir und sagte: »Ich habe noch einmal darüber nachgedacht, was du gesagt hast, und Helena macht tatsächlich etwas in dieser Szene, nicht wahr?« Als wären zwischen unseren beiden Begegnungen nicht Jahre vergangen. Ich stimmte ihm zu und sagte, sie lege ein Kraut in ihren Wein, ein Mittel gegen *Penthos* und *Kholon*: Kummer und Groll. »›Dann benetzet den Tag ihm keine Träne die Wange‹«, zitierte ich. »Damit sie ohne Gram über die Vergangenheit sprechen können.« Er nickte und nahm noch einen Löffel Bohnen. Dann sagte er zu mir: »Ich hoffe, du tust etwas davon in die Margaritas.« Bald darauf verschwand er, und ich sah ihn viele Jahre nicht wieder.

Das war also das zweite Mal, dass ich den nun verstorbenen Robert Brownburn traf.

Die Feier zu Ehren seines Lebens findet in einem Anwesen statt, das in die Meeresklippen hineingebaut wurde. Weniger wird ein Glas Whiskey gereicht – man kennt Roberts bevorzugten Tropfen – und in den großen verglasten Raum geführt, der den Blick auf die Meerenge freigibt, die den Ozean mit der Bucht verbindet: die Golden Gate. Das Sonnenlicht glitzert auf dem dunklen, unter der Brücke wogenden Wasser, als würde es in den Pazifik eingesogen werden.

»Entschuldigen Sie, sind Sie ein Freund von Mr. Brownburn?«

Ein junger Mann in einem schlecht sitzenden blauen Anzug steht jetzt neben ihm – wie jung, lässt sich kaum sagen. Groß, wie er ist, sehen für Weniger alle Menschen klein aus. Und jetzt, da er ein Mann mittleren Alters ist, sehen für ihn alle jung aus. Irgendwas zwischen Empfängnis und dreißig.

Weniger lächelt: »Das bin ich.«

»Es tut mir leid, ich möchte mich nicht aufdrängen. Ich bin bloß so ein großer Fan.«

Der junge Mann hat kurzgeschnittenes Haar und trägt eine randlose Brille. »Ich habe all seine Gedichte gelesen, nicht nur den Library-of-America-Kram, auch die ganzen *alten*, wirklich schlüpfrigen Sachen. Das Zeug aus den Sechzigern, das sich der Intelligenz fast vollständig entzieht, wie Steven es formuliert hat, wissen Sie, was ich meine? Ich bin bloß so ein großer Fan. Und da er nie viel gereist ist und ich in Hollister lebe, habe ich ihn nie auf einer Lesung sehen können.«

»Sehr bedauerlich«, sagt Weniger. »Er hatte wirklich außergewöhnliche Lesungen. Das erste Mal sah ich ihn im City Lights.«

»Oh Mann, was für ein Traum!«

»Damals kannte ich seine Lyrik noch nicht. Wir hatten gerade erst angefangen, miteinander auszugehen. Und ihn seine Gedichte lesen zu sehen, das war wie ... herauszufinden, dass die Person, mit der du dich triffst, Spiderman ist.« Er lacht, doch der junge Mann tut es ihm nicht nach. Er scheint vielmehr schockiert zu sein.

»Oh ... sind Sie ... sind Sie Arthur Weniger?«

»Der bin ich.«

»*Der* Arthur Weniger?«

Gibt es noch einen anderen Arthur Weniger? »Ich vermute schon«, antwortet Weniger. »Ich war fünfzehn Jahre mit Robert liiert.«

Das Gesicht des jungen Mannes scheint vor Freude zu strahlen. »Ja klar, das weiß ich«, sagt er. »Es ist mir eine große Ehre, hier zu sein, das kann ich Ihnen gar nicht sagen. Und dann auch noch mit Arthur Weniger zu sprechen! Eines Tages werden Sie einen dieser Preise gewinnen! Ich muss gestehen, ich bin nicht einmal eingeladen. Aber als ich gesehen habe, dass hier eine Feier zu Ehren von Robert Brownburn stattfinden soll, musste ich einfach kommen. Bitte entschuldigen Sie, ich weiß, dass das hier nicht öffentlich ist.«

»Das ist nicht mein Haus. Und Robert hat Lyrik-Fans niemals abgewiesen.«

»Wie war es, mit ihm zusammenzuleben? Mit einem Genie zu leben? Ich meine, Sie sind ja auch ein Genie, wenn ich das mal so sagen darf. Aber ihn dabei zu erleben, wie er Tag für Tag an einem Meisterwerk arbeitet? Wenn ich das so fragen darf.«

Weniger seufzt. Er entscheidet sich dafür, ehrlich über Robert zu sprechen, denn heute ist der Tag, ehrlich über den Dichter Robert Brownburn zu sprechen: »Es ließ sich nicht beobachten, denn lange Zeit passierte einfach gar nichts, was sehr aufreibend war, und dann, aus dem Nichts, war es geschafft. Und wenn er etwas fertiggestellt hatte, rief er: ›Champagner!‹« Weniger erfreut sich an der Erinnerung dieses freudigen Ausrufs, der selbstverständlich nicht bedeutete, dass Weniger tatsächlich eine Flasche Champagner öffnen sollte (sie waren eh fast immer pleite). »An den meisten Tagen. An manchen Tagen. Es war nicht immer einfach.

Robert war hart mit sich. Und mit den Menschen, die ihn umgaben.«

»Hat es sich für Sie gelohnt?«

Ohne sich darüber im Klaren zu sein, hat dieser junge Mann die schwierigste aller Fragen gestellt. Weniger schaut quer durch den Raum zu Marian, die sich langsam und in Manier einer Marionette in Richtung eines prunkvollen Sofas bewegt. Diese Jahre auf den Vulcan Steps, in denen er jede Stunde damit verbrachte, Roberts Kreativität zu schützen, auf Zehenspitzen durch das Haus zu schleichen, so leise wie möglich das Mittagessen zu bereiten und sanft an die Tür zu klopfen, nur um Robert auf der Récamiere liegen zu sehen, wie er wütend an die Decke starrt; die Jahre, in denen er einundzwanzig, zweiundzwanzig, dreiundzwanzig war – waren sie zum Auskosten oder zum Verprassen? »Verschwende deine Jugend«, hatte Marian ihm vor dreißig Jahren am Strand gesagt, und genau das hatte er damals gemacht, sagte er sich zumindest. Aber hat er das wirklich? Er hatte diese Zeit vielleicht investiert, aber sicherlich nicht in sich selbst; die eigenen Jugendtage lassen sich nun mal nicht im Rentenalter hervorholen und ins Feuer werfen, um die alten Knochen zu erwärmen. Er hatte seine Zeit in Robert investiert.

Weniger antwortet: »Es war mir eine Ehre.«

Auf der anderen Seite des Raumes erreicht Marian mit triumphierendem Blick das Sofa und lässt sich darauf nieder. Sie faltet die Hände über ihrem Kleid und schließt die Augen. Wohin verschwindet sie? Hinter der verschlossenen Tür in Wenigers Erinnerung ertönt: *Champagner!*

»Meinen Sie, er wird noch etwas lesen?«

Weniger hat nicht zugehört. »Bitte entschuldigen Sie, was?«

»Mr. Brownburn«, sagt der junge Mann verlegen. »Ich weiß, die Feier ist zu seinen Ehren, aber ich hatte gehofft, er würde vielleicht etwas lesen.«

Arthur Weniger begreift und ihm stockt der Atem.

Der junge Mann lächelt schüchtern zu ihm herüber. »Vielleicht ist das auch zu viel verlangt, aber könnten Sie mich ihm kurz vorstellen? Wenn nicht, ist das auch okay. Es ist nur ... Ich bin den ganzen Weg aus Hollister gekommen.«

Eigentlich ist Weniger nicht der Typ Mensch, der Leute berührt, die er nicht kennt, doch jetzt nimmt er seine Hand und legt sie auf den Arm des jungen Mannes. Er blickt in das hoffnungsvolle Gesicht und überlegt, wie er jemandem sagen kann, dass er zu spät gekommen ist.

Ich kann gerne berichten, wie es ist, mit einem Genie zusammenzuleben.

Es war, als wären wir in ein Geisterhaus gezogen. Zunächst war mein Leben mit Weniger die reinste Wonne. Wir gaben der ganzen Hütte einen weißen Anstrich und die Farbe blieb an unseren Nägeln und in unseren Haaren als Erinnerung an unser neues gemeinsames Leben. Und dann kamen die Zeichen – eine Tür, die sich von selber öffnete, ein Schatten, wo niemand sein konnte. Ich meine das selbstverständlich rein metaphorisch – denn was ich eigentlich aus dem Augenwinkel erspähte, war die phantomhafte Anwesenheit von Robert Brownburn (damals noch am Leben). Zuerst offenbarte es sich in einer besorgniserregenden Unruhe, die das Haus jeden Abend um sechs Uhr erfasste; es dauerte eine Weile, bis ich begriff, dass dies jene Zeit war, zu der Robert sich üblicherweise vom Schreibtisch erhob und sowohl einen Drink als auch das Abendessen einforderte. Um Punkt sechs Uhr verwandelte sich Weniger vor meinen Augen von einem dümmlich grinsenden Liebhaber in einen verängstigten Hausangestellten, der jedes beeindruckende Gericht mit Sorgen garnierte – »Schmeckt es dir? Ist es zerkocht?« Heute weiß ich, dass er nicht mich fragte. Er fragte Robert, zwanzig Jahre zuvor. Damals, als Weniger noch nicht wusste, ob er es wirklich verdiente, geliebt zu werden. Ich besänftigte ihn, und die Anspannung flaute ab. Die Schatten über der Hütte lichteten sich und auch die knarzenden Türen verschwanden. Doch dann kam die Besessenheit.

Eines Tages kam ich nach Hause und fand einen Poltergeist – oder Hinweise darauf. Auf unheimliche Weise war überall in der Wohnung Wäsche verstreut, Bücher lagen auf schwankenden Stapeln, Kaffeetassen standen an Orten, an denen sie morgens noch nicht gewesen waren, und aus dem Schlafzimmer rief eine unheimliche Stimme: »Nein, nein, nein, nein, nein …« Als ich die Tür öffnete, fand ich zu meinem Schrecken einen Dämon, der mich mit seinen rotunterlaufenen Augen anstarrte und knurrte: »Freddy, ich arbeite!« Ich schloss diesem höllischen Anblick die Tür und stand einen Moment still da, um den Horror zu verarbeiten: Mein Partner hatte angefangen, einen Roman zu schreiben.

Wie viele andere nahm auch ich an, dass der Akt selbst im Innern der Seele stattfände und keinen schlimmeren Störfaktor darstellte, als das Wohnen nahe einer Schule für angehende Stenografen. Doch dies, liebe Leser, ist nicht der Fall. Es mag Autoren geben, deren Vorstellungskraft so ergiebig ist, dass sie bloß den Samen säen und regelmäßig gießen müssen, damit alle paar Jahre ein Roman sprießt – und welch ein Glück haben die Lebenspartner dieser Autoren. Doch all die anderen Schreibenden, so scheint es mir, müssen selber für ihren Dünger sorgen. Niemals hätte ich gedacht, dass dieser Prozess so ungeordnet und fordernd sein würde. Weniger schrieb zum Beispiel im Schlafzimmer (der einzige andere Raum in der Hütte). Wenn ich also etwas daraus brauchte, musste ich es so sorgfältig planen wie den Aufstieg zum Everest, und es am Morgen zuvor herauslegen. Noch schlimmer wurde es, als ich meinte, eine Übertragung oder geistige Besessenheit zu bemerken, bei der die Seele von Robert Brownburn in den Körper von Arthur Weniger übergegangen war. Schreie wie bei einer Folter, der Klang seines Tippens wie die Schüsse eines Maschinengewehrs; ich erschauderte nur beim Gedanken daran, was in dieser Gehenna vor sich ging. Der Wendepunkt kam meines Erachtens, als Arthur Weniger eines Tages die Tür laut aufstieß, mich beim Abspülen des Geschirrs anstieß und rief: »Champagner!« Er war zum Großen Schriftsteller geworden, zu einem Robert Brownburn. Und ich zum Janitscharen des Teufels. Ich habe es ihm in aller Ausführlichkeit zu erklären versucht. Seine Reaktion? Weniger saß auf der Couch und weinte: »Ich glaube, ich habe mir etwas vorgemacht. Ich wollte mich selbstbewusst fühlen.«

»Und das kannst du nur, indem du mich wie einen Bediensteten behandelst?«

»Ich kannte es nur so. Es tut mir aufrichtig leid.«

Ich erklärte ihm, dass nicht jede Beziehung einen Robert bräuchte: Es heißt ja auch nicht *Antonius und Cleopatra und Robert* oder *Romeo und Julia und Robert*. Ich sagte: »Wir können einfach wir sein, Freddy und Weniger.«

Leise sagte Weniger: »Vielleicht wusste ich es nicht besser.«

Ich hatte so viel Mitleid mit ihm, dass ich ihm über den Rücken streichelte. Es machte nichts ungeschehen. Es entschuldigte nichts. Möglicherweise erkannte ich sogar einen Trick, den er manchmal unbewusst in schwierigen Gesprächen anwandte: Er versteckte sich unter dem doppelten Boden seines eigenen Schmerzes. Doch ich konnte nicht anders; ich streichelte ihm über seinen Rücken, während er den Kopf schüttelte, und wir saßen schweigend da. Und mit der Zeit wurde es besser. Doch ab und an, um Schlag sechs Uhr, hörte ich durch den Nebel das Lachen eines Phantoms.

Was Arthur Weniger angeht, gibt es wirklich nur einen? Oder gibt es womöglich noch andere? Wie sich herausgestellt hat, gibt es Hunderte. Da wäre Arthur Weniger, der Star der Christlichen Musikszene, dessen fromme Videos jede Internetrecherche unseres Helden überfluten; dann der Biobauer Arthur Weniger, dessen ungenießbare Kürbisse Freunde gelegentlich zu Geburtstagen schickten (»Bekomme mehr – mit Weniger!«); der Horrorfilm-Schauspieler Arthur Weniger, bekannt aus *Eel of Panic*, *Eel of Panic 2* und *Eel of Panic 3: The Wriggler*; der Immobilienmagnat Arthur Weniger aus South Carolina (»Bekomme mehr – mit Weniger!«); eine Vielzahl an Investment-Managern, managenden Redakteuren, redigierenden Managern. Und ja, tatsächlich gab es sogar noch einen weiteren Schriftsteller namens Arthur Weniger. Die beiden wissen sehr wohl voneinander; es gab ein paar herzliche Weiterleitungen von Nachrichten, die für den anderen bestimmt waren, und scherzhafte Online-Kommentare, wenn sie miteinander verwechselt wurden, aber mehr auch nicht. Einmal kam Weniger zu einer Literaturveranstaltung und sah sich mit dem Plakat eines grübelnden Mannes mit Bart und Samtblazer konfrontiert – der nicht er selbst war (haben Sie Mitleid mit dem überarbeiteten Praktikanten, der zu wenig Zeit in die Recherche investiert hatte). Die zwei schriftstellernden Arthur Wenigers stehen noch nicht einmal in Buchhandlungen nebeneinander – unser Arthur Weniger steht im Regal für Queere Literatur, während der andere Arthur Weniger im Regal für Literatur Schwarzer Autoren steht. Für die allgemeine Belletristik sind beide leider zu unbekannt. Beim derzeitigen Stand des Literaturbetriebs muss man wohl kaum dazusagen, dass sich die beiden noch nie begegnet sind.

Weniger zieht sich aus der Unterhaltung mit Roberts jungem Fan zurück. Ihm scheint, er hat etwas Schreckliches getan und er verkraftet es nicht, die Konsequenzen mitanzusehen. Der junge Mann steht nun da mit seinem Whiskey in der Hand und starrt in den Raum hinein, in dem genau die Person fehlt, für die er diesen weiten Weg zurückgelegt hat.

Doch Arthur weiß nicht, wohin mit sich. Marian ist im Gespräch mit der Vergangenheit oder der Zukunft oder vielleicht in einem gedankenlosen Zustand – sollte dem so sein, gut für sie –, und Stella hat wie immer eine Traube an Menschen um sich versammelt. Also wandert er wieder und wieder zur Bar. Noch ein Whiskey. Und noch einer. Auf der dritten seiner verzweifelten Runden bekommt er mit, wie ein älterer Mann mit einer der Kellnerinnen spricht. Sein Haar ist lang und, wie sein Akzent, eisenvorhanggrau: »Sie wissen, Sie haben kein Talent, also warum weitermachen? Hören Sie gut zu. Hören Sie auf mit Schreiben.« Obwohl sie sich sichtlich sträubt, bleibt sie professionell und räumt weiter die Weingläser ab. Der Mann scheint davon nichts zu bemerken und lässt seinen Blick durch den Raum schweifen – seine Augenhöhlen wie durch für US-Amerikaner unbekannte Schrecken verdunkelt –, landet dann bei Weniger und lächelt: »Hallo Arthur, mein Lieber.«

»Hallo.«

»Du erinnerst dich an mich nicht. Ich bin Vit –« Und es folgt ein Nachname, in dem alle Vokale wie Dissidenten ausgelöscht wurden. »Ich war Bobs tschechischer Lektor. Wir treffen uns einmal in Berlin, aber du warst noch sehr junger und dummer Junge und ich ein erwachsener Mann. Du bist kein bisschen verändert!«

Durch die Erklärung nicht schlauer geworden und im Glauben, diesen Namen noch nie gehört zu haben, sagt Weniger: »Schön, dich zu sehen ... Vit.«

Der Mann lacht. »Und schreckliches Deutsch hast du geredet!«

»Dann musst du mich mit jemandem verwechseln«, antwortet Weniger selbstbewusst und fügt auf Deutsch hinzu: »Ich habe Deutschunterricht genommen, seit –«

Mit der flachen Hand bedeutet Vit ihm zu schweigen. »Danke, aber dieses Gericht, wie man sagt, koste ich nicht zwei Mal. Ich bin zufällig in der Stadt und höre das von Bob. Wirklich traurig. Ich höre, du bist Schriftsteller geworden.« Weniger befürchtet, der alte Vampir könne auf Blut aus sein, doch irgendwie bleibt er verschont. »So wie ich. Aber ich vermute, wir sind unterschiedliche Arten von Autoren.«

»Diese Einschätzung teile ich.«

»Um mit dem Offensichtlichen anzufangen: Ich bin europäischer Autor, du amerikanischer.« Vit sagt es in einer Art und Weise – wie *Ich bin ein Mann, du bist eine Frau* –, die Weniger auf die Idee bringen könnte, er würde gerade angemacht. Aber dann ändert sich der Ton: »Kennst du das Problem mit amerikanischen Schriftstellern?«

»Kommata.«

Ein erhobener Zeigefinger des Tschechen. »Euer Problem ist, Ihr seid alle New Yorker.« Weniger hat keine Ahnung mehr, wovon die Rede ist. Sein Verstand macht die sinnlosen Kritzeleien eines Stiftes, dessen Mine ausgetrocknet ist. Doch der Mann fährt fort: »New York, Boston, San Francisco. Der Rest kümmert euch nicht. Hast du schon die Mojave Wüste gesehen? Oder den Natchez Trace? Oder den Appalachian Trail? Nein, du kennst nur eine Stadt am Meer. Kein Wunder, dass ihr alle klingt wie Fitzgerald!«

»Dein Autor war doch aber auch Amerikaner.«

»Bob war europäischer Autor«, sagt Vit. »Er hatte Einfühlungsvermögen, wie Beckett. Dinge sind kaputt, in Stücke zerbrochen, Menschsein bedeutet *nichts*, Erinnerung ist *nichts*, Lieben ist *nichts*.« Jedes *nichts* klingt, als würde er ein Propaganda-Plakat der Länge nach zerreißen.

»Du hast Robert nicht wirklich gekannt.«

Vit grinst und seine Zähne scheinen so zusammengepresst wie die Konsonanten in seinem Namen. »Kennst du das eigentliche Problem von Amerika?« Er wartet nicht, bis Weniger das Wort ergreift. »Die Ellbogen-Mentalität, das unverschämte Alles-schaffen-Können. Und niemand sagt jemals: ›Moment, wartet mal! Was ist, wenn wir uns irren?‹«

»Das frage ich mich ständig«, antwortet Weniger.

»Ich meine nicht dich, mein Lieber. Ich meine Amerika. Was, wenn es falsch ist? Die ganze Idee?«

Weniger sucht nach einer Antwort; dieser Gedanke ist ihm noch nie gekommen.

*»Was, wenn die ganze Idee von Amerika falsch ist?«*

Was soll er nur mit diesem Mann anstellen? Ihn erwürgen? Vor ihm den Hut ziehen? Zu einer Romanfigur verarbeiten? Doch Vit hat seinen Abgang längst geplant, sowohl buchstäblich als auch kosmisch; er holt eine Packung Zigaretten hervor, dann geht der tschechische Autor durch die französischen Türen in eine italienische Loggia und schließt sich einer Europäischen Union an Rauchern an. *Du siehst den Schmerz*, beliebte Robert zu sagen, wenn er sich mit einer schrecklichen Person konfrontiert sah. *Du siehst jemanden, der leidet.* Erst als das Eau de Cologne dieses Mannes gänzlich verschwunden ist, kann Arthur Weniger sich entspannen, und selbst dann noch fühlt er sich geradezu, als sei er durch ein Spinnennetz gelaufen und irgendwo auf ihm säße noch immer die Spinne.

»So, das war's«, sagt Marian. Nicht unbedingt die letzte Weissagung des Orakels von Delphi; Marian stellt lediglich das Offensichtliche fest und zieht nach einem langen, erschöpfenden Tag die Schuhe aus. Sie sitzt im dunklen Wohnzimmer der Hütte neben der alten Schiffsuhr, die gerade zum sechsten Mal schlägt. Die Trauerfeier ist zu Ende, die Russian River School ist wieder ihrer Wege gegangen, vielleicht zum letzten Mal, denn es wurde sich zugeraunt, dass Franklin Woodhouse seine Krebsbehandlung nicht fortführen wird. Er gab Weniger einen trockenen Kuss auf jede Wange, bevor er sich verabschiedete, und Weniger konnte beobachten, wie sich der alte Mann, wieder am Arm von Stella Barry, den Weg hinunterquälte. Früher, erinnerte sich Weniger, sprang er von Stein zu Stein über den Fluss. Heute wird er, wie ein Gepäckstück, in ein Taxi gesetzt.

»Marian, hast du den jungen Mann gesehen?«, fragt Weniger, als er den Tag in seinem Kopf Revue passieren lässt. Er sitzt ihr gegenüber auf dem Schaukelstuhl, Tomboy schlafend auf seinem Schoß. Er erzählt ihr von dem jungen Mann, der den weiten Weg aus Hollister angereist war, und lässt nichts aus: sein kurzgeschnittenes Haar, der blaue Anzug. Wie er gehört habe, es sei eine Party zu Ehren Roberts. Wie er das irgendwie missverstanden haben musste ...

»Oh nein«, seufzt Marian.

»Er hatte darauf gehofft, Robert lesen zu hören«, sagt Weniger. »Ein eifriger Lyrik-Leser.«

»Oh nein, oh nein!« Sie schlägt ihre Hände vor den Mund, ihre Augen sind weit geöffnet.

Weniger zuckt mit den Schultern: »Er scheint mir allerdings kein eifriger Traueranzeigen-Leser zu sein.«

Beide brechen sie in schallendes Gelächter aus. Es war ein langer, schmerzhafter Tag. Sie weint nun vor Freude und holt wieder das Stofftaschentuch hervor, und der O. K.-Chor scheint schief in seinem Kopf zu singen, und er kann nicht anders, als sich für einen Moment ihrer rücksichtslosen Abkehr vom Kummer anzuschließen.

Hätte er je gedacht, er würde diese Tage mit Marian gemeinsam verbringen? Diese letzten Tage geteilter Trauer, mit Marian Brownburn, der Frau, die ihn jahrelang, ja, jahrzehntelang hasste, weil er ihren Ehemann gestohlen hatte? Die jeden Tag ihr Leichentuch webte und es des Nachts wieder auftrennte? Es lohnt sich kaum, darüber nachzudenken; nur dankbar sollte man sein.

»Bleib doch zum Abendessen«, sagt er.

Sie nimmt das Taschentuch beiseite, und er sieht, dass ihre Wimperntusche ganz verschmiert ist. »Das geht nicht.

Ich kann im Dunkeln nicht mehr fahren. Ich bin alt, Arthur.« Ihre Tränen sind schwarz.

»Dann bleib über Nacht.«

»Das geht nicht«, sagt Marian und legt sich ihre Stola um. »Genau genommen ... Arthur, hast du heute etwas zur Beruhigung eingenommen?«

»Ja, brauchst du etwas?«

»Nein, Liebes«, sagt sie. »Aber ich muss dir etwas Wichtiges sagen.«

Sie reckt ihr Kinn hoch und nimmt einen tiefen Atemzug. »Etwas, das die ganze Sache noch weiter verkomplizieren wird. Ist jetzt eine gute Zeit, darüber zu sprechen?«

Durch das Fenster dringt leise Klaviermusik herein, die nichts Nennenswertes findet und sich sogleich wieder hinausstiehlt und verstummt.

»Erzähl es mir«, sagt er.

Also erzählt sie es ihm.

»Sag das noch mal, Weniger, ich konnte dich eben nicht verstehen.«

Weniger sitzt auf dem weißen Bett neben der schlafenden Tomboy. Seine Stimme quietscht wie das Bett, bloß vor Sorge. Bei ihm mag es eine annehmbare Uhrzeit sein, doch bei mir in Maine ist es Mitternacht.

»Wir haben kein ... Wir haben kein ... Wir haben kein Zuhause.«

»Hast du wieder alles überflutet?«

»Nein, nein, nein.« Weniger spricht im knatternden Befehlston eines Offiziers, der seine Flieger darüber informiert, dass es keine Fallschirme an Bord gibt: »Wir müssen die Hütte verlassen, so steht es im Testament –«

»Mal langsam, Weniger. Man muss doch während eines Nachlassverfahrens nicht das Grundstück verlassen –«

Schweres Atmen: »Ich bin. Mit der Miete. Im Rückstand. Schulde den Erben. Geld.« Er sagt es, als hätte er tatsächlich alles überflutet.

»Miete?«, sage ich schockiert. »Ich dachte, die Hütte gehöre dir!«

»Robert hat mich nie um etwas gebeten. Es war einfach irgendwie ... selbstverständlich.«

»Selbstverständlich?«

Schweigen.

»Weniger«, sage ich verärgert, »hast du gedacht, es würde ewig so weitergehen? Und du hast nie auch nur ein Wort gesagt? Und jetzt haben wir Mietschulden?«

»Freddy, als Robert und ich uns getrennt haben, da habe ich ... einfach nicht mehr darüber nachgedacht.«

»Wie viel sind wir mit der Miete im Rückstand?«

»Zehn Jahre«, sagt Weniger. »Zum Marktpreis. Fällig in einem Monat.«

Diesmal kommt das Schweigen von mir.

»Also werde ich erst mal nicht nach Maine kommen. Ich fahre nach Palm Springs, dann weiter nach Santa Fe.«

»Du schreibst das Porträt?«

»Ich schreibe das Porträt«, sagt er, wie ein Bankräuber, der sich zu einem letzten Coup bereit erklärt. »Und alles, was mir sonst noch so angeboten wird. Ich werde dafür sorgen, dass alles wieder in Ordnung kommt. Mandern bringt Geld ein, und ich bin in der Jury für diesen Preis, das bringt auch Geld ein. Ich werde dafür sorgen, dass alles wieder in Ordnung kommt. Ich habe einen Monat. Ich rufe dich aus Palm Springs wieder an.«

»Palm Springs«, sage ich, als wäre es eine Zauberformel, die all unsere Sorgen verschwinden lassen könnte.

»Und ich werde mich an ein neues Buch setzen«, sagt er, »und es verkaufen. Du wirst schon sehen, Freddy, ich werde das alles wieder in Ordnung bringen!«

Kühles Schweigen begegnet dieser Behauptung, wie ein Barkeeper einem Fremden, der neu in der Stadt ist.

»Du könntest dir auch einen Job suchen«, sage ich.

»Das habe ich doch schon versucht«, erzählt er mir. »Erinnerst du dich noch an Wichita?« In der kurzen Pause, die darauf folgt, entsinnen wir uns beide an seine desaströse Zeit als Außerordentlicher Gastdozent. »Aber du hast recht, wenn es nicht anders geht, werde ich mir einen Job suchen müssen. Lass mich nur das hier erst versuchen.«

»All die Jahre«, sage ich, »gehörte die Hütte nie wirklich uns?«

»Ich habe einen Monat. Der Preis und das Porträt bringen uns schon mal ein Drittel ein –«

»Mein Held«, sage ich etwas gehässig.

»Und danach komme ich nach Maine –«

»Es tut mir leid, ich weiß, es tut mir leid«, sage ich und reiße mich zusammen. »Das ist alles schrecklich für dich, ich weiß das. Und du wolltest ja eigentlich deinen neuen Roman anfangen –«

»Das muss eben warten.«

»Es ist alles so schrecklich.«

»Freddy, wir werden unser Zuhause behalten. Ich werde dafür sorgen, dass alles wieder in Ordnung kommt.«

»Ich weiß, mein Schatz.«

»Ich bringe alles wieder in Ordnung und dann komme ich zu dir nach Maine.«

Etwas in mir ist schwer wie Blei. Aber ich sage nur, dass ich ihn liebe und lasse ihn gehen.

Und doch … jetzt bin ich es, der *unsicher* ist. Welche anderen Ungereimtheiten hat Weniger versteckt, vergessen, verlegt? Was für eine Zukunft hat die Beziehung mit so einem Mann?

Ich denke oft an Lewis und Clark. Nicht die jungen Entdecker, die Präsident Thomas Jefferson in das Nordwestliche Territorium hinausschickte, nein, an Lewis und Clark, Freunde von Weniger. Zwanzig Jahre waren sie ein Paar, bis sie ohne Vorwarnung ihre Trennung bekanntgaben. Wie sich herausstellte, verabredeten sie sich alle zehn Jahre in einer Bar in New York, um ihre ›Übereinkunft‹ noch einmal auszuhandeln – wie eine Diva und ihre Plattenfirma –, und bei ihrem letzten Treffen wurde der Vertrag nicht verlängert. Sie tranken Champagner und gingen ihrer Wege. »Wir haben einander so lang begleitet, wie wir nur konnten«, berichtete Clark lächelnd einem sprachlosen Arthur Weniger, der es wiederum mir erzählte. Einfach so war die Liebe vorbei. Champagner! Wie die Entdecker Lewis und Clark, die am Ende ihrer Reise in St. Louis achtzehn Mal miteinander anstießen und tranken. Doch diese Geschichte löst bei mir blankes Entsetzen über unsere *unsichere* Zukunft aus. »Wir haben einander so lang begleitet, wie wir nur konnten.« Wird Arthur Weniger seine zehn Jahre mit mir auf dieselbe Art beschreiben? Denn nicht einmal Meriwether Lewis überlebte die Trennung von seinem Clark – ein Jahr nach ihrer Reise, in einer Pension entlang des Natchez Trace in Tennessee, nahm er sich das Leben. Werden wir, die Entdecker, nach zehn Jahren unsere eigene Verabredung haben? Und anstoßen mit Champagner?

Eine dramatische Reaktion auf den großen Fehler meines Partners, ich weiß. Seine Arglosigkeit in Bezug auf Miet- und Erbrecht und den Lauf der Zeit – wegen alldem fühle ich mich ja zu ihm hingezogen. Er denkt, jeder Tag würde besser als der vorherige; er liegt falsch. Er erwacht am nächsten Tag und denkt es wieder; er liegt falsch. Er glaubt, wir seien frei, um unser wahres Selbst zu werden, und frei, zu lieben, wie wir wollen. Ein so vereinigtstaaten'sches Denken, dass man es mit Ketchup servieren könnte.

Ich denke da vor allem an eine Geschichte, die mir Weniger einmal erzählte. Es war in der Zeit kurz nach Robert und kurz bevor ich in sein Leben kam – zwischen dem Alten und Neuen Testament –, und er arbeitete im Nordwesten an einer Reisereportage. Für Details und Lokalkolorit sah er sich heiße Quellen an, die ihm in seiner Unterkunft empfohlen worden waren. Er sei einem Pfad entlang eines lauten Bachs gefolgt, der wie die Küche eines Schnellrestaurants rauschte. Als er die Quellen erreichte, schälte er sich aus seiner Kleidung und tauchte nackt in das Becken ein. Nebel umhüllte die Oberfläche des Wassers. Über ihm falteten die strengen Berge ihre violetten Hände und blickten auf ihn herab wie Schachspieler auf einen rochierten König.

Mit einem Mal kam ganz leise und überraschend ein riesiger Elch aus dem Wald, ging behutsam den steinigen Weg entlang zu Arthur Weniger herüber und setzte sich neben ihn in das Becken. Ein Moment der Stille. Vor lauter Schrecken ließ Weniger seiner Blase freien Lauf.

Und doch waren es laut seiner Erzählung diese paar Minuten, in denen er und der Elch die Sonne untergehen sahen, die ihm das Gefühl gaben, er sei auserwählt. Jahre des Abmühens in Roberts Schatten, dann ein Schiffbrüchiger im großen Meer der Möglichkeiten, und plötzlich hatte diese große Kreatur ihn auserwählt! Weniger spürte neben diesem enormen Elch eine Metamorphose – eine Erweckung. Und als er wieder verlassen wurde, das Tier zurück in die Wälder verschwand, der Elch-Moment vorbei war und Weniger ihn überlebt hatte, da akzeptierte er, dass er alles überleben konnte. Er konnte ohne Robert überleben, konnte jede Veränderung überleben, jeden Elch, der seinen Weg kreuzte. Er würde Schriftsteller sein – zur Hölle mit Sorgen und Zweifeln.

Wie leicht es ihm immer fällt, wie rein die Verwandlung seiner Leiden, mein unabsichtlicher Alchemist. Aber mir ist nicht klar, wie er diesmal das Blei zu Gold verwandeln will.

Und soll ich ehrlich sein? Ich möchte auch auserwählt werden. Genau wie Arthur Weniger, zwischen Lärchen herumstolpernd, auserwählt wurde, indem er sich einfach hinsetzte. Wo ist mein Elch, frage ich. Lautet so nicht das Versprechen der Verfassung gegenüber gebürtigen und eingebürgerten US-Amerikanern, irgendwo zwischen der Einquartierung von Soldaten und der Bestimmung zu ausländischen Nebeneinkünften? Wo ist mein Palm Springs? Amerika, Land der groben Ungerechtigkeiten.

Das letzte Mal traf ich den Dichter Robert Brownburn im Hospiz. Weniger und ich fuhren hoch nach Sonoma County, um Marian in der Pflegeeinrichtung zu treffen. Sie wartete geduldig in der verglasten und sonnendurchfluteten Lobby und führte uns zu Roberts Zimmer, das leuchtend gelb war und den Duft des Lorbeerbaums vor dem offenen Fenster angenommen hatte, der von draußen hineinströmte. Ein Vorhang, ebenfalls gelb und mit kreisenden Schwalben gemustert, wurde zur Seite geschoben und offenbarte den Dichter auf seinem Sterbebett. Weniger ging sofort zu ihm und setzte sich auf einen – ebenfalls gelben – Plastikstuhl und nahm seine ebenfalls gelbe Hand. Doch die Augen des Dichters waren auf mich gerichtet: »Hallo, Freddy.« Roberts Augen lagen tief in dunklen Kreisen versunken, als würden sie das gesamte Licht absorbieren, seine Lippen waren zusammengepresst, und sein Kinn bebte, nicht aufgrund einer Parese, sondern einfach, weil er litt und es vor uns verbergen wollte. »Du bist erwachsen geworden!«, sagte er mit einem Lächeln. »Willkommen im mittleren Teil deines Lebens, Freddy. Ich warne dich: Der letzte Teil wird dir nicht gefallen.« Er und Weniger sprachen über das Essen und seine Medikamente, das Drama mit dem Pflegepersonal und das Vorhangmuster, das für den Dichter keine Schwalben zeigte, sondern kreisende Aasgeier. Weniger nannte ihn Teiresias, ein Insiderwitz. Dann war es Zeit zu gehen. Seine Augen richteten sich wieder auf mich. »Ich wollte mit dir noch einen Gedanken teilen, zu Helena von Troja. Aber ich habe ihn vergessen.« Ich küsste ihn zum Abschied auf die Wange. Das war das letzte Mal, dass ich den Dichter Robert Brownburn sah.

Aber nicht das letzte Mal, dass Arthur Weniger ihn sah. Er besuchte seinen Teiresias zwei Wochen später wieder. Weniger erzählte mir, er habe wieder seine Hand gehalten, Robert habe sich wieder über das Essen beschwert und über das Pflegepersonal und über die um ihn kreisenden Aasgeier. Er bekäme bloß Honig und Milch zu essen, sagte er. Man würde ihm Wasser aus einer vergifteten Quelle geben und so weiter; er war aufgewühlt und verwirrt. Dann wandte der alte Mann sein Gesicht zu dem Mann mittleren

Alters: »Arthur. Verschwinde irgendwohin, das tut dir immer gut. Aber noch nicht jetzt. Verlass mich noch nicht.«

Arthur Weniger sagte zu seinem Geliebten: »Wovon sprichst du? Ich werde dich nicht verlassen!«

Am Ende – es war die einzige Art von Liebe, die Weniger kannte – war es natürlich Robert Brownburn, der ihn verließ.

Welcher Geist wird unseren Hamlet heute Nacht auf den Schlossmauern seiner Träume heimsuchen? Sicherlich nicht Robert Brownburn, denn selbst, wenn es einen Himmel geben sollte, in dem alle Tiere und Menschen in einer irrwitzigen Wiedervereinigung aufeinandertreffen, werden uns Atheisten wie Robert nicht in Gestalt eines Phantoms erscheinen – nicht, weil sie in einer Art überirdischem Gefängnis festsitzen, sondern aus purem Starrsinn. Auch Wenigers Mutter wird nicht wiederkehren; sie würde ihren Sohn niemals verängstigen wollen. Dafür ist sie in Wenigers Nervensystem allgegenwärtig und warnt vor jeder gefährlichen Steckdose und rutschigen Duschwanne, ein ängstliches Phantom, das in seinem Kopf haust. Auch Wenigers alte Freunde, versteckt in den date-losen Nächten des Todes, werden nicht wiederkehren. Die Opfer dieser Pest sind längst zu besseren Partys weitergezogen. Auch Wenigers Großeltern werden nicht wiederkehren, denn selbst ein Leben nach dem Tod, so wortgewaltig es auch sein mag, könnte so viel Ungesagtes nicht wettmachen. Und dann ist da ja noch sein Vater, Lawrence Weniger, der andere Mann, der unseren Helden verließ, und sei es nur, um irgendwo anders am Leben zu sein …

Und doch – ist der Schatten dort nicht an der falschen

Stelle, da neben dem Porträt, das Woodhouse von Weniger gemacht hat? Bewegt er sich nicht gerade auf das Bett zu?

*Verschwinde irgendwohin*, scheint er zu flüstern.

Weniger hört ein weiteres Geräusch: ein Schnappen. Ein tollpatschiger Geist? Natürlich erkennt er es sofort. Es ist dasselbe Geräusch, das Robert mehrfach in der Nacht zu machen pflegte: das Knacken seines Kiefers. Wenn er von einem Muskelkrampf geweckt wurde, musste er sich, um wieder einschlafen zu können, vorstellen, jeden Teil seines Körpers zu entspannen, angefangen bei den Zehen, bis er am Ende seinen Kiefer mit einem *Knack* streckte. Weniger wurde oft davon geweckt. Natürlich war das eben nicht Robert, und natürlich gibt es hier keinen Geist. Weniger fällt auf, dass er es selbst war, der dieses Geräusch gemacht hat – denn die Toten leben nur in uns weiter.

Weniger blinzelt, um den Schleier des Schlafs wegzuwischen. Alles ist verschwunden, der Raum dunkel und still, die Schatten an ihrem rechtmäßigen Platz. Dann leuchten die Scheinwerfer eines Autos hell durch das Fenster und werfen einen Schatten auf die Couch, fast wie eine Trompetenranke in der Morgensonne, was bei jedem aufmerksamen Betrachter eine Erinnerung aufkommen lassen könnte … doch Weniger ist längst nicht mehr bei Bewusstsein, längst auf halbem Weg nach Palm Springs.

Schlaf gut, mein Liebster. Heute Nacht liegt weit mehr als ein Kontinent zwischen uns.

# SÜDWESTEN

*[Das folgende Interview wird auf Deutsch geführt.]*

»Mr. Weniger, vielen Dank, dass Sie heute bei uns in der Sendung zu Gast sind. Sie sind zugeschaltet aus den USA.«

»Hier ist mein Dank.«

»Ich bin mir sicher, dass unser Publikum davon begeistert ist, dass Sie dieses Interview auf Deutsch führen können. Es sprechen ja nur sehr wenige Amerikaner unsere Sprache.«

»Hier ist mein Deutsch. Ha-ha-ha.«

»Wir haben nur eine Minute, aber ich wollte Sie zu Ihrer anstehenden Reise befragen. Ich habe gehört, Sie gehen mit dem Schriftsteller H. H. H. Mandern auf Tour, der ja in Deutschland viele Fans hat.«

»Es wirkt wie verrückt, dass Mr. Mandern mich gefragt hat mit ihm zu gehen, aber er tat es, ja!«

»Verrückt, in der Tat. Sie sind sehr unterschiedliche Schriftstellertypen. Wie wir erfahren haben, wird ihr nächster Roman *Swift* eher im Bereich leichter Unterhaltungslektüre zu verorten sein. Und Mr. Mandern ist für seine Science-Fiction-Romane berühmt, weniger für sein komödiantisches Talent.«

»Es gibt einen bekannten Roboter-Detektiv.«

»Ja, ja, Peabody. Was glauben Sie, warum Mr. Mandern gerade Sie für diesen Job wollte?«

»Wir hatten ein Interview. Er mochte meine Fragestellungen zu ihm. Haben Sie ihm Fragen gestellt?«

»Tatsächlich ja. Es war schwierig. Ich glaube, ich verrate nicht zu viel, wenn ich behaupte, dass er dafür bekannt ist, etwas empfindlich zu sein. Manche sagen sogar, er sei mental nicht sonderlich stabil. Sind sie nervös?«

»Ich verstehe nicht.«

»Sind Sie nervös, sich auf eine so erratische Persönlichkeit eingelassen zu haben?«

»Ich verstehe nicht.«

»Sind Sie nervös?«

»Wir werden uns nicht teilen ein Hotelzimmer, ha-ha-ha.«

»Nun gut, Mr. Weniger, wir hier in Deutschland wünschen Ihnen für Ihr neues Buch und Ihre anstehende Reise alles Gute.«

»Ha-ha-ha.«

Weniger fliegt von San Francisco nach Palm Springs, einer Stadt im linken unteren Kleingeldfach der USA. Weniger verstaut seine Tasche (darin der eigens für seinen Schnäuzer erworbene Elektrorasierer, Bücher und sein pinker Lieblingspullover) im Gepäckfach über sich und setzt sich ans Fenster. Mit Blick auf die Tragflächen fragt er sich in seiner Panik, ob der Mensch wirklich fliegen sollte. Dann bietet ihm die Flugbegleiterin erschöpft eine Packung Erdnüsse an. Weniger kichert bei diesem Gedanken. Erdnüsse! Bei einer Flughöhe von neuntausend Metern! Für Arthur Weniger fühlt sich alles, was in dieser Höhe passiert, übernatürlich an; er kann schlicht nicht glauben, dass es wirklich geschieht. Vielleicht ist es in seinem Kopf mit Dingen verschaltet, die früher eigentlich verboten waren, so wie das Lesen unter der Bettdecke im Licht der Taschenlampe oder Schokolade ins Baumhaus zu schmuggeln. Schon bei dem Angebot von Wein schüttelt es ihn ob der Unmöglichkeit. Wie haben sie den bloß hier hochgebracht? Für ihn so köstlich wie ein Glas Limonade vom Stand eines Fünfjährigen, die – mit Verlaub – immer köstlich schmeckt. Das Gleiche gilt für das Essen: Als er die Folie aufreißt, um das darin liegende, mikrowellengewärmte Huhn oder die geronnene Lasagne freizulegen, könnte man meinen, er hätte das Goldene Ticket zur Schokoladenfabrik gefunden. Seine Freude scheint grenzenlos.

Doch nichts ist wirklich grenzenlos. Kurz nach dem Abflug werden die anderen Passagiere durch ein anhaltendes Brummen beunruhigt. Weniger beteiligt sich an den Spekulationen – ist ein Teil des Flugzeugs lose? Gibt es Probleme beim Druckabbau? Schon sind die Flugbegleiter involviert. Der Pilot wird konsultiert, er stimmt sich auf das Geräusch ein und verschwindet wieder. »Liebe Fluggäste, wir haben die Freigabe für einen Notlandeanflug auf Palm Springs. Unser Flugzeug benötigt geringfügige Reparaturen, dies wird den weiteren Verlauf des Fluges nicht beeinträchtigen.« Sie beginnen den Notlandeanflug. Weniger ist entsetzt: was für geringfügige Reparaturen? Welches wichtige Teil hat sich fatalerweise und geräuschvoll gelöst? Selbstverständlich dauert es nicht lange, bis er bemerkt, was die eigentliche Ursache für die Gefahr war: Es ist sein Elektrorasierer. Irgendwie muss er in der Gepäckablage von allein angesprungen sein. Weniger sagt nichts, der Elektrorasierer (ein fähiger Bauchredner) verbreitet weiter sein Geräusch in der kompletten Flugzeugkabine und Weniger kommt ungeschoren davon. Sein Plan ist es, auf die Landung zu warten, sich den Rasierer zu schnappen und ihn zu entschärfen, bevor auch nur irgendjemand etwas merkt. Und zunächst verläuft auch alles nach Plan. Sein Wasserglas und das bisschen Müll werden eingesammelt, und schon landen sie in Palm Springs. Ein kurzer Ton läutet die Freiheit ein. Weniger springt auf, um seine Tasche zu öffnen – und wird mit einer Konfettiladung pinker Flusen überhäuft. Den gesamten Flug über hat der Rasierer nicht nur die Besatzung in Angst und Schrecken versetzt, sondern auch beschlossen, seinen Reisebegleiter zu verschlingen: den Pullover. Das ist Liebe.

Arthur Weniger (noch immer voller pinker Flusen) wird am Flughafen Palm Springs von einer Presseagentin namens Eleanor abgeholt und ins eigentliche Palm Springs gebracht, wo er durch den plötzlichen Übergang von Nord- zu Südkalifornien einen Schock erlebt, wie ihn auch Taucher kennen, die zu schnell aus der Tiefe aufsteigen. Ach, Kalifornien! Die statistisch unwahrscheinliche Menge blonder Menschen, die allgegenwärtigen Sonnenbrillen, als wären alle gerade beim Augenarzt gewesen, die hier nicht-einheimischen Dattelpalmen, die, wie vieles Nicht-Einheimisches, mittlerweile in ihrem neu eroberten Land geradezu patriotisch wirken, der Anschein von Wonne und Wärme im kühlen Oktober, wie hier in Eleanors Cabrio, in dem sie die Heizung hochgedreht hat, um der Kälte entgegenzuwirken. Auf Weniger wirkt es wie eine tiefe Form der Verleugnung, die er so nur von Familienfeiern kennt.

Seien wir mal ehrlich: Er hat Angst. Angst vor Geld und Reisen und den Erniedrigungen, die ihm noch bevorstehen. Anstatt die warme Umarmung einer geliebten Person in einem kalten Bundesstaat im Nordosten zu spüren, ist Arthur Weniger in einen ultravioletten Albtraum geraten, gegen den sich kein Wallone wappnen kann. Nicht einmal mit Sonnenschutz. Und welch neue Einsamkeit steht ihm nun bevor? Er wird ja den berühmten Autor mit seinem berühmten Fedora und seinem berühmten Mops kaum zu Gesicht bekommen. Weniger wird alleine in seinem Hotelzimmer sitzen und an Jurysitzungen teilnehmen, bevor es weiter nach Santa Fe geht. Und was noch schlimmer ist: Er hat sich auch von mir weiter entfernt, Freddy Pelu.

Eleanor bringt Weniger zu einem Gebäude, das wie eine große metallene Avocado aussieht, doch eigentlich ein Auditorium ist. Sie führt ihn zu einem Aufenthaltsraum (der avocadogrün ist, kein Scherz) und überlässt ihn neben einer Obstplatte und einer Minibar sich selbst. Weniger schafft es irgendwie, sich einen Mini-Cocktail zu machen und nippt vorsichtig daran, auf der Bühne will er schließlich nicht betrunken sein. Sein Job ist es, sich der Aufmerksamkeit fast vollständig zu entziehen, den großen Schriftsteller glänzen zu lassen und selbst so gut in Erinnerung zu bleiben wie das Inventar auf der Bühne, wie Stuhl und Tisch, das Wasserglas, der Scheinwerfer – also gar nicht. Weniger fühlt sich für diese Aufgabe mehr als qualifiziert. Gerade überlegt er, ob es schon an der Zeit ist, die Kirsche in seinem Mini-Cocktail zu essen, als ein ernst dreinblickender Mann den Raum betritt und Arthur Weniger keines Blickes würdigt. Er trägt in seinem grauen lockigen Haar ein Headset und hat ein Klemmbrett in der Hand, ein Zeichen, dass er das Sagen hat.

»Entschuldigen Sie«, sagt Weniger. »Entschuldigen Sie, wann wird Mr. Mandern hier sein? Ich habe eine kurze Telefonkonferenz und ich möchte nicht unhöflich sein.«

Der Mann schaut ihn ungeduldig an und mustert die pinken Konfettiflusen. »Mr. Mandern wird bald hier sein.«

»Also habe ich noch etwas Zeit?«

Er hat eine dieser Narben, die seine linke Augenbraue in zwei Hälften teilt, wie von einem Duell; er runzelt die Stirn. »Mr. Mandern hat seinen ganz eigenen Zeitplan, Mr. Prediger.«

»Es heißt Weniger«, sagt Weniger. »Arthur Weniger. Nicht Prediger.« Wurde er gerade zu einem Bösewicht in einem James-Bond-Film gemacht, und dann auch noch zu einer Nebenfigur, mit der Lizenz zum Predigen?

Der Mann schaut auf sein Klemmbrett. »Ich habe hier *Prediger* stehen.« Sorgfältig streicht er es durch.

»Können Sie mir Bescheid geben, sobald Mr. Mandern da ist?«

Der Mann sieht flüchtig zu Weniger. »Sobald Mr. Mandern da ist«, sagt er, *»werden Sie es wissen.«*

H. H. H. Mandern wurde, nach Erscheinen seines Debütromans *Incubus* im Jahr 1978, der ihn zum Bestsellerautor machte, und der darauffolgenden umstrittenen Verfilmung, über Nacht zu einer herausragenden Persönlichkeit des literarischen Lebens. Seine Markenzeichen: der Fedora, die Pfeife und sein dünner Vince-Price-Bart. Die Fans strömten zu Tausenden zu seinen Veranstaltungen, und er machte mit seinem Rockstar-Verhalten Schlagzeilen, indem er Hotelzimmer verwüstete, Geld in Brand steckte und versuchte, ein Passagierflugzeug zu entführen, um nach

Puerto Rico zu fliegen (wohin es eh unterwegs war). Später schob er sein Benehmen auf die Medikamente, die ihm verschrieben worden seien. Doch all das hatte keine negativen Auswirkungen auf seine Veröffentlichungen: ein Roman, manchmal zwei pro Jahr, und nicht irgendwelche Romane, sondern Sechshundert-Seiten-Wälzer über interstellare Kriege und den Aufbau von Imperien durch Aliens, für die ein gewöhnlicher Mensch allein ein Jahr bräuchte, um sie *abzutippen*. Doch Mandern ist nie auch nur ins Schwitzen geraten. Ein Kritiker nannte ihn kürzlich erst »Amerikas Dickens«. Ein anderer: einen »Haufen Mist«. Nichts davon tat seiner Produktivität Abbruch, und das, obwohl er schon über achtzig ist.

Arthur Weniger und H. H. H. Mandern waren einander schon einmal begegnet. Es war in New York City, vor etwa zwei Jahren, als Weniger den berühmten Autor bei einer Veranstaltung interviewte – was fast zu einem Debakel geworden wäre, da Mandern eine Lebensmittelvergiftung hatte und unter dem Einfluss verschiedener Medikamente auf die Bühne geleitet werden musste. Bereitwillig beantwortete er eine Stunde lang Wenigers Fragen, und erst als auch das Publikum diese Möglichkeit bekommen sollte, richtete er seinen verlassenen Blick auf Arthur Weniger. Weniger sah darin den flackernden Kerzenstummel der Verzweiflung. Und dann ging das Licht aus. »Diese Frage, Mr. Mandern, beantworten Sie ziemlich gut in Ihrem fünften Buch, in dem Sie …« Weniger machte weiter, sprach Mandernsch, als wäre der Heilige Geist in ihn gefahren. Und rettete die Situation. Als die Veranstaltung zu Ende war, konnte der arme Mandern nur noch »Ist es vorbei?« flüstern, und Weniger führte ihn unter tosendem Applaus von der Bühne.

Mandern verschwand in seinem Hotelkrankenzimmer und Weniger hatte erwartet, nie wieder von dem berühmten Schriftsteller zu hören.

Doch es kam anders und er hörte wieder von ihm, denn gerade befinden wir uns ja in einem Aufenthaltsraum in Palm Springs, wo Arthur Weniger an seinem ersten Jurytreffen als Juror des Preiskomitees teilnimmt.

»Hallo zusammen!«

Das Preiskomitee trifft sich niemals leibhaftig; ihre Jurytreffen sind immaterieller Natur, wie die von Engeln. Arthur Weniger kam Literaturpreisen schon oft brenzlig nah – in Italien hat er sogar einmal einen gewonnen. Doch jetzt hat er die Möglichkeit, die heiligen Hallen der Welt eines Jurors zu betreten.

Der Vorsitzende beginnt das Gespräch mit einer Aufgabe: »Ich denke, wir alle sollten erst einmal für uns definieren, *was genau* der Preis auszeichnen soll.«

Neben ihm sind noch drei weitere Personen anwesend. Von allen hat Weniger schon etwas gehört, von niemandem etwas gelesen. Da ist der afroamerikanische Schriftsteller Alcofribas (»Freebie«) Nasier, Vivian Lee, Autorin historischer Romane, und, zu guter Letzt, Edgar Box, dessen großer Wurf *Stairway,* über den gesagt wurde, er sei das letzte Wort im Bereich »halluzinogener Mormonenliteratur«, bereits zwanzig Jahre zurückliegt. Weniger kann seine Kollegen am Telefon nur an ihrem unverwechselbaren Tonfall unterscheiden, und, bei Edgar Box, an seinem fast vollständigen Schweigen.

Moment, ich bitte um Entschuldigung, nicht *zu guter Letzt.* Da ist ja noch einer: Der Vorsitzende des Preiskomitees. Wie konnte ich den vergessen? Wenn wir die Hoffnung verlieren und das Leben für absolutes Chaos halten, beschenkt uns das Schicksal mit einem Zeichen, und so ist es niemand Geringeres als Wenigers alte Nemesis Finley Dwyer.

Seit Jahrzehnten ähneln und überschneiden sich die Wege dieser zwei weißen, schwulen Autoren, manchmal lasen sie sogar an aufeinanderfolgenden Abenden in ein und derselben queeren Buchhandlung, doch weil Weniger in San Francisco lebt und Finley Dwyer in New York, haben die beiden sich nie getroffen. Bis Finley auf einer Party in einer Pariser Privatbibliothek Weniger auflauerte und ihm anbot zu erzählen, was sonst niemand wagte auszusprechen. Wie hätte Weniger diesem teuflischen Angebot widerstehen sollen? Zu hören, was ihm sonst niemand zu sagen wagte? Und das kam dabei heraus:

Arthur Weniger sei ein »Bad Gay«, ein schwuler Mann, der seine Community schlecht dastehen lässt.

Diesen Gedanken hat Weniger seit nunmehr zwei Jahren in seinem Kopf hin und her gewälzt.

»Arthur«, die Worte kommen aus dem Telefon und stammen von Finley Dwyer, »du weißt, dass ich ein großer Bewunderer deiner Arbeit bin, du wärst meine erste Wahl für den Preis gewesen, aber leider, und gleichzeitig gut für uns, bist du nun Teil der Jury! Sag uns doch, was der Preis deiner Meinung nach auszeichnen soll.«

»Jemand Außergewöhnliches«, platzt es aus Weniger heraus, während er durch den Aufenthaltsraum streift, »eine neue Art des Geschichtenerzählens, eine neue Verwendung von Sprache, wenn ihr versteht, was ich meine. Ich denke, wir sollten diesen Preis an eine neue Stimme geben oder eine der Großen wieder auf den Radar bringen. Wir sollten da ganz unvoreingenommen rangehen, dann werden wir die richtige Person schon finden.«

»Danke, Arthur. Vivian?«

Vivian Lee hat die anmutige Stimme einer Rhetorikprofessorin: »Ich kann euch sagen, wofür der Preis nicht gedacht ist. Für all jene, die längst im literarischen Kanon etabliert sind. Wir haben hier die Möglichkeit, das Leben von jemandem zu verändern. Lasst uns damit nicht leichtfertig umgehen.«

»Wunderbar, Vivian«, sagt Finley Dwyer, »wie ist es mit dir, Freebie?«

Aus Freebies Stimme spricht ehrgeizige Diskussionsfreude: »Finley, ich denke nicht, dass er an einen Mann gehen sollte! Männer gewinnen zu viele von diesen Preisen!«

»Okay, okay, Freebie, interessanter Ansatz. Edgar, hast du dem noch etwas hinzuzufügen?« Kontemplatives Schweigen. »Edgar, bist du noch da?«

»Ich bin anwesend.«

»Hast du dem noch etwas hinzuzufügen?«

Mehr Schweigen, dann endlich ein Seufzen. »Er ist nicht für diese jungen Leute, die ständig alle Preise abräumen, bloß weil sie das Wort *Pussy* im ersten Absatz verwenden.«

»Auf wen genau spielst du an?«, fragt Vivian.

»Ich dachte, wir sollen sagen, *wofür* der Preis ist«, wirft Arthur ein und klingt dabei wie sein jüngeres Streber-Ich.

»Na, ihr wisst schon«, sagt Edgar, »die mit dem Wort *Pussy* im ersten Absatz.«

»Arthur meint, wir sollen unvoreingenommen sein, Edgar«, fügt Freebie hinzu.

Jetzt stimmt Finleys melodische Stimme mit ein und er klingt wie eine Kellnerin mit einem Tablett voller Cocktails:

»Nun, schön, dass wir uns so offen und ganz individuell zeigen konnten. Ich denke, wir können uns darauf einigen, dass dieser Preis nicht für jene gedacht ist, von denen wir alle wissen, dass sie schlechte Schriftsteller sind. Gefeiert, berühmt, aber schlecht. Die Mimen und Hochstapler und faulen Nachahmer, oder, wie Truman es formuliert hätte, die *Schreiberlinge*. Aber genug davon. Dieser Preis ist nicht für Menschen, die kein Talent haben. Ich weiß, dass ich mich damit unbeliebt mache.«

»Hört, hört!«, sagt Freebie, gefolgt von einem Hustenanfall.

Wieder Arthur: »Ich dachte, wir haben gesagt –«

»Ich habe auf jeden Fall kein Problem mit dem Wort *Pussy* im ersten Absatz«, fügt Vivian demonstrativ hinzu.

»Bitte«, sagt Edgar, »ich nehme es zurück. Dann eben ein Gewinner mit *Pussy*.«

Finley: »Uns wurde die Möglichkeit gegeben, die ganze Bandbreite US-amerikanischer Literatur zu inspizieren. Das wird ein aufregender Monat werden! Vergesst nicht, euch den Termin für die Verleihung in New York freizuhalten. Mal sehen, ob der Rest von uns den hohen Anforderungen von Arthur gerecht werden kann!«

Arthur: »Ich meinte ja nur, dass –«

»Bis nächste Woche also! *Au réécouter!*«

Ist Arthur Weniger ein »Bad Gay«? Er ist zweifelsohne schlecht darin, schwul zu sein. Lassen Sie uns das mal genauer untersuchen; es ist eh noch massig Zeit, während wir auf die Ankunft von H. H. H. Mandern warten ...

Als er in den Achtzigern kurz nach seinem Collegeabschluss nach New York zog, versuchte Arthur Weniger zweifelsohne sein Bestes, schwul zu sein. Er meldete sich in einem Fitnessstudio an, das sich als Sex Dungeon herausstellte. Er schloss sich einer Partei an, von der schnell klar wurde, dass sie Verschwörungstheorien über staatliche Gesundheitszentren verbreitete. Er trat einer Gesellschaft für deutsche Sprache bei, die sich als Sex Dungeon herausstellte. Er schloss sich einem Buchclub an, der sich als reine Politgruppe entpuppte. Er wurde Mitglied einer Rollenspielgruppe, die sich als Sex Dungeon herausstellte. Er traf sich in einem Sex Dungeon, der eigentlich ein staatliches Gesundheitszentrum war. Es war sehr verwirrend.

Aber am meisten irritierte ihn, wie freizügig all diese Männer mit dem Thema Sex umgingen. Immer und immer wieder musste sich Weniger anhören, dass er sich »mal locker« machen müsse. Sicherlich war das irgendwie richtig. Doch wie konnte es sein, dass sich *wirklich jeder* locker gemacht hatte, nur er nicht? Es schien statistisch gesehen unmöglich, dass sich so viele Männer, insbesondere so viele, ganz gewöhnliche, akkurate US-amerikanische Männer, beim Sex so ungeniert und ungezwungen zeigten. Die Vergangenheit lässt sich eben nicht so einfach abschütteln, nicht wahr? Ein Farmer der Amish wird vermutlich niemals ein respektabler NASCAR-Fahrer. Selbst, wenn es möglich wäre, es würde Jahre dauern. Und es war ja nicht mal so, dass diese Männer mit allem so sorglos umgingen, ganz im Gegenteil. Was vieles anderes anging, gerade die ganz alltäglichen Dinge, blieben sie spießig und stockkonservativ – in Bezug auf Musik, chemische Reinigung, Käseaufstrich, Tafelgedecke, Gesichtspflege –, all die Dinge, die ihren Müttern oder sogar Großmüttern gefallen hätten. Doch sobald es um Sex ging – nun ja, willkommen im Affenhaus! Weniger konnte es nicht fassen. Wurde all diesen Männern etwas verabreicht, das ihm sein Arzt nicht verschreiben wollte? Konnte man das in kostenlosen Abendkursen lernen, die er nicht besucht hatte? Wurden all die anderen, nicht befreiten Männer auf einem Boot vor der Küste gefangen gehalten? Oder in einem Sex Dungeon? Langsam dämmerte ihm das Unmögliche, und mit Schrecken sah er sich gezwungen, tief in sich hineinzusehen, wie wir das alle eines Tages tun müssen, und sich zu fragen: *Bin ich der einzige frigide Homosexuelle in New York?*

Wie sich herausstellte, war er das.

Also: Bad Gay?

»Mr. Prediger?«

»Ja.«

Der Mann mit dem Headset sieht nicht zu Weniger; er sieht nur auf sein Klemmbrett. Er hört Weniger auch nicht zu; er hört nur sein Headset. Und doch spricht er zu Weniger: »Es scheint ein kleines Problem zu geben. Ein Problem mit Mr. Mandern.«

»Ist er wieder krank?«

»Krank?« Endlich schaut der Mann Weniger in die Augen und sieht dabei beunruhigt aus. »Warum sagen Sie so etwas? Nein, er ist nicht krank. Es ist bloß so, dass er noch nicht da ist.«

»Offensichtlich.«

»Also müssen wir ohne ihn anfangen. Wir können das Publikum nicht länger warten lassen.«

»Aber … es soll doch ein Interview mit Mr. Mandern stattfinden.«

»Meinen Sie, Sie könnten etwas von sich lesen? Als eine Art Vorprogramm?«

»Ich glaube, das Publikum verlangt nach Mr. Mandern, nicht nach mir.«

»Die Leute werden schon unruhig«, sagt der Mann. »Sie fangen an, Dinge zu rufen. Haben Sie womöglich etwas, das lang genug ist, um die Zeit zu überbrücken, falls Mr. Mandern nicht mehr auftaucht, und gleichzeitig kurz genug, dass sie sofort abbrechen können, sobald er erscheint?«

»Also sowohl lang als auch kurz?«

»Vielleicht eine Stunde lang und nicht mehr als fünf Minuten? Etwas für die Science-Fiction-Fans, aber nicht Science-Fiction, denn das sollte Mr. Mandern vorbehalten sein, wenn Sie verstehen, was ich meine.«

»Also sowohl Science-Fiction als auch nicht Science-Fiction?«

»Genau.«

»Ich könnte auch sowohl alt als auch jung sein, wenn Sie wollen. Groß und klein.«

»Das überlasse ich Ihnen. Wir müssen Sie bloß auf die Bühne bringen, bevor es einen Aufstand gibt. Folgen Sie mir, Mr. Prediger.«

Arthur Weniger hört, wie sein Name (oder etwas, das diesem ähnlich klingt) über die Lautsprecher angesagt wird. Unter weißem, grellem Licht stolpert er auf die weiß gestrichene Bühne, und kommt vor einem ihn blendendem Weiß zum Stehen, das ihm einen verwirrten, sporadischen Applaus beschert, der in etwa so klingt wie das Aufpoppen der letzten Körner einer Popcornmaschine. Die Rufe aus dem Publikum hören für einen Moment auf. Er räuspert sich ins

Mikrofon hinein. In seiner Blindheit spürt er, dass die Masse an Menschen schon jetzt vor Enttäuschung schäumt. Aus der Dunkelheit ruft jemand: »Wer zur Hölle sind Sie?« Aus derselben Dunkelheit: schallendes Gelächter.

Weniger antwortet: »Ich bin Arthur Weniger.«

»Wo ist H. H. H.?«

»Mr. Mandern macht sich gerade bereit. Ich werde gleich das Interview mit ihm führen, ich wurde schon mal rausgeschickt, um etwas zu lesen.« Warum hat er sich dazu überreden lassen, seine eigene wahnwitzige Demütigung zu tragen, wie ein Gefangener, der dazu gezwungen wird, seinen eigenen Sarg zu sägen und zu schmirgeln? Er gerät ins Schwitzen. All seine Taschentücher liegen im Aufenthaltsraum und sind voller pinker Flusen. Wie gut es ihnen dort gehen muss.

»Ich verspreche Ihnen, dass wir Mr. Mandern nicht irgendwo hinter der Bühne versteckt halten«, sagt er mit einem verschmitzten Grinsen. »Er ist auf dem Weg hierher. In der Zwischenzeit wurde ich gebeten, etwas aus meinem Roman *Dark Matter* zu lesen –«

Das Publikum beginnt wieder zu skandieren – »H. H. H.! H. H. H.!« –, und er spürt, wie ihm die Rufe, einem Presslufthammer gleich, in die Knochen fahren. *Freddy*, denkt er, *du hast ja keine Ahnung, was ich durchmache.*

Vielleicht liegt es am gleißend-blendenden Licht, das ihm aus dem Auditorium entgegenscheint, oder an den Starkwindgeräuschen aus dem Publikum, aber die Szene verwandelt sich mit einem Mal und verschwimmt in Wenigers Wahrnehmung. Jetzt steht er auf einer ganz anderen Bühne, mehr als vierzig Jahre zuvor. Der Veranstaltungsort ist kleiner, die Lichter schwächer, aber auch hier schreit ein Mann einem vollen Haus entgegen. Es ist sein Vater, Lawrence Weniger. Schweißgebadet und in fransige Jeans gekleidet, bewegt sich sein Vater auf der Bühne wie eine am Boden verwachsene Anemone. Er ruft in ein Mikrofon. Seine Mutter ist in dieser Erinnerung nicht anwesend, nur er selbst, sein Vater, die Lichter und der Applaus. Menschen werden umgarnt, etwas wird verkauft. Was Weniger auf der Bühne zu suchen hat, bleibt ein Rätsel; mit Sicherheit ist er Teil der Show, doch ihm bleibt lediglich die fuchtelnde Gestalt seines Vaters. Das war vermutlich etwa sechs Monate, bevor die Polizei ihre Ermittlungen aufnahm und die Seeanemone, auf der Flucht vor dem Gesetz, von der Bildfläche und aus Wenigers Leben verschwand: Staatsfeigling Nummer eins.

*»Unser Erzähler ist«,* brüllt Weniger ins Mikrofon, und augenblicklich ist die Menge still, als hätte er einen Fluch ausgesprochen. Sie hören ihm zu. Wer weiß schon, wieso? Am besten gar nicht erst danach fragen. Er hat die Kontrolle zurückerlangt. Ein Zittern hat seine rechte Hand ergriffen und lässt die Seiten beben. Ihm bleibt nichts anderes übrig, als weiterzumachen.

»Unser Erzähler ist«, wiederholt er und seine Stimme dröhnt durch die Halle, »im Begriff –«

Ein Raunen unterbricht ihn mitten im Satz, die Menge springt auf. Neben sich sieht Weniger einen Schatten, der von einem großen Mann mit Helm und Lanze zu sein scheint. Und selbstverständlich weiß er sofort, wer es ist. H. H. H. Mandern ist gekommen, um den Abend zu retten.

Eine Stunde später ist es vorbei, und Weniger erinnert sich an kaum etwas. Es war so völlig anders als seine letzte Veranstaltung mit Mandern, dass er die Vermutung hat, jemand habe ein Double engagiert. Das letzte Mal hatte Weniger sich um einen schwachen, älteren Schriftsteller kümmern müssen, der sich kaum auf der Bühne zu bewegen wusste. Jetzt schritt ein erhabener Gott mit einem Fedora voran, einen silbernen Gehstock in der Hand, dem das Publikum durch Gesänge und Zurufe zu religiösen Erweckungen folgte. Am Ende war das Gebrüll tyrannosaurisch. Mandern streckte seine Arme aus, um das monströse Ausmaß dieses Klangs in sich aufzunehmen und Arthur konnte nur dastehen und staunen.

Auf der Rückfahrt nehmen sie Manderns Auto. Der bedeutende Schriftsteller schaut Weniger nicht an, sondern aus dem Fenster und auf die vorbeiziehenden Lichtflecken. Er trägt eine Sonnenbrille, seinen charakteristischen Fedora, einen blutroten Cord-Blazer und zwei schmale Streifen als Schnäuzer. Unter seinem Hut schaut ein Büschel Haare hervor, das nicht unzufriedenstellend in der Farbe von Auberginen gefärbt ist. Die tiefen Furchen seines Gesichts wie Schnitzereien einer Kettensäge, die Ohren aus seinem Schädel hervorragend wie die *Garitas* einer spanischen Festung, das Grollen seiner Stimme, vor allem aber seine Größe, das Majestätische – all diese Elemente haben sich schon in so manchem hypnotischen Mesmeristen gezeigt (Heinrich VIII. kommt einem in den Sinn, aber auch ein mobilerer Orson Welles) und wirken auf Arthur Weniger nun bedrohlich. Hinter seiner Sonnenbrille sagt Mandern:

»*Sie* wurden also geschickt, um das Porträt über mich zu schreiben? Nicht unbedingt das, was ich erwartet habe.«

»Sie erinnern sich wahrscheinlich nicht, dass wir uns schon einmal begegnet sind …«, sagt Weniger.

Unser Held hält erwartungsvoll einen Moment inne, damit die gute Fee der Erinnerung die Szenerie mit Farbe füllt. Doch weder spricht Mandern, noch rührt er sich.

»In New York«, wird Weniger konkreter. »Sie waren krank.«

Noch immer keine Reaktion des berühmten Autors. Palm Springs zieht hinter verrauchten Scheiben an ihnen vorbei wie in einer typischen Autofilmszene, und die Palmen und Neonlichter scheinen vom Mondlicht erleuchtet. Dann endlich nimmt der große Mann eine Pastille aus einer kleinen Blechdose und bietet sie Weniger murrend an.

»Was ist das?«, fragt Weniger.

»Magic Mushrooms.«

Weniger ist verdutzt. »Wirklich?«

Hinter der Sonnenbrille runzelt er seine Stirn. »Es sind Minzpastillen, Mann. Ich bin vierundachtzig, verdammt nochmal.«

Arthur lehnt ab und fragt, wohin sie fahren.

Mandern lehnt sich zu ihm herüber. Weniger kann sich in der Spiegelung der dunklen Gläser im Kleinformat sehen. Mandern antwortet mit einem Gedankensprung, was vermutlich das gute Recht eines Vierundachtzigjährigen ist. »Ich habe eine wichtige Frage an Sie, Mr. Prediger.«

»Es heißt Weniger.«

»Bitte was?« Mandern scheint ein bisschen schwerhörig, was ebenfalls das gute Recht eines Vierundachtzigjährigen ist.

»Es heißt *Weniger*. W-e-n-i-g-e-r.«

»Weniger.«

*»Amen!«*

Mandern schüttelt diese kurze Irritation ab und fährt fort: »Mr. Weniger oder Prediger, wir haben da ein Problem. Ich bin im Verzug mit meinem Buch, und mein Verleger hält mich in Gefangenschaft. Ich habe Hausarrest. Meinem Fahrer Marco hier ist es lediglich erlaubt, mich zu Veranstaltungen und zum Flughafen zu fahren. Ich bin buchstäblich ein Gefangener der Literatur.«

»Wir können das Porträt auch einfach in –«

»Es gibt kein Porträt«, sagt Mandern, winkt mit seiner Löwentatze ab und schaut aus dem Fenster hinaus. »Ich sage das ganze verdammte Ding ab.«

Panik durchströmt Wenigers Geist mit der Stärke eines Sciroccos. Absagen? Ist er also den ganzen Weg angereist und hat seinen Pullover opfern müssen, nur um erneut vor dem finanziellen Ruin zu stehen? Wie soll er das Freddy erklären? Als sei er erneut von gleißend-blendendem Licht umgeben, schaut Weniger hilflos im Auto umher; einem Wunder gleich findet er die Kraft zu sprechen: »Was … wie? Aber unser Flug nach Santa Fe –«

»Ich fliege nicht. Ich habe diesen Schwindel, Vertigo. Als wäre ich ein sich wirbelnder Derwisch. Die Sache ist also verdammt nochmal abgesagt«, erklärt Mandern und fügt dann hinzu: »Außer …«

»Außer was?«, fragt Weniger. »Außer was?«

Der alte Mann seufzt. »Es gibt da eine Person, die ich finden muss.«

»Okay.«

Mandern dreht sich zu ihm. »Wir müssen heute Nacht einen Zwischenstopp in der Wüste einlegen. Und Morgen zu einer Oase, wo sie zuletzt gesehen wurde. Und wenn wir sie gefunden haben, fahren wir nach Santa Fe zu der Veranstaltung.«

»Wir? Fragen Sie mich, ob ich bereit bin, mit Ihnen zu kommen?«

»Nein, Mr. Weniger, ich frage Sie …«, sagt der bedeutende Autor. Seine Sonnenbrille ist auf Weniger gerichtet, die großen, changierenden, emotionslosen Augen eines Kraken treiben im Dunkel des Wagens langsam auf Weniger zu. »Ich frage Sie, ob Sie einen Führerschein haben …«

Diese rein praktische Frage, die daherkommt wie die Rechnung nach einem Abend voller Hochprozentigem, reißt Weniger aus seiner Panik. Und aus Angst, alles könne zerfallen, und der Sehnsucht und dem Bedürfnis, ja, der pathologischen Tendenz, jede ihm gestellte Frage ehrlich und aufrichtig und unmittelbar zu beantworten – und aufgrund anderer Regeln dieses Universum – kann Mr. Prediger nur eines antworten:

»Ja und amen!«

Wie lange kann ein schwuler Mann in der Wüste überleben?

Wir werden es bald herausfinden, denn aus der Bussardperspektive über Kalifornien sehen wir einen alten, grün lackierten Van durch die Nacht in Richtung Mojave Wüste ruckeln. Durch die Windschutzscheibe lassen sich drei Mitfahrer ausfindig machen: ein älterer Mann mit einem Fedora, ein schwarzer Mops und ein unbekannter US-amerikanischer Autor am Steuer. Die Zeit läuft ab … jetzt.

Es war alles so schnell gegangen; Weniger wurde in eine Garage geführt, in der zwei »Schönheiten« auf ihn warteten, wie Mandern es formulierte. Die Erste hieß Dolly: ein glänzendes, schwarzes Ungetüm, ein Mops, der unseren Helden mit einem geradezu menschlichen Blick anstarrte. Womit ich einen quatschköpfigen Schwachsinn meine, der ihr aus dem Gesicht schaute. »Dolly, begrüß unseren Freund Arthur.« Dolly legte ihren Kopf schief, so als ergebe Weniger von der Seite mehr Sinn.

Die Zweite hieß Rosina: ein Camper Van. Einer von diesen uralten, ausgebauten Wagen, die man an der Westküste überall sieht: mit Omabrillen-Scheinwerfern, einem verpackten Ersatzreifen als Nase und einer enganliegenden vorderen Stoßstange, die die Ähnlichkeit mit dem absurden, leeren Gesichtsausdruck einer venezianischen Bauta-Maske vollständig macht. Leuchtend grün und, wie Weniger später noch erfahren wird, mit einem Dach ausgestattet, das sich aufklappen lässt, wie der sich ausdehnende Beutel eines Fregattvogels. Offenbar hat Mandern ihn von einem Augenarzt gekauft, der ihn nie gefahren hat, so wie Mandern es nie getan hat (»im Herzen ein Augenarzt«, wie Mandern seufzend hinzufügte). Er warf Weniger die Schlüssel zu, und sie stiegen ein. Weniger hatte keine Ahnung, was er da tat.

»Also fahren wir damit heute Abend nach Santa Fe?«, fragte er. »Was ist mit der Limousine? Schlafen wir in dem Teil hier? Was, wenn wir eine Panne haben?«

»Fahren Sie einfach«, hieß es. Und das tat er.

Weniger und der Van brauchten eine Weile, um sich aneinander zu gewöhnen. Selbstverständlich ist er an alte Autos gewöhnt, aber an nichts, was sich so menschlich anfühlt. Jedes Mal, wenn er sich bewegt, bewegt es sich mit ihm, wie ein betrunkener Tanzpartner. Und umgekehrt ist es genauso: weil es bedenklich vibriert, und er sich fest an das Steuer klammert, vibriert er selbst mit. Als würde man einen Martini-Shaker fahren. Nachdem sie fast zwei Stunden lang durchgeschüttelt wurden, über Nebenstraßen so dunkel wie ein Gruselkabinett, auf denen die Scheinwerfer wie die Taschenlampe eines Geisterjägers um jede furchteinflößende Kurve leuchteten, fahren sie in Richtung Süden zu einem Binnengewässer.

Der »Zwischenstopp in der Wüste« heißt Bombay Beach (kein Strand) und die Bar heißt Ski Inn (ohne Skier), aber wenigstens öffnet sich sein nüchternes, bedrückendes Äußeres zu einem warmen, getäfelten Raum, dessen Decke und Wände fast vollständig mit Dollarscheinen bedeckt sind. Es ist schwer, sich unseren Helden in dieser mit Kutschenrädern und Kronleuchtern ausgestatteten, mit Sägespänen ausgelegten und mit Spucknäpfen übersäten Umgebung vorzustellen. Er scheint wie ein Hologramm zu flimmern. Überhaupt ist es schwer, sich Arthur Weniger in den USA vorzustellen. Außer Landes wirkt seine Unbeholfenheit irgendwie natürlich. Hier wirkt sie einfach nur irritierend. In einer durch und durch amerikanisierten Umgebung – einem Football-Stadion, einer Sportbar mit Bier und Fernsehen, einem Eisenbahnwaggon-Diner –, wo sich die meisten unter ihresgleichen entspannen, endlich frei von vermeintlich fremden Verstrickungen, sitzt Weniger kerzengerade da und sieht aus, als wäre er gar nicht richtig anwesend. Stellt man ihn zum Beispiel in ein Weizenfeld, wirkt es, als sei er in der Postproduktion eines Films nachträglich hinzugefügt worden. Am schlimmsten ist es in Kirchen – dort hat er den verwirrten Gesichtsausdruck einer Person, die eine Theateraufführung von *Godspell* erwartet. Ebendiesen Ausdruck hat er heute auch.

»Ist das ein Saloon?«, fragt Weniger, als erwarte er eine Szene aus *Westwärts zieht der Wind.*

»Ich vermute, Sie waren schon mal in einer Bar«, antwortet Mandern knapp und setzt sich auf einen Barhocker.

Weniger schaut sich um. Der Raum ist mit Straßenschildern und alten Fotografien von Kunstreitern und einem eisernen Dingsbums dekoriert, das vielleicht einmal zu einem Pferd gehört hat; die Bar ist so heruntergekommen, dass man zweifelsohne ein Bier von einem Ende des Tresens zum anderen gleiten lassen könnte. Eine Karikatur ihrer selbst, so wie Arthur Weniger in seinem adretten grauen Anzug. So wie wir alle.

»Und wo ist der Skibetrieb?«, fragt Weniger.

»Was darf's sein?«, fragt der Barkeeper, der mit seinen weißen Haaren, die zu einem kleinen Pferdeschwanz zusammengebunden sind, aussieht wie Thomas Jefferson.

»Zwei Martinis«, sagt Mandern gemächlich, »eiskalt.«

Arthur Weniger starrt an die Decke. »Wie kriegt man die Dollarscheine da hoch?«

»Mit 'nem Vierteldollar und 'ner Reißzwecke«, sagt Jefferson, als er die Getränke vor sie hinstellt, »fürs Gewicht. Den Wurf muss man üben. Nach 'ner Weile öffnet sich der Schein und die Münze fällt runter.«

»Darf ich es mal versuchen?«, fragt Mandern und Jefferson nickt in Richtung einer Schüssel mit Reißzwecken. »Haben Sie einen Stift?« Die Frage geht an Weniger, der den uralten Stift seiner Mutter hervorholt, während der alte Mann einen Dollar zückt und ihn gekonnt unterschreibt, bevor er die Reißzwecke durch die Mitte sticht, sie mit einem Vierteldollar bedeckt und den Dollarschein wie einen Dumpling verschließt.

Jefferson: »Mit Schmackes.«

Mandern tut wie ihm gesagt; auf wundersame Weise bleibt es haften. Weniger lacht vor Verwunderung, doch der alte Mann schaut bloß an die Decke.

»Also«, sagt Weniger und nippt an seinem Martini. »Ich denke, was die Menschen wissen wollen, Mr. Mandern, ist –«

»Ist das Ihre unbeholfene Art, das Interview zu beginnen?«, sagt Mandern und schwenkt seine Sonnenbrille zu Weniger.

»Wir haben eine Abmachung, Mr. Mandern.«

»Ich tausche eine Frage gegen eine Frage.« Mandern holt nun eine Pfeife hervor und steckt sie sich in den Mund, ohne sie anzuzünden. »Ich zuerst. Meine Familie kam früher hierher, als der Ort noch ein Resort war. Es war unser Ritual. Salton Sea, so haben sie das genannt. Es war nicht mal ein richtiger See, sondern nur ein Durchbruch in einem Bewässerungskanal, der ein trockenes Seebett auffüllte. Eine Zeit lang gab es Häuser und Motels und die Leute schwammen und fuhren Wasserski. Das ist natürlich längst vorbei.«

Das würde den Namen Ski Inn erklären. »Wo ist das Wasser hin?«

Mandern scheint sein Spiegelbild anzustarren, das von Dollarscheinen umrahmt wird. Er zuckt mit den Schultern. »Jetzt erzählen Sie mir eines Ihrer Familienrituale.«

»Rituale?«

»Sie wissen schon. Mussten Sie immer den Gin verstecken, wenn Großmutter zu Besuch kam?«

»Meine Großmutter war eine Baptistin aus den Südstaaten«, sagt Weniger, immer noch von der leeren Pfeife fasziniert.

»Eine Frage gegen eine Frage.«

Weniger schaut sich den alten Mann an und versucht sich vorzustellen, wie er als kleiner Junge in dem verschwundenen See geplantscht hat. »Mein Vater verließ uns, als ich klein war«, sagte Weniger. »Der zweite Ehemann meiner Mutter war Chemiker. Also gab sie ihm immer Geschenke aus dem Periodensystem. Angelehnt an die Ordnungszahlen der Elemente. Ruthenium, Rhodium und so weiter.«

Mandern lacht, und die anderen schauen sich nach ihm um. »Das ist ja absurd!«

Eine interessante Aussage von einem Mann mit einem Mops, einer Pfeife und einem Van. Weniger fährt fort: »Es war eine große Sache, als er Silber wurde, weil sie ihm endlich ein Geschenk kaufen konnte. Man kann ja schließlich keine Manschettenknöpfe aus Ruthenium kaufen ...«

»Warum nicht? Was hat sie ihm denn zum silbernen Geburtstag geschenkt?«

»Silberne Manschettenknöpfe.« Weniger hört ein Seufzen. »Dann war da noch der goldene Geburtstag. Und sein letzter«, sagt Weniger und versucht sich zu erinnern, »sein letzter Geburtstag war ... Thallium.«

»Thallium«, wiederholt Mandern andächtig.

»Einundachtzig«, sagt Weniger und starrt auf die Konstellation an Dollarnoten. »Bis Blei hat er es nie geschafft.«

Ein Geräusch ertönt, das unmöglich Gelächter sein kann. Als Weniger zu Mandern rüberblickt, wird er überrascht; der Mann hat seine Sonnenbrille abgenommen. Seine Augen sind golden, löwenhaft, irgendwie kleiner, als man es in dem trockenen Seebett seines Gesichts vermuten würde – kleine Salton Seas.

»Mr. Weniger«, sagt Mandern, »wann war das letzte Mal,

dass Sie Ihren Vater gesehen haben? Ich meine Ihren leiblichen Vater.«

Weniger begutachtet den alten Mann aufmerksam. Ist er beides, Gedankenleser und Verrückter? Er beobachtet, wie eine alte Frau, deren weiße Locken über ihren Ohren an James Madison erinnern, an den Barkeeper herantritt, der wie Jefferson aussieht. Die beiden besprechen sich flüsternd. Weniger scheint inmitten des Kontinentalkongresses gelandet zu sein. »So, jetzt bin ich dran mit Fragenstellen.«

Mandern seufzt und setzt seine Sonnenbrille wieder auf.

»Wen suchen wir hier eigentlich?«

Der alte Mann sagt kein Wort.

Weniger will gerade wieder ansetzen, doch kann nur einen plötzlichen Schrei ausstoßen; etwas hat ihn am Kopf getroffen.

Jefferson wischt über den Tresen und nickt. »Da wäre dann der Vierteldollar.«

❖❖❖

Ein Anruf aus einer altmodischen Telefonzelle in einer Pension, die keine Pension ist, an einem Strand, der kein Strand ist.

»Leiter runter!«, sagt Weniger zu mir (ein Insiderwitz).

»Weniger! Was ist passiert? Du müsstest doch eigentlich von ganz woanders anrufen –«

»Planänderung! Mandern wollte das Porträt nicht machen, wenn ich ihn nicht hierherfahre, also –«

»Also bist du in Santa Fe?«

»Noch nicht. Wir sind in … Ich weiß nicht genau, wo. Wir sind in einem Camper unterwegs.«

»Ist alles in Ordnung? Wirst du da zu irgendwas verführt?«

»Nein! Er … er hatte vor, das ganze Ding abzublasen. Kein Porträt, kein Geld, Freddy.«

»Du könntest Wichita anru-«

»Hör auf damit! Ich habe alles im Griff.«

»Dann bleibt mir wohl nur noch zu sagen: Mach dir Notizen.« *Sei aufmerksam.*

»Das werde ich. Versprochen.«

Wir sagen, dass wir einander lieben. Doch in den Worten unserer üblichen Verabschiedung schwingt Besorgnis mit. Und ich denke an meine Großtante, die einmal zu mir meinte: »Das wird nicht halten.«

Mandern dirigiert ihn weg von Bombay Beach und, eine unbefestigte Straße gesäumt von Kreosotbüschen runter, hinein in die Wüste zu ihrer Unterkunft. Irgendwann halten sie an einem Ort, an dem zwei Segeltuchzelte wie Laternen auf der Tischfläche der Nacht leuchten. Dazwischen: ein Feuer, das in einer Tonne lodert. Eine in ein Schafsfell gehüllte Frau nähert sich, eine Schwarze Frau mit grauen Dreadlocks und runden Wangen, die im Licht des Feuers leuchten. Das muss ihr Grundstück sein. »Dolly!«, ruft die Frau und Mandern steigt aus dem Van. Weniger beobachtet, wie er den Hund auf dem Boden absetzt und Dolly auf die Frau zuwackelt. Es bleibt ein Mysterium, was genau er jetzt zu tun hat. Fühlt es sich so an, eine Romanfigur zu sein?

»Lass kein Essen draußen liegen«, warnt die Frau Weniger streng. »Oder Kleidung.« Er würde ihr gern sagen, dass er keine Kleidung bei sich hat. Er wird zu seinem Zelt geführt, das eines dieser Wunder an Menschlichkeit ist: ein großes Messingbett, bedeckt mit Serrano-Tribal-Decken und Fellüberwürfen, die jemand freundlicherweise bis ganz hier raus geschleppt hat, mitten ins Nirgendwo. Weniger verneigt sich vor Dankbarkeit und steigt ins Bett.

Er ist kurz davor einzuschlafen, als er eine Stimme hinter der Zeltwand hört; es ist Manderns tiefes Grollen: »Ich habe über Ihren Stiefvater nachgedacht.«

»Ach ja?«

»Ich finde, Plutonium ist ein gutes Alter, um zu sterben. Pluto, der Gott des Todes.«

Im Kopf sucht Weniger das Periodensystem ab. »Aber das wäre ja vierundneunzig oder fünfundneunzig!«

»Ganz richtig«, murmelt der berühmte Mann. »Zu jung, zu jung.« Weniger geht davon aus, dass Mandern mit diesem Gedanken in seinem Kopf einschläft, denn danach kann Weniger nur das Geräusch seines schweren Atems hören, bis ein letzter Satz aus der Dunkelheit ertönt: »Wir suchen meine Tochter.«

Während sich unser Held, um der kalten Wüstennacht zu trotzen, unter seiner Bettdecke zusammenkauert, wie der einzige, warme Funke im Herzen eines arktischen Kristalls, erinnere ich mich an die Gelegenheiten, zu denen ich mit Arthur Weniger »zelten« war. Mir kommt natürlich das unglückselige Hotel D'Amour in den Sinn. Doch schon davor gab mir meine Großtante einen Rat, die traurig ihren Kopf schüttelte, als ich ihr erzählte, dass ich in Arthur Weniger verliebt sei. »Das wird nicht halten«, sagte sie. Ich fragte sie, was sie damit nur meinen könnte. Sie zuckte mit den

Schultern und sagte: »Ihr solltet jetzt verreisen.« Ich schlug es Weniger vor. Ich wusste, dass er Landkarten mochte, und ich breitete eine vor ihm aus. »Es gibt einen Zug, der von hier direkt hoch nach Portland fährt und dann rüber nach Boston. Wir fahren durch Oregon, Idaho, Montana, eines der Dakotas ... es dauert vier Tage und wir hätten ein Zimmer nur für uns allein und ...«

Er starrte mich an wie ein Liebhaber, dem gegenüber der Wunsch nach seltsamen Sexpraktiken geäußert wurde. Erst dachte ich, er hielte mich nicht geeignet für eine Reise, doch nach einer hitzigen Diskussion kam heraus, dass es das ganz und gar nicht war. Sondern dass er bereits eine Reise geplant hatte. Es sollte eine Überraschung für meine Ferien sein, und nun sah er sich gezwungen, alles zu verraten.

Unser erster Halt wurde von Weniger als »exklusives Hotel am Wasser« bezeichnet. Es entpuppte sich als Künstlerprojekt: ein einzelner, auf einem kalifornischen See schwimmender Kasten. Es war nichts weiter als ein schaukelndes Toilettenhäuschen mit einer U-Boot-Luke, die zu einem Schlafzimmer hinunterführte. Ein Teenager brachte uns mit einem Motorboot hin und wir wurden darüber informiert, dass wir wie in einem U-Boot »Leiter rauf!« oder »Leiter runter!« rufen sollten, um Kollisionen zu vermeiden. Er ließ uns kaltes, chinesisches Fastfood da, eine Packung Instantkaffee und ein paar Handtücher. Unverzüglich öffneten wir die Luke, Weniger stieg als Erster hinab und rief: »Leiter runter! Leiter runter!« Als ich bei ihm ankam, war Weniger wie versteinert. Der Künstler hatte den Raum aus Plexiglas gestaltet. Zwischen transparenten Wänden zwei Betten, umgeben von dem trüben See (ich habe seinen Namen vergessen, nennen wir ihn Elchsee), in dessen olivfarbenen Tiefen das Sonnenlicht seine langen Finger ausbreitete, wie ein Pianist, der Variationen improvisiert, leuchtende Farbakkorde, in denen (für uns) fremde Arten schwammen, in Schwärmen oder Verbänden, die im Goldstaub ihres Elements schimmerten, und wir waren beeindruckt – obwohl es sich höchstwahrscheinlich nur um ganz gewöhnliche Barsche handelte. Es war eine harte Nacht, aber die Wellen schaukelten uns wie eine Unterwasserwiege. Am nächsten Morgen erwachte ich von einem Schrei: Arthur Weniger saß aufrecht im Bett, und ich sah, was ihn aufgeschreckt hatte. Wir lagen in einem Würfel aus Morgenlicht, während uns, im Schein des Lichts angeordnet wie magische Dolche, rund hundert Fische anstarrten.

Der zweite Teil des »Wasser«-Ausflugs war weitaus komplizierter als der »Leiter runter!«-Vorfall, denn die Aufgabe, für die er uns so schwärmerisch angemeldet hatte, bestand darin, ein Floß zu bauen und es zwei Nächte lang den American River hinunterzutreiben. Vielleicht schwebte ihm eine Huck-Finn-Phantasie vor, wie sie viele Schriftsteller haben, oder vielleicht träumen Kalifornier ja auch vom Goldrausch. Vielleicht war das Holzfällerische an dem Ganzen für ihn auch erotisch aufgeladen. Was wir vorfanden, sprengte allerdings jede Vorstellungskraft: ein schlammiges Ufer mit Stapeln von nackten Baumstämmen, Seilrollen, zwei andere Paare und eine breitschultrige Frau aus Stockholm, die unsere Arbeit beaufsichtigte. Ich möchte hinzufügen: Es regnete. Die Aufgabe jeden Paares bestand darin (wie sie uns in ihrem olivgrünen Regenmantel befahl), aus den Baumstämmen ein seetüchtiges Gefährt zu bauen, einschließlich eines A-Rahmens als Unterschlupf, und alles mit einer Vielzahl von Knoten, die sie uns zeigte, zu sichern. Das alles musste selbstverständlich hüfttief im Fluss geschehen. Da ich nicht von Hafenarbeitern großgezogen worden war, erschienen mir die Knoten schier unmöglich, aber Weniger hatte es schwerer getroffen; unsere Leiterin attackierte meinen *Walloon* rücksichtslos, als fordere sie Wiedergutmachung für das Scheitern von New Sweden, und mehr als einmal geriet Weniger in die Strömung des American Rivers und musste sich zurück ans Ufer retten. Wir wurden lange nach den anderen beiden Paaren fertig und brachen daher erst spät am Tag auf, voller Erleichterung, unserer Oger-Meisterin entkommen zu sein. Wir ließen uns träge den Fluss entlang treiben und freuten uns, dass unsere Beziehung dieses kolossale Makramee-Projekt überlebt hatte. Neben uns erhoben sich die Ufer aus weißem Stein und Kiefern, das Sonnenlicht ersetzte den Regen, und der Wald putzte sich im Spiegel des Flusses heraus. Wir hatten jedoch eine wichtige Sache an Land gelassen: unsere Verpflegung.

Die Erkenntnis traf uns wie der Blitz. Ich hörte einen Aufschrei aus der Kabine und Weniger erschien mit weit aufgerissenen Augen und hielt mir zwei Dosen Bier entgegen. Wir hatten offenbar nur die Kiste Dewey-Bier (aus Delaware) und die Campingausrüstung eingeladen, während die Verpflegung weit hinter uns lag, wie so viele schöne Erinnerungen. Schuldzuweisungen wurden wie eine heiße Kartoffel hin und her gereicht; in Wenigers Kopf, diesem zahnlosen Werwolf, war der Vollmond der Angst längst aufgegangen, und Kannibalismusdrohungen lagen in der Luft.

»Ich werde eine Zeitmaschine erfinden!«, schrie ich außer mir, und er sagte nur, ach, wirklich? »Ich werde eine Zeitmaschine erfinden und *mich gegen dich entscheiden*!« Er war sichtlich verletzt von meinen Worten, vielleicht war es das Schlimmste, das ich jemals zu ihm gesagt hatte.

Hach, aber wie schnell sich das Rad des Schicksals dreht! Eine Stunde später trafen wir eines der anderen Paare, die auf einer Sandbank feststeckten (der Fluss war, für die Jahreszeit unüblich, zu flach). Also griffen wir auf die älteste aller Lösungen zurück: Piraterie.

Im Austausch gegen vier Dosen unseres Dewey-Biers und unsere Hilfe bei ihrer Befreiung bekamen wir eine halbe Packung geschnittenes Brot, eine Tomate und etwas Käse. Damit hielten wir bis zum frühen Abend durch, wo wir auf das andere Paar trafen, das zwischen Felsen gestrandet war; sie gaben uns eine Packung glutenfreie Nudeln und noch mehr Tomaten. Wir zelteten alle an Land in einem verwilderten Ort namens Lotus (wenig Homerisch), wo ich zu meiner Schande gestehen muss, dass ich den sehr lauten Schnarchern Eier stahl. Wir schliefen den tiefen Schlaf der Ungerechten. Der nächste Tag war sonnig und ebenso profitabel; unsere unglücklichen Gefährten brauchten drei weitere Male unsere Hilfe. Etwas wehmütig erreichten wir unser letztes Lager am Folsom Lake, dessen niedriger Wasserstand bei Sonnenuntergang eine ehemalige Bergbaustadt erkennen ließ, die vor langer Zeit durch einen Damm überflutet worden war. Wir teilten unsere letzten Deweys unter den erschöpften Reisenden und stopften uns am Feuer mit unserer Beute voll. Am nächsten Morgen schrie uns die Schwedin wach und verlangte, dass wir unser Gefährt abwracken und es wieder in seine Einzelteile aus Holz und durchnässten Seilen zerlegen sollten. Es war ein trauriger Abschied; unsere bezaubernde Reise war nun zu Ende und mit ihr unsere lasterhaften Taten.

Als wir erschöpft und mit blauen Flecken in die Hütte zurückkamen, setzte sich Weniger auf die Couch und barg den Kopf in seine Hände; nichts war nach Plan verlaufen, und er ging davon aus, all das läge nur an ihm.

»Na klar lag es an dir«, sagte ich zu ihm.

Er beteuerte, wie leid es ihm täte, dass er immer alles verbocke.

»Weniger«, sagte ich zu meinem armen Wallonen.

Er sagte, ich würde eine Zeitmaschine erfinden und mich gegen ihn entscheiden.

»Weniger!«, sagte ich, vor ihm auf dem Boden hockend. »Ich fand es toll!«

Ein Wüstengeräusch. Diesmal ist es mit ziemlicher Sicherheit das Heulen eines Kojoten. Sofort steht Weniger, eingewickelt in seine Serrano-Decke, vor dem Zelt.

Die Landschaft ist spiegelverkehrt. Die Wüste ist jetzt am Himmel zu sehen, entlang der Sanddünenkämme durchzogen von rosaviolett und goldbraun, und darunter breitet sich eine dunkle Galaxie an stacheligen Pflanzen aus, Josuabäume, die sich in Grüppchen bis zum Horizont erstrecken, ihre schweren Arme in die Luft gereckt wie Kirchgänger bei ihrer Erweckung. Wie lange gibt es das alles schon? Seit Ewigkeiten? Warum hat ihm nie jemand davon erzählt? Die Sterne erlöschen nach und nach, als wäre ein Laternenanzünder am Werk, und der Himmel hellt sich in Erwartung des Tages auf. Und da bemerkt er, dort hinten zwischen den Josuabäumen, deren Silhouetten sich gegen den Himmel abzeichnen, den Umriss eines alten Mannes in einem Morgenmantel, der den Sonnenaufgang betrachtet. Sein kleiner Hund fängt an zu kläffen.

Offen gestanden sieht Amerika von hier eigentlich ganz schön aus.

»Mache dich auf, werde licht; denn dein Licht kommt«, pflegte Wenigers Mutter jeden Morgen zu sagen, wenn sie das Sonnenlicht durch die Kunststoffjalousien hereinließ, und lieferte Kapitel und Vers immer gleich mit: »Jesaja sechzig, Vers eins.« Dann reichte sie dem kleinen Archie ein Stofftaschentuch, in das er zu schnäuzen hatte.

Die Morgendämmerung bricht an (und mit ihr Wenigers mütterliches Naseschnäuzen). Er tritt erneut aus seinem Zelt und sieht Mandern nachdenklich am Morgenfeuer sitzen. Weniger steht allein mit seinem Kaffee da und betrachtet diese fremde Welt, das Land, aus dem er kommt. Er schaut rüber zu Mandern: Wann wird dieser ruppige, alte Mann noch weitreichendere Unbeständigkeiten offenbaren? Heute, an dieser vermeintlichen Oase? Gestern Abend konnte er beobachten, wie Mandern locker zwei Martinis weggesteckt hat; wird es heute Abend etwas Stärkeres sein? Waren das tatsächlich Minzpastillen? Ist seine Pfeife tatsächlich leer? Weniger wappnet sich gegen das bevorstehende Chaos, aber er wappnet sich schließlich auch gegen alles und jeden.

Sie machen sich auf den Weg. Die Straßen sind wieder ganz normal, fast schon langweilig, und die Josuabäume werden langsam durch comichafte Saguaro-Kakteen ersetzt. Weniger fragt sich, wie weit es wohl von hier zum O. K. Corral ist.

»Noch eine Frage, Arthur Weniger«, grummelt Mandern.

Weniger räuspert sich: »Warum sind Sie –«

»Ich meine von mir. Lebt Ihr Vater noch?«

Unser Autor bringt sich wieder auf Spur und räuspert sich. Eine Pause, die Panik, der Gedanke, wenn er das Geld haben will, muss er nach den Regeln spielen. »Er verließ uns, als ich klein war«, sagt Weniger. »Er war einer von diesen Motivationsrednern, mit der erste, Teil eines Schneeballsystems, dieser ganze Mist. Er verließ uns, kurz bevor die Polizei bei uns auftauchte. Am Abend einer Schultheateraufführung.«

»Ein Krimineller!«, ruft Mandern. »Was hat er angestellt?«

»Wissen Sie, so genau weiß ich das gar nicht. Ich habe niemals wieder von ihm gehört, jedenfalls nicht wirklich. Ich bekam einen Anruf – « Und mit einem Mal muss er auflachen. »Ich bekam einen Anruf von einem Sheriff in White Sands, New Mexico. Er hatte meinen Vater für den sittenwidrigen Zusammenstoß mit einer Satellitenschüssel verhaftet.«

Zum zweiten Mal hört Weniger den alten Schriftsteller lachen. Ein echtes Lachen. Und seine Ohren werden rot. »Das ist verdammt nochmal das Beste, was ich in den letzten Wochen gehört habe«, sagt er. »Zugegeben, es war ein beschissenes Jahr.«

»Jetzt bin ich dran. Warum brauchen Sie so lange für diesen Roman?«

Mandern nimmt die Pfeife aus seinem Mund. »Sie kennen doch Penelope, die behauptet, sie würde heiraten, sobald sie das Leichentuch ihres Schwiegervaters fertiggewebt hat. Und jede Nacht trennt sie alles wieder auf? Nun, so ist es auch bei mir.«

Kurioserweise muss Weniger lächeln. »Sie erinnern mich an eine Frau aus Kalifornien.«

»Wird sie heiraten, wenn sie fertig ist?«

»Eher nicht.«

»Ich auch nicht«, sagt Mandern und klopft seine leere Pfeife in seine Handfläche. »Ich werde sterben.«

Nachdem sie eine lächerliche halbe Stunde in einer verlassenen Stadt gefangen waren, in denen (wie in einem Volksmärchen) scheinbar Esel die Herrschaft an sich gerissen haben, überqueren sie den Colorado River und gelangen nach Arizona, wie sich an den unterschiedlichen Hinweisen zur Rohstoffförderung ablesen lässt: Städte mit Namen wie Quartzsite und Bauxite und Perlite, die an den Rändern von Steinbrüchen angesiedelt sind, Schilder stillgelegter Minen, die einem als »Geisterstädte« verkauft werden, so wie klapprige, alte Hotels mit defektem Strom, die sich als »spukend« bezeichnen, um Geld bei den Übernachtungskosten draufschlagen zu können. Kiesgruben gibt es zuhauf, Hässlichkeit überall; man beginnt, an der Menschheit zu zweifeln. In der Ferne werfen rote Felshügel blauschwarze Schatten, und dort, inmitten dieser Pracht, wo in anderen Bundesstaaten ein großes »Spukhotel« liegen könnte, stehen immer: ein Trailer und eine Satellitenschüssel. Ansonsten ist die Gegend flach und unbelebt – so flach, dass es Stunden dauert, bis die Straße überhaupt mal eine Kurve wagt. Und dann sieht Weniger entlang ihrer Strecke einige scheinbar unsterbliche Akazien, die jemand (warum dieses plötzliche Gefühl der Freude?) weihnachtlich geschmückt hat. Kilometerweise Lametta und Weihnachtsdekoration. Die Wüste glitzert vor Schönheit. Menschheit: Entscheide dich mal.

AMBROGIO – DER LETZTE FREIE ORT – FAST DA! steht auf einem Graffiti, das auf einen Felsen gesprüht wurde. Und *fast da* beschreibt es ganz gut …

Arthur Weniger hat sich in seinem Leben schon oft fehl am Platz gefühlt. Ich würde schätzen, das Schlafzimmer mit der Trompetenranke ausgenommen, fast überall (so wie vielleicht auch ich). Er ist bei den Pfadfindern gewesen, wo jeder Junge der Aufforderung nachkommen sollte, seinen Lieblingsknoten zu binden, bei Schwulenpartys, wo er auf seinem Namensschild seinen Kink aufschreiben sollte (lange Unterwäsche), in Bars, in denen er Lieder aus der Jukebox auszuwählen hatte, in Yoga-Kursen, in denen er die Posen eines Schlangenmenschen nachzuahmen hatte – und an jedem Morgen seines Lebens, wenn er darüber zu entscheiden hatte, ob das Leben heute zu schaffen sei (oder nicht). All das hat er gemacht. Sich in einer Situation wiederzufinden, die Unordnung und Chaos bedeutet, ist also kein Problem für ihn. Irgendwie könnte man es sogar als Arthur Wenigers Komfortzone beschreiben. In solchen Situationen weiß er wenigstens, woran er ist.

Zuerst flackert eine Luftspiegelung am Rande der Wüste auf – wie etwas, das man nicht aus dem Auge bekommt –, die sich in die rosafarbene Kuppel eines lang verschütteten Tempels auflöst, die sich in der nächsten Kurve allerdings als hohl entpuppt: eine metallisch glänzende Halbschale. Daneben und darunter, bis in die Schlucht hinein, stehen verstreut Betonwürfel, der Halbschale zugewandt, als würden sie (gefangen in ihrer Geradlinigkeit) in Anbetung vor ihr knien. Eine Mauer mit einer Reihe von Toren umgibt das Ganze. Die Schlucht ist von einem Grün durchzogen, durch das wie durch ein Wunder ein Fluss fließt. Staubig, umgeben von wilden Akazien und Mesquitebäumen, wirkt es wie etwas, das vor einem Jahrhundert verlassen wurde; es gibt kein einziges Zeichen menschlichen Lebens. Nur entlang der Wand ist ein Name in den Felsen gemeißelt: AMBROGIO.

(Hier weiß er, woran er ist: Er wird scheitern.)

»Die letzte der ehemaligen Piratenbuchten«, erklärt Mandern. »Keine Polizei, keine Regeln. Man ist auf sich allein gestellt, mehr oder weniger.«

»Hier ist Ihre Tochter?«

»Sie war es.«

»Und dann geht es weiter nach Santa Fe? Wir müssen Sie nach Santa Fe bringen!« Kein Porträt, kein Geld. Kurze Zukunftsvision: die heruntergerissene Trompetenranke, das verbretterte Fenster, die Abrissbirne, die ihren zerstörerischen Schwung aufnimmt ...

Mandern steigt ohne zu antworten aus dem Wagen.

Für einen Ort, an dem so viel Unordnung herrscht wie hier, sind die Tore von Ambrogio erstaunlich stabil: Gusseisen eingelassen in apricotfarbenen Backstein. Überall am Tor baumeln Bronzeglocken, die im Wind schwingen. Mandern bringt sie mit seiner Hand zum Klingen (und zuckt bei der Anstrengung ein wenig zusammen). Ein stämmiger, junger Mann in Schafsfellweste und Wildlederhose kommt auf sie zu, sein Haar überzogen von feinem rosa Staub.

»Wir hätten gerne Eistee!«, ruft Mandern. Es scheint eine Art Code zu sein, denn der junge Mann öffnet bereitwillig das Tor – eine Zahlenkombination wie bei einem Spind – und lässt sie herein. Der Gehweg besteht aus mit Glas eingefassten Betonblöcken, in denen die Skelette von Fischen und in einem ein menschlicher Schädel zu sehen sind. Der Mann führt sie nicht zur Kuppel, sondern hinter die rosafarbenen Wände und auf einen staubigen Tafelberg, wo vier große Telefonmasten in den Boden gerammt worden sind. Zwischen ihnen sind Bretter als behelfsmäßige Leiter festgenagelt und zwei andere Männer sind dabei, ein Flaschenzugsystem zu befestigen. Weniger schämt sich zuzugeben, dass er das alles schäbig und ärmlich und ganz und gar nicht einladend findet, vielleicht sogar kriminell, und er hat Angst.

Mandern lacht. »Baloo hat ja viel verändert!«

»Denke schon«, sagt der junge Mann. Seine vornehmen Züge, die die Herkunft aus einer Mestizen-Familie vermuten lassen, sind gepaart mit einem deutlich ausgeprägten kalifornischen Gemurmel: »Die bauen hier eine Plattform zur Wertschätzung des Universums.«

»Wie war das bitte?«, fragt Weniger.

Lauteres Gemurmel: »Eine Plattform zur Wertschätzung des Universums.« Es bleibt Nonsens. Weniger fühlt sich an einen Zimmergenossen vom College erinnert, ein adretter, pakistanischer Student, der immer behauptete, er könne die Aussprache der Amerikaner nicht verstehen. Für ihn klang alles nach »Hamburger-Hamburger-Hamburger«.

Mandern wendet sich ihm mit einem breiten Grinsen zu. »Arthur«, sagt er, »uns erwartet ein großartiger Ausblick.« Wenn Mandern damit den Blick von der Plattform meint, hat er sich geschnitten. Weniger wird für kein Geld der Welt auf diesen Hamburger hochgehen.

Eine in türkise Stoffe gehüllte Frau mit einem großen Sonnenhut kommt um die Ecke. Sie ist wunderschön, in ihren Vierzigern oder Fünfzigern, mit langen, rotbraunen, lockigen Haaren – ein *Pasticcio* wie ich –, und sie bewegt sich mit der Anmut einer persischen Pari. »H.!«, ruft sie und läuft auf H. H. H. Mandern zu, um ihn zu umarmen. Die Art und Weise, wie sie seine Wangen tätschelt und küsst, impliziert das schier Unmögliche.

»Du hast dich kein bisschen verändert«, stellt sie fest.

»Deine Haare sind nicht mehr blond«, sagt Mandern.

»Ich lebe jetzt vegan«, sagt sie ernst. Der Zusammenhang erschließt sich Weniger nicht.

»Arathusa, das hier ist mein Kollege Arthur Weniger. Oder Prediger.«

Es ist, als würde eine Schar türkisfarbener Naturgeister auf ihn hinabsteigen, sich mit seiner Seele vereinen und wieder davonschweben. Einem veganen Geist gleich hinterlässt sie durch den Hauch ihrer Berührung einen Duft von Orangen und Sesam.

»Schön, dich kennenzulernen, Art. Ich bin Ratsvorsitzende Arathusa.«

Jetzt ist er also »Art«? »Wie läuft's denn so?«

Sie schürzt die Lippen. »Nun ja, Art, heute Morgen hat mein Hund meinen Boomerang zur Hälfte aufgefressen.« Sie holt ein zerkautes Stück Balsaholz aus einer Tasche hervor.

»Funktioniert er noch?«

Arathusa denkt über die Frage nach und wirft das Ding mit überraschender Fertigkeit über den Hof. Es saust durch die Luft und bleibt Meter neben dem Plumpsklo im Staub liegen. Beide starren sie für einen Moment dorthin. »Nun«, sagt sie erfreut, »funktioniert noch so halb, denke ich! Art, wie lautet deine Lebensphilosophie?«

Ein paar Grundsätze kommen ihm in den Sinn – *Kauf keine Tomaten im Winter, Männer über vierzig sollten ihre Haare nicht färben, Teure Unterwäsche ist es immer wert* – aber keine wirklichen Lebensphilosophien. »Ähm, ich glaube, ich habe keine.«

»Jeder hat eine; du musst sie nur herausfinden. Bei meiner geht es um das Annehmen und Wertschätzen des Affirmativen. Sie geht so: ›Kenn kein *nein.*‹«

»Kann kein nein«, spricht Weniger nach.

»Du missverstehst mich«, sagt sie lächelnd. »Nun, hör zu: Kenn kein *nein.*«

»Kann kein nein.«

Arathusas Lächeln wird spitzer. »Das kann doch nicht sein!«, sagt sie und sagt es noch einmal: »Kenn. Kein. *Nein.*«

»Kann«, beginnt Weniger langsam, »kein nein.«

Ein Seufzen. »Nein.«

Offenbar soll er in einem tipiähnlichen Zelt untergebracht werden, in dem er sich um die kleine Dolly zu kümmern hat, die in der weiter unten liegenden Siedlung »den Wölfen überlassen« wäre. Nichts an dem Wort *Tipi* oder *Zelt* steht der Präsenz von Wölfen entgegen, vor allem, da es komplett mit Wölfen bedruckt ist (tatsächlich ist es kein Tipi, sondern ein *Lavvu*, das ebenfalls in dieser Gegend nicht ursprünglich beheimatet ist, aber wer oder was ist das hier schon?). Ihn beschleicht das beängstigende Gefühl, einen schrecklichen Fehler gemacht zu haben. Wie soll ihn all das hier dem Porträt, geschweige denn der Bezahlung der Hütte, näherbringen? Oder seinem Liebsten in der Ferne in Maine – mir, Freddy Pelu?

Weniger dreht sich um und bemerkt, dass Mandern fort ist. Nur sein Schatten ist noch zu sehen, der die Talebene hinabsteigt. »Warten Sie!«, schreit Weniger, ohne auch nur einen Moment darüber nachzudenken. »Gehen Sie nicht!«

Doch der Schatten des alten Mannes ist schon hinter der Ecke verschwunden.

»Der Sonnenuntergang hier ist traumhaft«, sagt Arathusa und scheint dabei Wölfen und verschwindenden Porträt-Protagonisten gegenüber blind zu sein. Sie deutet auf die Betonwürfel, über die sich bereits der Schatten gelegt hat. »Abendessen gibt es den Weg dort hinunter, in etwa einer Stunde, bring gerne etwas mit, wenn du kannst, aber alle sind willkommen! Und du solltest dir auch die heißen Quellen ansehen, hier ganz in der Nähe – folge dem Wasserschlauch. Ja, genau diesem da. Aber pass mit dem Sicherheitsventil auf, nicht anfassen! Du würdest uns noch alle ertränken, ha-ha! Bei Sonnenuntergang sind die heißen Quellen genau der richtige Ort. Was gleich der Fall sein wird, schätze ich. Achte auf die Zeichen. So, da wären wir.«

Sie meint sein *Lavvu*, aber es trifft auf beides zu: Die Sonne, Herrscherin des Südwestens, ist bereits hinter den Gipfeln verschwunden, und das ganze Tal kann sich nun in einem cantaloupefarbenen horizontalen Leuchten erholen, das die filigranen Lederarbeiten des Berghangs zum Vorschein bringt, unter dem eine Aneinanderreihung von Oberflächen (Fenster, Pfützen, verchromte Fahrzeuge) nach und nach das Abendrot reflektiert, wie die letzten Töne einer Symphonie, die von jeder Instrumentengruppe des Orchesters wiederholt werden, bis der Rand der Halbschale ein letztes Mal aufflackert und das Ereignis zu seinem Ende kommt. Nur Kenner bleiben nach Sonnenuntergang, um sich an den wechselnden Mandarin- und Korallentönen zu erfreuen, die am Himmel verbleiben, und vor diesem farbenfrohen Hintergrund fliegt der Umriss einer Taube durch Wenigers Sichtfeld, um auf einer etwas schlaffen, elektrischen Leitung zu landen, wo sie einen uneleganten Hochseilakt hinlegt, bei dem sie wippt und taumelt, wobei ihre Schwanzfedern auf und ab schwingen, bis sie ihr Gleichgewicht wiederfindet. Sie balanciert sich aus, schaut sich zufrieden um – und natürlich schließt sich ihr sofort eine zweite Taube an, die es ihr gleichtut. Das Hin und Her beginnt von Neuem, die Komplexität verdoppelt sich, die Schwanzfedern wechseln sich wie wild ab. Wer würde jemand anderem so einen Streich spielen? Den Vögeln scheint es nichts auszumachen, ihre Gelassenheit ist Teil der Komödie und Teil der erstaunlichen Szene, die sich jeden Abend auf diese Weise abspielen muss. Das ist Liebe.

Weniger beobachtet die Szenerie und fragt sich, wie solch simple Geschöpfe in der Lage sein können, höhere Physik zu beherrschen, wo er es doch selbst bloß auf eine Zwei minus geschafft hat, bis die Tauben die ganze Sache aufgeben und gemeinsam in den düsteren Schatten der Schlucht hinabfliegen. In diesem Moment liest Arthur Weniger, der mittlerweile allein ist, endlich das Schild, das direkt zwischen ihm und seinem *Lavvu* steht.

## KLEIDUNG AB HIER OPTIONAL

»Archie.«

Das Gesicht seiner Schwester erscheint vor ihm auf dem Bildschirm. Die fortschrittliche Technologie, die für dieses Kunststück notwendig ist, steht im Gegensatz zu seinem mit Wölfen bedruckten Hintergrund und ist doch absolut angemessen für ihre schlichte metallisch-weiße Umgebung. Während er wirkt, als sei er im achtzehnten Jahrhundert gelandet, könnte sie gerade mühelos den Jupiter umkreisen.

»Wie läuft's an der Ostküste, Rebecca?«

Sie schließt ihre Augen und seufzt. »Wie läuft's im Wilden Westen?«

»Ich bin in einer Kommune mit heißen Quellen zum Nacktbaden. Ich bin einsam.«

Rebecca mustert ihn aufmerksam. Eigentlich sehen sie einander nicht ähnlich, doch stehen sie nebeneinander, ist da etwas Unverwechselbares – so wie man die »Hand« des Künstlers sowohl in seinem Früh- als auch in seinem Spätwerk erkennt. Die Nase eine harte Linie, die schmale Oberlippe aufgewogen durch eine volle Unterlippe, die unheimlich kleinen Ohren, die gespenstische Blässe und das dünne Haar, das eher eine tiefhängende Wolke zu sein scheint. Bis vor einem Jahr war Rebecca noch blond. Jetzt ist sie komplett grau. Weniger hat nie nachgefragt, ob sie früher gefärbt hat oder ob das mit einem Mal passiert ist, wie bei einem Ahornbaum im Herbst. Mit ihrem Knäuel aus grauen Locken, ihrem schwarzen Body und ihrem besorgten Gesichtsausdruck sieht sie aus wie eine französische Ballettlehrerin.

»Tut mir leid zu hören, Archie«, sagt seine Schwester. »Hast du vergessen, wie es ist, auf Reisen zu sein?«

»Ich schätze schon.«

»Es geht nicht nur um Kamele und Elefanten.«

»Vor allem nicht in einer Kommune.«

»Archie, ich muss mit dir über etwas sprechen.« Ihr Gesichtsausdruck ist mit einem Mal ernst, und Weniger wird hellhörig. Die Ballettlehrerin beginnt den Unterricht. »Es geht um Dad. Er hat angerufen.«

Weniger ist verblüfft. »Er hat angerufen?«

»Er hat angerufen.«

»Von wo?«, fragt er, und eine Welle der Panik rauscht durch ihn hindurch. »New Mexico?«

»Nein, irgendwo aus Georgia. Er meinte, er sei auf einer Insel.«

»Was wollte er?«

»Er wollte wissen, wie es dir geht«, sagt sie. »Hat er dich angerufen? Oder dir geschrieben?«

Was ist das für ein Gefühl? Sich von etwas befreien, von dem man dachte, dass man es längst besiegt hätte, nur damit es einen mit seinen Tentakeln wieder packt und zurückzieht? »Nein. Nein, ich habe nichts von ihm gehört. Was treibt er so?«

»Er meinte, er leitet eine ehrenamtliche Kunst-Organisation.«

Weniger lacht. »Was auch immer das heißen mag!«

»Archie, er klang ...« Eine Pause, als würde jemand in der Besteckschublade nach dem richtigen Messer suchen, die richtigen Worte, um einen harten Auftrag schnell zu erledigen. »Er klang alt.«

Das kauft Weniger ihr nicht ab. »Hat er wieder seinen Charme spielen lassen?«

»Nein, er war eher ... reumütig«, sagt sie. »Als würde ihn etwas zermürben.«

»Vermutlich der Sheriff von White Sands.«

Sie sieht bekümmert aus. »Archie, wenn er dich anruft ...«

»Rebecca.«

»Leg bitte nicht auf«, sagt sie. »Ich glaube, er muss sterben.«

Er bemerkt, wie ernst sie jetzt aussieht. Er möchte ihr sagen, dass sie ihren Vater nie richtig gekannt hat, dass sie zu jung war, dass er genauso ein Phantom ist wie ihr imaginärer Freund, den sie im Alter von drei Jahren hatte: eine lilafarbene Ziege namens Speckles. Speckles hat angerufen. Speckles lebt auf einer Insel. Speckles muss sterben. Speckles hatte einen sittenwidrigen Zusammenstoß mit einer Satellitenschüssel. Doch er weiß, dass Rebecca sich kein bisschen an Speckles erinnert und dass sie sich nur vage daran erinnert, wie ihr Vater am Abend ihres Auftritts in der Grundschule, verkleidet als die Hälfte eines Vollkornsandwiches, verschwand, und wie er Monate später bei ihnen zu Hause einbrach, um die Sachen zu holen, die er zurückgelassen hatte. Nichts davon wird für sie jemals so real sein wie für Weniger.

»Wenn er mich anrufen wollen würde, dann hätte er das getan. Aber er hat dich angerufen.«

»Ich glaube, er hat Angst vor dir.«

Er lacht. »Niemand hat Angst vor mir.«

»Ich hatte früher Angst vor dir«, sagt Rebecca.

Weniger zuckt zusammen und muss blinzeln. Es fühlt sich wie die Wahrheit an, auch wenn es ihm bislang nicht klar gewesen ist. Vielleicht, weil er nie darüber nachgedacht hat. Wie schrecklich, wenn dem so wäre! Mit seinen vier Jahren Altersvorsprung muss er über die Zeit einige seiner eigenen Ängste auf sie übertragen haben, Ängste die von der Arroganz und Wichtigtuerei seines Heranwachsens überdeckt wurden, womöglich, wenn auch unwissentlich, sogar noch bis vor Kurzem.

Rebecca muss all das an seinem Gesicht abgelesen haben; sie kennt ihn zu gut. »Mach dir keine Sorgen«, sagt sie. »Du warst ein toller großer Bruder. Der Beste. Es tut mir leid, dass ich dich damit belasten muss, so kurz nach der Sache mit Robert.«

»Ich verstehe einfach nicht, warum mich Roberts Tod so schwer trifft.«

»Es ist der Tod, Archie. Als Mom starb, da haben wir –«

»Aber es ist etwas anderes«, sagt er. »Nichts Existenzielles. Keine Trauer. Es ist etwas Selbstsüchtiges. Ja, etwas Selbstsüchtiges.« Er hält inne. »Ich kann nicht darüber sprechen.«

Ein Seufzen. »Ach, Archie.«

»Es ist nur ... Ich bin ein Idiot, Bee. Ich mache Sachen kaputt und vergesse Sachen und schiebe Sachen auf, bis es zu spät ist, denn ich konnte immer sicher sein, dass da jemand war, um ... die Dinge in Ordnung zu bringen. Um der Erwachsene zu sein. Die Eintrittskarten zu kaufen oder Reisemöglichkeiten herauszusuchen oder zu reparieren, was auch immer ich vergeigt habe.«

»Robert.«

»Wenn es mir schlechtging, hatte er immer einen Rat. Selbst nach unserer Trennung. Er war herrisch und unmöglich, aber er hat mich immer wieder aufgebaut.«

»Archie.«

»Ich weiß nicht, ob ich es ohne ihn schaffe, Bee. Ob ich es ohne ihn überhaupt schaffen kann.«

Die Brille unterstreicht ihren verdutzten Gesichtsausdruck. »Du weißt also nicht, ob du Roberts Tod ohne Roberts Hilfe durchstehst?«

Weniger verzieht das Gesicht: »Also, wenn du es *so* formulierst, klingt es, als sei ich *verrückt*.«

Ihre Miene wird ernst. »Du hast großes Glück, Archie. Du hast Freddy.«

»Freddy ...« Man stelle sich vor, der eigene Name würde mit einer Mischung aus Zärtlichkeit und Ausweglosigkeit ausgesprochen, in demselben Ton, in dem Wenigers Mutter das Wort *Frankreich* zu seufzen pflegte.

»Meinst du nicht, dass Freddy dich aufrichten könnte?«

»Ich weiß es nicht. Ich weiß es nicht. Und wenn er es nicht kann?«

»Dann musst du es selbst tun.«

»Nein«, sagt Weniger. »Dann breche ich zusammen. Das würde ich nicht überleben.«

»Du schaffst das. Und jetzt geh los und spring in die heiße Quelle.«

Niemand ist überraschter als Ihr Erzähler, Arthur Weniger mit nichts als einem Handtuch über seinem Arm durch die Abenddämmerung spazieren zu sehen, bis er endlich die heißen Quellen erreicht, die das Schild versprochen hat. Es ist kaum mehr als ein kleiner schlammiger Tümpel, in dem zwei Frauen und ein Mann liegen, alle jung und weiß. Aus einem unsichtbaren Quadranten singt ein Mann, begleitet von einer Gitarre und einer Menge na-nanas, »Hey Jude« von den Beatles. Die Badenden drehen sich um und erblicken einen nackten Arthur Weniger mittleren Alters.

Keiner von ihnen ist nackt.

Eine kühle Brise weht herüber. Das Universum scheint seinen Atem für einen Moment anzuhalten. Und dann hört er eine der Frauen zu dem Mann neben sich sprechen:

»Wer ist dieser alte Mann?«

Arthur Weniger ist gerettet; es sind Deutsche! Nonchalant wirft er sein Handtuch auf einen nahe gelegenen Mesquitebaum und lächelt sie an.

*[Das folgende Gespräch wird auf Deutsch geführt.]*

»Hallo«, sagt er. »Ich bin namens Arthur.«

»Oh, du sprichst ja ein bisschen Deutsch!«, sagt der Mann. Er ist groß und schlaksig und blond, der Bart, der aussieht, als hätte er ihn sich gerade stehen lassen, ist braun. Sein rundes, hübsches Gesicht scheint nie von Sorgen verhärtet worden zu sein. »Ich bin froh, noch jemand anderes nackt zu sehen. Die Frauen machen mich ganz verlegen.«

»Verlegen ich auch«, antwortet Weniger erleichtert.

»Komm rein, Arthur. Das sind Helga und Greta, und ich bin Felix. Wir haben uns gerade über Trennungen unterhalten.« Helga ist dünn und schmunzelt ihn an, ihre blonden Haare sind zu einer Brezel geflochten. Greta, eine kräftige Meerjungfrau mit grünen Haaren, scheint stumm und fassungslos.

»Hier ist eine traurige Konversation«, sagt Weniger.

»Helga hat gerade herausgefunden, dass ihr Freund sie betrogen hat!«, sagt Felix, und Helga nickt. »Tja, echt blöd. Willst du eine Blaubeere?«

Weniger nimmt ihm die Tüte ab und schaut rüber zu dem blonden Mädchen. »Es tut mir leid, Helga«, sagt er. »Das ist eine Erdbeere.«

»Nein, eine Blaubeere«, antwortet sie.

Weniger runzelt die Stirn. »Nicht Erdbeere«, sagt er und überdenkt seine Wortwahl. »Erdbeben. Für dein Herz. Eine schreckliche Entdeckung, das Herausfinden von deinem Freund.«

Sie reckt ihre Arme in den sich verdunkelnden Himmel. »Weißt du, ich glaube, es gibt für alles einen Grund. Oh, nimm lieber nicht mehr als zwei Blaubeeren! Ja, genau. Und das Universum führt mich irgendwoanders hin, weißt du?«

»Ich weiß«, antwortet Weniger. Und er weiß wirklich,

wovon sie spricht. Wie sich herausstellt, sind die Blaubeeren mit Schokolade überzogen, was ihm sehr recht ist. Wie schön muss es sein, an ein Universum zu glauben, das für alle einen ganz besonderen Plan bereithält! Nur ganz junge Menschen können so denken, findet Weniger. Nur jene, die noch ganz am Anfang dieses Romans stehen, glauben, der AUTOR weiß, was ER tut. Während Weniger, der ja selbst Autor ist, genau weiß, dass Autoren nie wissen, was sie tun. Deswegen auch der Alkohol und die Medikamente und der Irrsinn (wie zum Beweis sind zwei Autoren in einem Camper unterwegs). Und weil er doppelt so viel Lebenszeit hinter sich hat als die Anwesenden, weiß er auch, dass er die Handlung schon vor langer Zeit aus den Augen verloren hat.

Von hinter dem Hügel singt noch immer jemand den Chorus von »Hey Jude«: *Na na na na-na-na na, na-na-na na, Hey Jude …*

»Danke für diese sehr wenig Blaubeeren«, sagt Weniger. »Wasser warm.«

»Ein paar Kilometer entfernt von hier ist ein Rohr gebrochen«, erklärt Felix, »ich glaube, selbst die Behörden wissen nichts davon. Fast wäre das ganze Gelände überflutet worden, aber wir konnten den Wasserstrom ablenken und uns diese heißen Quellen erschaffen! Halt dich vom Sicherheitsventil fern, besser nicht anfassen, sonst wird das Ganze hier wieder überflutet.«

»Es ist eine glückliche Flöte!«, sagt Weniger heiter.

Sie gucken ihn befremdlich an.

»Flöte! Flöte!«, wiederholt er frustriert. »Noah und die Flöte!«

Erkenntnis macht sich auf den Gesichtern breit. Felix sagt: »Ahh! Flut! Du meinst Noah und die *Flut*.«

»Ah ja, Flut. Flöte. Ich mache dummen Fehler.«

Helga wendet sich ihm zu: »Arthur, wann hast du das letzte Mal ein Mädchen geküsst? Sorry, ich bin echt high. Aber erzähl mal.«

»Das wurde von mir nie getan.«

»Was? Du hast noch nie ein Mädchen geküsst?«

Felix: »Er ist schwul, Helga.«

Woher *wissen* sie das?

Helga schüttelt ungläubig ihre Brezel, sie meint etwas anderes. »Aber jeder hat doch schon mal ein Mädchen geküsst!«, sagt sie. »Noch nie, Arthur, nicht mal, als du jung warst?«

»Einmal vielleicht. Als ich jung war«, berichtet Weniger. »Auf der Bühne ein Mädchen ich geküsst. Ich war sehr ängstlich. Welches Stück, ich weiß es nicht mehr.« (Mein Lieber, es war *Oklahoma!* und das weißt du ganz genau.)

Sie schüttelt wieder ihre Brezel. »Ach, das ist doch kein richtiger Kuss! Wie sieht es mit Jungen aus, hm?«

»Ich hatte neunzehn Jahre.«

»Neunzehn!«, wirft Felix ein und grinst ihn etwas lüstern an. »Komm schon! Man sagt doch immer, schwule Männer hätten viel mehr Sex als wir. Und du willst neunzehn gewesen sein, als du zum ersten Mal einen Jungen geküsst hast? Das kaufe ich dir nicht ab. Ich dachte, ihr habt alle auf Jugendfreizeit miteinander rumgemacht oder so was.«

»Nicht ich«, sagt Weniger mit einem wehmütigen Lächeln. »Erinnere, wie alt ich bin. High School war die frühen 1980er Jahre. Endlich habe ich geküsst einen Jungen ...« In der Dämmerung Arizonas erzählt Arthur Weniger, nackt in den heißen Quellen sitzend, in gebrochenem Deutsch die Geschichte in einer verkürzten und zensierten

Version – doch diese Demütigung werde ich ihm auf diesen Seiten ersparen.

»Das ist keine wirklich witzige Geschichte«, stellt Felix fest.

Helga lächelt tröstend und streicht ihm mit ihrem Handrücken über die Wange: »Wie lautet dein vollständiger Name, Arthur?«

»Arthur Weniger.«

»Hast du einen Freund, Arthur Weniger?«

»Ja.«

»Wie heißt er?«

»Freddy. Um die Welt gereist er ist, für mich zu wählen.«

Greta runzelt die Stirn und bittet ihn, das noch einmal zu wiederholen.

»Um die Welt gereist er ist. Für mich zu wählen.«

»Dich zu wählen?«

»Mich zu wählen.«

Weniger schaut an sich herunter. So, wie die Dämmerung seine nackte Haut berührt, könnte es auch das Morgenlicht sein, und die gefallenen Blätter der Schatten einer Trompetenranke. Von irgendwo aus dem Tal kommt ein schwaches, metallisches Geräusch –

»Würdest du mich gerne küssen, Arthur Weniger?«

Was soll das denn? Wer hätte solch eine Frage vorausahnen können? Arthur Weniger hat diese Art von Angebot selbstverständlich schon öfters bekommen, allerdings nicht von Frauen. Als der Kuss vorbei ist, lehnt er sich in dem schlammigen Becken zurück. Helga lacht und dreht sich zu den anderen. »Schwule Männer sind so gute Küsser!« Aber Weniger denkt nicht an den Kuss, nicht wirklich. Für ihn war das kein Kuss. Es war eine kurze Transfusion ihrer sorglosen Existenz, ihrer einfachen Welt der Blaubeeren und heißen Quellen, eine Transfusion direkt ins Blut. Der blasse Horizont erschauert, als würde er zum Kochen gebracht werden. Weniger schaut hoch: Sterne. »Das Universum ist großer Zug«, verkündet er.

Felix nickt. »Da hast du recht, mein Freund.«

»Nicht großer Zug«, korrigiert sich Weniger. »*Großzügig*. Das Universum ist sehr großzügig.« Er sitzt ganz still da und schaut hoch in die Sterne. »Aber vielleicht auch großer Zug.«

Felix lächelt. »Du bist auf einem wilden Trip, mein Freund.«

»Großer, großzügiger Zug.«

Das Säuseln des Windes geht immer weiter und weiter, hält so lang an, wie jemand »Hey Jude« von den Beatles singen kann: praktisch eine Ewigkeit.

⁂

In der Chronik klafft nun eine Lücke von fast zehn Stunden und sicherlich wird ein zukünftiger Wenigerologe, der die Lücke in den Wenigerianen studiert, vermuten, dass unser Autor in dieser Zeit beginnt, Notizen für seinen nächsten Roman zu machen, dass irgendwo im Wirrwarr der vorangegangenen Stunden die Saat der Kunst liegt. Und vielleicht werden diese armen Teufel ihr Leben damit vergeuden, jedes Blatt der Erinnerung zu durchkämmen – jeden Jefferson'schen Martini, jeden veganen Geist, jede Flöte und jede

Blaubeere –, und in der riesigen Wüste der Zeit werden sie wie Archäologen arbeiten, die sich sicher sind, dass ein großer Tyrannosaurus versteinert unter ihnen liegt, und trotzdem nur eine Zahnbürste dabeihaben. Vielleicht werden große Werke aus ihrer Mühsal hervorgehen.

Ich gehe da allerdings etwas nüchterner ran:

Das waren keine Blaubeeren.

Und weil wir ein bisschen Zeit haben, sieht es so aus, als würde ich ihm wohl doch die Demütigung nicht ersparen können ...

In seinem vorletzten Jahr auf dem College küsste Arthur Weniger endlich einen Jungen. Etwa sechs Monate lang hatte er ein jungfräuliches Dasein gefristet, und zwar ein trauriges. Und dann, eines schönen Frühlingstages, als er den Innenhof voller blühender Magnolien überquerte, auf dem wohlerzogene junge Männer sich Plastikscheiben zuwarfen und dabei zu den wohlerzogenen jungen Frauen schauten, die zurückkicherten, ja, während er in Richtung seines Wohnheims ging, das sich (oh, Zufall! Welch Erlebnis, welch Erkenntnis!) im Damaskusweg befand, blieb der junge Arthur Weniger plötzlich stehen. Das gedämpfte Licht der Bäume ließ den Rasen erstrahlen, ein herzförmiger Taubenschwarm erhob sich über der Kapelle, und die bronzene Statue aus dem Unabhängigkeitskrieg schien direkt auf Weniger zu zeigen. Unser Held machte drei verblüffte Schritte nach vorn. Er sah das Licht, die Vögel und die Bronzestatue. Er sah die Plastikscheibenwerfer. Er sah die Mädchen. Er sah, dass er nicht Teil dieser Aufführung war und es auch nie sein würde. Und endlich wurde ihm klar, was alle anderen längst wussten.

Leere Monate verstrichen – wie die unabsichtlich leeren Dias in einem Projektor –, in denen er sich mit schüchternen, questioning Jungen, wie er selbst einer war, unterhielt (alle etwas teigig und picklig, keiner von ihnen sein »Typ«), und doch fiel sein Zölibat in einen hartnäckigen Winterschlaf, der bis zur Queer Dance Party im März anhielt.

Lassen Sie uns die Szene in all ihren Details auskosten: der holzvertäfelte Kellerraum, in dem der junge Weniger mit zwei der schüchternen, questioning Jungen verabredet war, um einander mit Alkohol zu ermutigen. Einer von beiden tauchte gar nicht erst auf. Der andere kam spät, trug einen hellblauen Pullover und hatte nichts mit außer Fanta und Drambuie-Likör. Sie legten George Michael auf und der schüchterne, sich seiner Queerness nicht sichere Junge schlug vor, zu tanzen. Nennen wir ihn Reilly O'Shaunessy. Denn das war sein Name. Obwohl ein Jahr jünger (hinter seinem blond-pinken Look waren noch immer die Spuren der Pubertät zu erkennen), war er schon erfahrener als Weniger, weil er von einem verheirateten Zahnarzt in Amarillo, Texas, erst verführt und dann abserviert worden war. Stellen Sie sich zwei weiße Jungen wie Teenager tanzend vor, Weniger die Arme um Reillys Schultern. Sie waren relativ betrunken. Ich glaube, es war für beide eine Überraschung, als sie sich küssten – ein rostiger Cocktail aus Drambuie, George Michael und dem erdrückenden Wunsch, berührt zu werden. War der Kuss irgendwie gut? Wie es mit jedem ersten Kuss so ist: gut genug. Er führte zu einem hosenlosen Reilly auf der Couch und einem wie im Gebet vor ihm knienden Weniger. Reilly, versunken in seiner Lust, beugte sich irgendwann von ganz alleine vornüber und, begleitet von einem kleinen Stöhnen, wie es übersättigte Babys nach dem

Stillen von sich geben, kotzte er seinen rostigen Cocktail auf Wenigers gesenkten Kopf.

Später, nachdem unser Protagonist den schwankenden Reilly zurück in sein Wohnheim gebracht und im Waschraum eine einsame Stunde damit verbracht hatte, alle Spuren des Abends von sich und Reillys Pullover zu beseitigen, verkroch Weniger sich in sein Bett und versuchte zu schlafen. Doch er war vollkommen überwältigt. Also schrieb er verschiedene Versionen einer Nachricht, die er am Morgen an Reillys Tür hinterlassen wollte. Eine davon besitzt er noch heute; ich habe sie in seinen Unterlagen gefunden und zeige sie Ihnen ungekürzt:

*Reilly*

*Guten Morgen! Wie fühlst du dich? Ich würde gerne darüber reden, was passiert ist, wenn das möglich ist. Wir waren sehr betrunken, aber ich bereue nichts. Eigentlich finde ich es sogar witzig! Ha-ha! Und ich mag dich wirklich sehr. Lass uns heute irgendwann mal reden. Ich habe auch noch deinen Pullover, den ich gewaschen habe. Ha-ha! Ich gebe ihn dir zurück.*

*A*

Damit lag er falsch. Den Pullover hat er nie zurückgegeben. Reilly sprach nie wieder auch nur ein Wort mit ihm. Er wich Weniger auf dem Campus und im Speisesaal aus und mied fortan die Treffen schüchterner, questioning Jungen. Für Arthur bedeutete das: Heulkrämpfe, das Schreiben schrecklicher Gedichte, Nachmittage, an denen er Leonard Cohen hörte, und intime Momente, in denen er sein Gesicht in Reillys hellblauen Pullover drückte, um ein verlorenes Molekül, einen übrig gebliebenen Duft wieder einzufangen, den er ja eigenhändig herausgewaschen hatte. Monatelang ging das so. Auf gewisse Weise ist er wohl nie darüber hinweggekommen. Und all das für einen Jungen, der nicht mal sein Typ war.

Das ist mein eigentlicher Beweggrund, von seinem ersten Kuss zu erzählen – denn gewissermaßen hat er den Weg zu Robert geebnet. Und später zu mir.

Weniger rief üblicherweise nach jedem schrecklichen Date seine Schwester an. »Ich möchte doch nur mit jemandem zusammen jung und verliebt sein«, sagte er ihr. Sie hörte zu und seufzte. Alles, was er wollte, war mit jemandem zusammen jung und verliebt zu sein. War das zu viel verlangt? »Niemand versteht das«, pflegte sie dann zu sagen. »Niemand. Dein Problem ist, dass du davon überzeugt bist, auf einen bestimmten Typ Mann zu stehen.« Er antwortete, natürlich habe er einen Typ, und sie sagte: »Gib das auf und such dir jemanden, der dich anständig behandelt.«

Manch romantische Szene geht ihm selbst heute mit um die fünfzig noch durch den Kopf, wie bei einem Kino, das die immer gleichen vier oder fünf Filme im Programm hat. Da ist sein erstes Mal mit einem anderen Mann, ein sauertöpfischer Deutscher, der, als er von Wenigers Jungfräulichkeit erfuhr, anmerkte: »Na, das erklärt einiges!« Da ist der Italiener, der, als er Wochen später gefragt wurde, warum er sich aus dem Staub gemacht habe, als Weniger im Badezimmer war, erklärte: »Ich fand, du warst nicht attraktiv genug.« Und der portugiesische Doktorand, der im glückseligen Moment nach dem Akt zu Weniger herüberschaute und sagte:

»Deine Augen haben einfach nicht das richtige Blau.« Und so weiter. Aus der Distanz der Jahrzehnte mag die Diagnose einfach sein: Diese Männer hatten selbst gebrochene Herzen. Ihre eigenen kalten Schultern, ihre Verschmähungen, ihr sinnloses Schweigen von einem Mann, den sie liebten. Woher hätten sie wissen sollen, wie man mit dem Herzen eines anderen umgeht? Sie waren schließlich selbst bloß Anfänger in dunkler Magie. Sex unter schwulen Männern, an sich schon ein Studiengang für Fortgeschrittene, war nichts im Vergleich zu diesem anspruchsvollen Lehrplan, auf den nichts im Leben der 1970er Jahre diese armen jungen Männer vorbereitet hatte – nicht die High School oder das Fernsehen oder Kinofilme oder Leihbücher oder sogar Fummeleien mit Mädchen oder Jungen oder mit sich selbst: queere Liebe. Ich gestehe mir jetzt die bittere Wahrheit ein: Robert Brownburn war der erste Mann, der Weniger anständig behandelte.

Nachdem er von New York nach San Francisco gezogen war, Jahre nach dem ersten Kuss, traf Weniger auf Robert und Marian Brownburn und wenig später schon fand er sich in einem italienischen Restaurant in North Beach wieder, wo der Dichter die Hand des jungen Arthur Weniger nahm und aus Liebe zu ihm weinte. Ich glaube, Weniger saß einfach nur da, überwältigt von diesem Anblick. Denn hier, vor ihm, lag alles, was er sich je gewünscht hatte. Da war ein Mann, der ihn liebte und der dazu bereit war, seine Ehe und Freundschaften und ein unbekümmertes Leben für Arthur Weniger zu opfern. Für ihn, Arthur Weniger! Es gab einen anständigen Menschen für ihn auf dieser Welt. Noch mehr: Es gab einen Weg für ihn, sich nicht mehr sorgen zu müssen – die Risiken, zu denen Weniger sich hatte überreden lassen, sein Blut alle sechs Monate testen zu lassen, die quälende, zweiwöchige Wartezeit, bis die Ergebnisse kamen, die ängstlichen AIDS-Visionen, die durch seine Träume tanzten. Es gab einen Mann, der dem Tod die Tür verschließen würde.

Hat er Robert geliebt? Selbstverständlich hat er das. Aber Robert war nicht jung. Und fünfzehn Jahre später, als die Beziehung vorbei war, war Weniger es auch nicht mehr. Zugegebenermaßen bekam Weniger nie das, was er wollte – und würde es auch nie bekommen. Er würde nie mit jemandem zusammen jung und verliebt sein.

Was seinen Typ angeht (schenkt man seiner Schwester Glauben), so war es ganz einfach: ein kleiner Mann mit lockigen Haaren und Brille, der ihn unaufhörlich necken und unendlich lieben würde.

Beim Schreiben dieser Worte werde ich ganz rot.

Arthur Weniger erwacht in der Dunkelheit. Nicht in vollständiger Dunkelheit: Über sich sieht er, mit bemerkenswerter Klarheit (aufgrund des optischen Wunders eines offenen Kegels, den jedes Kind beim Schauen durch eine Toilettenrolle oder der bloßen Hand nachahmen kann), den funkelnden Sternenhaufen der Plejaden. Besagter Kegel ist eigentlich das *Lavvu*, und Weniger braucht nur einen kurzen Moment, um zu verstehen, dass er – unter dem Gewicht des Quilts und der Kuhhaut und mit dem Duft von Patchouli in der Luft – sicher »zu Hause« ist. Er hat in langsamem Deutsch geträumt. In der Ecke der kleinen Hütte (was nur eine Wendung ist, denn selbstverständlich besitzt das *Lavvu* keine Ecken) steht ein Geist. Weniger setzt sich kerzengerade auf. Der Geist schwebt zu ihm wie eine silberne Wolke.

»Robert?«, flüstert er. Nach und nach kommt er zu Sinnen – der Geist ist sein Anzug. Draußen, in der Wüste, heulen Kreaturen zu einem abwesenden Mond. Machen Kojoten nicht eigentlich *yip-yip-yip*? Also sind es Wölfe? Gekommen für ihr Festmahl Dolly – die Weniger (und das realisiert er als Letztes) sicher und eingerollt am Fußende des Bettes sieht, wie sie einen abwesenden Mond anschnarcht. Er hat sie für ein Kissen gehalten. Wie ist er hier gelandet, und dann noch in seinem Pyjama? Wie konnte er so sicher in den tiefen Brunnen der Nacht fallen? Nun, Liebster, die Welt ist so gemacht, dass Männer wie du am Ende immer sicher im Bett landen. Zumindest fast immer.

Draußen ist die Welt kalt, kalt, kalt. Er zittert in seinem Kuhfell. Was er verpasst hat: das Abendessen, aufmerksam zu sein – und den versprochenen Anruf seines Partners. Von mir, Freddy Pelu. Die Welt ist so kalt und still, die Milchstraße breitet sich über ihm aus wie Rauch aus dem großen Feuer, das vor Milliarden von Jahren verbrannte. Er sucht einen Platz zum Pinkeln, fern von den Skorpionen und Dornenbüschen, und lächelt in den Himmel. Was für eine Sternenkonstellation ist das wohl, die sich vor ihm wie ein Fragezeichen erhebt? Vielleicht Das Frage-Zeichen, das am Ende eines immer größer werdenden kosmischen Zweifels steht, der mit dem ersten Schlag der Zeit begann? Ach, wäre da nur eine weitere Konstellation, Die Antwort. Vielleicht gibt es ja zumindest eine provisorische Antwort, denn haben wir nicht schließlich einen Mr. Prediger unter uns?

Unter ihm schimmert dunkel ein See im Sternenlicht. Er hört auf zu pinkeln. Auf magische Weise hält das Geräusch des Plätscherns weiter an. Mit hochgezogenen Augenbrauen versucht Weniger, trotz seiner Kurzsichtigkeit und

Nachtblindheit, genauer zum See zu schauen. Der war doch vorher nicht da, oder? Der See? Irgendwo fließt definitiv Wasser. Er guckt neben sich zu den Skorpionen und Dornenbüschen: ein Rohr, dessen Inhalt völlig frei den Hang nach Ambrogio hinunterfließt. Er braucht einen Moment, bis sein vernebelter Verstand die Informationen zusammenbringt, dann lässt er das Kuhfell in den Schmutz fallen und schreit auf Deutsch: »Flöte! Flöte! Flöte!«

»Ich, Ratsvorsitzende Arathusa, eröffne die Sitzung. Du, Art Prediger, wurdest an diesem Morgen unter dem Vorwurf geladen, dich am Wassersystem von Ambrogio zu schaffen gemacht, das Gelände geflutet und die Bewohner gefährdet zu haben. Zeugen haben dich um Mitternacht am Wasserventil gesehen. Der Rat hat beschlossen, dich für immer aus Ambrogio zu verbannen. Hast du irgendetwas zu deiner Verteidigung zu sagen?«

Eine Pause, gefolgt von der Stimme unseres geliebten Protagonisten:

»Kenn kein *nein*?«

Stunden später bahnt sich Rosina unter einem grau erstarrten Himmel ihren Weg die Straße hinunter. Die Stände am Straßenrand, die um diese Uhrzeit alle geschlossen sind, bezeugen die zurückgelegten Kilometer. In Kalifornien würden sie Avocados, Mandeln und Artischocken verkaufen, aber hier sind es Edelsteine und Geoden, einer verkauft sogar, in verblüffend klaren Buchstaben, FOSSILIEN! Wer würde hier nicht zu Besuch kommen wollen? Doch Rosina fährt weiter, denn die Verheißung der Dinosaurier weicht der Realität der Ammoniten. So wie Träume dem Morgenlicht.

Mandern, der es irgendwie geschafft hat, sich zu duschen und herauszuputzen, mit Sandelholz zu parfümieren und sich einen neuen Cord-Blazer überzuziehen, ist hinter seiner Sonnenbrille still. Endlich nimmt er einen tiefen Atemzug und sagt: »Nun, das war ganz sicher interessant!«

»Lassen Sie uns einfach nach Sante Fe fahren«, lautet Wenigers gemurmelte Antwort.

»Ich wusste nicht, dass ich mich in die Hände eines Verrückten begeben habe.«

»Es geht mir wieder gut.«

Mandern lacht. »Flöte! Flöte!«

»Die Deutschen haben mich falsch verstanden. Ich habe *Flut* gesagt.«

»Ehrlich gesagt hatten die eine Reinigung bitter nötig.« Mandern scheint amüsiert und befremdlicherweise beeindruckt von seinem Begleiter. Sein Begleiter auf der anderen Seite möchte das alles nicht näher erörtern. Er hoffe, Mandern habe gefunden, wonach er gesucht hat, weil sie sich nun flugs nach Santa Fe begeben müssten.

»Wir haben noch acht Stunden bis zur Veranstaltung –«

»Wir fahren nicht nach Santa Fe«, sagt Mandern. »Wir verlassen die Vereinigten Staaten.«

Panik. »Ich fahre *nicht* nach Mexiko –«

»Navajo Nation«, antwortet Mandern. »Das Zuhause der Spinnengroßmutter. Folgen Sie einfach meinen Anweisungen. Geradeaus, und dann –«

»Ich muss Sie nach Santa Fe bringen.«

»Wollen Sie das Porträt oder nicht?«

»Eine Frage«, sagt Weniger.

Mandern räuspert sich. »Wenn Ihr Vater aus dem Nichts erscheinen und Sie um Vergebung bitten würde, was würden Sie tun? Nehmen Sie die nächste Ausfahrt Richtung Flagstaff.«

»Sie meinen, ob ich ihm vergeben würde?«

»Ganz genau.«

»Ich weiß es wirklich nicht«, sagt Weniger. »Ich bin dran.«

»Das war keine Antwort.«

»Was haben Sie getan, für das Ihre Tochter Ihnen vergeben soll?«, fragt Weniger.

Mandern räuspert sich, und Dolly sucht sich argwöhnisch einen bequemeren Platz auf seinem Schoß.

»Ich dachte, das wüssten Sie«, sagt der alte Mann. »Ich bin Schriftsteller geworden.«

Aus Flagstaff verlaufen zwei Straßen Richtung Norden.

Eine führt zum Grand Canyon, den sich Weniger mit Anfang vierzig zufällig auf einer Reise in den Südwesten angeschaut hat. Er kam vor Sonnenuntergang an und erklomm – vollkommen allein – einen Felsvorsprung, um eines der Wunder Amerikas zu beobachten. Jede Ebene des Canyons wurde, wie von einem Malen-nach-Zahlen-Virtuosen, nach und nach eingefärbt und zunehmend von Sepia-, Umbra-, Gelbbraun-, Rehbraun-, Kupfer- und Bronzetönen durchzogen. Das Ganze wirkte sonderbar glatt. Es erschien ihm fast, als schaue er auf ein handgemaltes Bild in einer Highschool-Turnhalle. Dann nahm er einen Schluck aus seiner Wasserflasche und begann seine Wanderung runter in den Canyon. Vögel erwachten und krächzten, Nebel zog sich in einem geologischen Striptease zurück, und er war allein und genoss den klaren Duft der Natur. Etwa eine halbe Stunde nachdem er losgelaufen war, sah er eine Rangerin unter einer Pinie stehen. »Hey, na?«, sagte sie und winkte ihm zu. »Wie läuft's?« Sie war jung, wirkte fröhlich und ausgelassen, trug einen Hijab unter ihrem Käppi und eine Uniform, so ordentlich gefaltet und sauber wie ein Briefumschlag. Sie kaute auf einem Müsliriegel herum. Er sagte, es ginge ihm gut, danke. »Haben Sie genug Wasser dabei?«, fragte sie, und er hielt (als Beweis) seine Wasserflasche hoch, grinste dabei und ging weiter. »Wissen Sie«, sagte sie, während sie aus dem Schatten hervortrat und sich ihm in den Weg stellte, »das ist ein Bergsattel. Für die nächste Stunde bleibt der Ausblick immer der gleiche. Sie können es auch einfach von hier aus genießen und wieder zurückgehen.« Ihr Lächeln war strahlend und etwas schadenfroh. Er fragte sich, ob es ihr Job war, schwule Männer mittleren Alters, die versuchten, den Grand Canyon in Designerschuhen zu durchqueren, zum Kehrtmachen zu bewegen. Die gleiche Frage stellte er ihr. Sie antwortete, im Grunde, ja. Er glaubte, ein Streifenhörnchen aus seinem Bau in den Felsen fiepen zu hören. Dann drehte Weniger sich um und machte sich auf den Rückweg, hoch auf den Felsenrand. Er schwor sich, nie wieder zum Grand Canyon zurückzukehren.

Und genau das wird er auf dieser Reise nicht tun. Die andere Straße von Flagstaff Richtung Norden führt nicht zum Grand Canyon, sondern ganz woanders hin, weswegen sie von Touristen kaum benutzt wird. Das ist selbstverständlich der Weg, den unsere beiden Romanautoren einschlagen.

Sie erreichen Navajo Nation und schlängeln sich entlang des Little Colorado River George, dem bescheidenen Cousin des Grand Canyon, dessen schmalere Schlucht in diesem Winkel und zu dieser Stunde nur einen düsteren Hauch von Wunder offenbart, den Notizen eines unbekannten US-amerikanischen Romanautors vermutlich nicht unähnlich (sei aufmerksam, Arthur Weniger). Aus einem stummen grauen Himmel ragt eine zuckrige Schneeschicht, die die massiven Felsen des Kaibab-Plateaus zum Vorschein bringt: vereiste Türme über einem unsichtbaren Abgrund. Der Schnee, zunächst bloß eine Handvoll Mehl, von verspielten Göttern in ihre Himmelsküche geworfen, fällt immer heftiger, bis er sich zu einer Sahnekuchenschlacht entwickelt. Einer jener Whiteout-Stürme, wie sie in den Hochebenen der Wüste üblich sind. Die Schlucht verschwindet, die Türme verschwinden, Rosina stürzt durch eine weiß getrübte Welt, dieser blinden Gefahr, und während Weniger (vielleicht noch immer blaubeerig) vom dem verzaubert ist, was wie der Eingang zu einem Feenreich erscheint, ist Manderns magischer Ratschlag, anzuhalten.

⁂

Das Ärgste des Sturms sitzen sie in einem Souvenirladen am Straßenrand aus, der von einer älteren Navajo-Frau an der Schlucht des Little Colorado River betrieben wird. Während ihres etwa einstündigen Aufenthalts beobachtet Weniger, wie die Tiefen des Flusses ein Indigoblau annehmen und die Felsspitzen wie Eisbecher mit aufgeschlagenem Schnee bedeckt werden. So viel magischer als sein Cousin im Westen, der fiese Quarterback. Als die Besitzerin hört, dass Weniger aus Delaware kommt, erzählt sie ihm, wie sie einmal ihre Schwester dort besuchte. »Es war wie ein Wunder!« Sie beschreibt es, indem sie ihre Finger weit spreizt. »Das Wasser tritt direkt aus den Felsen!« Weniger kann sich nicht vorstellen, dass Delaware für irgendwen ein Wunder darstellen könnte.

Als Mandern einige Zeit später Keramiknachbildungen der in dieser Region beheimateten Behausungen begutachtet, wendet sich Weniger an ihn und fragt: »Wofür steht eigentlich H. H. H.?«

Ein Räuspern von Mandern. »Seien Sie nicht so oberflächlich. Gucken Sie mal, diese wunderschönen Ponchos. Ich werde Ihnen einen kaufen –«

»Ich frage nicht für das Porträt«, sagt Weniger. »Es interessiert mich einfach.«

Mandern, einen Kleiderbügel in der Hand, dreht sich um. »Nun, Arthur Weniger, das habe ich mir ausgedacht.«

»Wirklich?«

»Und Mandern habe ich mir ebenfalls ausgedacht. Ich wollte etwas ... Aggressives. Das war damals die Zeit der großen, maskulinen Schriftsteller, vergessen Sie das nicht.« Er lächelt grimmig, während er sich den wollenen Poncho anschaut. »Wer würde schon etwas von Parley Cant lesen wollen?«

»Parley Cant?«

»Ein Mormonen-Name«, sagt Mandern und legt den Einkauf auf den Tresen. »Die Kirche habe ich hinter mir gelassen, genauso wie den Namen. Woher kommt der Name Weniger?«

Unser Held schildert noch einmal die Geschichte des großen Wallonen Prudent DeWeniger.

Zu Wenigers großer Überraschung scheint der alte Mann neugierig geworden zu sein. »Witzig, ich habe eine ähnliche Geschichte. Nicht der *Walloon*-Teil, das ist absoluter Quatsch. Aber mir wurde erzählt, dass Alistair Cant aus New

Sweden verbannt wurde, weil er ein Gauner war. Das war 1654. Das ist doch was.«

»Scheint mir ein komischer Zufall.«

»Vielleicht wurde uns derselbe Scheiß erzählt, Prudent DeWeniger.«

»Schon möglich, Parley.«

Wenig später wird in der einzigen Ecke des Souvenirladens mit Handyempfang ein schrill klirrendes Telefon beantwortet.

»Hallo-ich-habe-Peter-Hunt-in-der-Leitung-bitte-warten-Sie …«

Céline Dion, »Children of the Grave« von Black Sabbath. Stille. Dann eine Stimme: »Arthur, lass uns gleich zum Punkt kommen –«

»Peter!«

»Wie läuft's mit dem Porträt?«

Arthur schaut sich zu Mandern um, der gerade einen der vielen Traumfänger begutachtet. »Nicht wie erwartet –«

»Tolle Neuigkeiten! Diese Theaterleute im Süden, die deine Geschichte auf die Bühne bringen wollen –«

Es kommt ihm vor wie etwas, das Jahre zurückliegt.

»›Nutrition Play‹. Ich erinnere mich.«

»Du sollst vor Ort sein.«

»Bitte was?«

»Die wollen unbedingt mit dir in Kontakt treten«, sagt Peter. »Aber ich weiß ja, dass du gerade fleißig an deinem Porträt arbeitest, also habe ich mich dazwischengeschaltet. Sei einfach am Dienstag in Breaux Bridge, Louisiana.«

»Da habe ich doch aber gar nicht zugesagt!«, sagt Weniger panisch. »Ich muss das hier fertig machen –«

»Du meintest doch, du brauchst Geld, Arthur. Ein anonymer Geldgeber hat sich an die Theaterleute gewendet …«

»Du solltest das machen, Weniger.«

»Freddy, das würde aber bedeuten, ziemlich viel unterwegs zu sein.«

Ich lache. »Es ist ja nicht so, als hättest du derzeit ein Zuhause, in das du zurückkommen könntest.«

»Ich könnte nach Maine kommen«, erzählt er mir.

»Ziehen wir nach Maine? Werde ich Longfellow und Hawthorne in einer Blockhütte unterrichten?«

»Mit dem Geld wäre zumindest schon mal mehr als die Hälfte geschafft.«

»Du tust ja nur das, was du versprochen hast«, sage ich. »Du bringst es in Ordnung. Danke.«

»Ich vermisse dich.«

»Ich glaube, was du eigentlich sagen willst, ist, dass es dir leidtut. Ich vermisse dich auch.«

Erst als der Schneesturm abflaut, Mandern mehr Traumfänger als angebracht gekauft und den Geschichten der alten Frau gelauscht hat, bemerkt Weniger an der Nähmaschine in der Ecke ihren Großneffen. Der junge Mann ist um die zwanzig, gleichsam kräftig und filigran, sein langes, schwarzes Haar hat er wie einen Satinschal über die Schultern gelegt. Er fertigt ein rotes Paillettenkleid an. Wieso ist er Weniger nicht vorher aufgefallen? Wo das Funkeln an der Decke doch das einzige Licht im Raum ist. »Für wen ist das«, fragt Weniger und der junge Mann schaut zu ihm auf. »Ich habe Kunden in Flagstaff«, sagt er leise. Beim Sprechen bewegt sich ein Leberfleck links neben seiner Lippe.

Und während zwischen ihnen Stille herrscht, ziehen die Schneewehen draußen durch ihre weiße Wüste. Dann lächelt der junge Mann, als hätte er etwas für sich entschieden. »Drag Queens«, sagt er und lacht kurz auf. »Die kommen alle zu mir.« Erstaunt darüber will Weniger mehr wissen. »Ich nähe Kleider, aber mein Spezialgebiet sind Schuhe. Perlenstickereien. Das habe ich von meiner Großmutter gelernt. Ich mache in Flagstaff allen die Schuhe. Diese hier sind für Rachel N. Justice. Sie können sich diesen Samstag ihre Show ansehen.« Weniger fragt ihn, ob er selbst auch auftrete. Der junge Mann wirft seiner »Tante« an der Kasse einen kurzen Blick zu. »Wenn sie mich lässt«, flüstert er, bevor er sich wieder an die Arbeit macht. Der Schneesturm legt sich, und wie die Bühnenlichter nach einer raffinierten Umbaupause erscheint die Sonne am Himmel und leuchtet über diese neue Mondlandschaft hinweg. Und so machen sich unsere beiden Autoren wieder auf den Weg.

Von vielen Unpaarhufern sagt man, sie hätten »ihren eigenen Kopf«, doch bei der Eselin, auf der Weniger gerade sitzt, scheint das Gegenteil der Fall. Ihr Denken ist gewissenhaft auf das unseres Helden abgestimmt: Sie bewegt sich genauso, wie Weniger es nicht möchte. Und doch schaffen es er und Dapple (denn so wird sie genannt), die Serpentinen des langen Abstiegs vom Rand des Canyons runter ins Tal zu trotten, nicht weit hinter Mandern (der es mit einer alten Stute mit Senkrücken zu tun hat; Dolly wurde im Van gelassen) und Delbert, der einen stolzen Hengst mit glänzendem Fell reitet und sie durch das Tal führen soll. Der Canyon de Chelly (von Canyon de Tséyi', was »hinter einem

Felsen« bedeutet) ist Teil der Navajo Nation und eigentlich nur für Einwohner zugänglich, die ihre Dienste als Reiseführer für Touristen wie unsere Nicht-Navajo-Autoren hier anbieten können. Delbert trägt Hut und Jacke in grünem Camouflage-Muster und eine rechteckige Brille und hält keinen direkten Blickkontakt mit seinen Kunden; er schaut ausschließlich auf sein Pferd und die damaszenerfarbenen Felswände, die vor ihm aufragen. Er ist nicht unbedingt ein Quell an Informationen. Als Weniger ihn fragt, ob die Pfirsichernte in diesem Jahr ertragreich war, antwortet Delbert: »Nein.« Auf die Frage, ob die Navajo die Adobe-Ruinen hoch auf die Sandsteinmauern gebaut haben, antwortet Delbert: »Nein.« Gleiches gilt für die Bilder auf den rauchigen Wänden. Er scheint kein *Ja* zu kennen.

Der Abstieg von der unwirtlichen, stark verschneiten Wüste zum Tal unter ihnen würde im analogen Kino, das Weniger so liebt, durch einen Wechsel von Schwarz-Weiß zu Farbe gezeigt werden, oder, synästhetischer, von Stille zu Ton: das Gefühl, von der Wintertaubheit allmählich überzugehen in die Wahrnehmung von rauschenden Weiden und kratzenden Pfirsichzweigen über einem plätschernden Fluss. Entgegen Wenigers ausdrücklichem Wunsch und ohne zu fragen, entscheidet sich Dapple für den Fluss und schafft es dabei, den Mann in dem grauen Anzug von der Hüfte abwärts komplett in Schmutz und Schlamm zu hüllen. Dann weist Delbert auf einen kleinen Trailer, der neben einem sechseckigen Steinhaus steht. Sie nähern sich dem Trailer, die beiden Pferde in aller Ruhe vorausgehend, während Dapple wahllos durch das Wasser plantscht, und aus dem kleinen Haus tritt eine Frau heraus. Sie trägt einen Jeansrock und ihr graues Haar ist in einem geflochtenen

Zopf um den Kopf gewickelt. Als Mandern absteigt, lächelt sie nicht.

»Parley Cant.«

Mandern grinst nervös. »Hallo, Lacey. Hübsch siehst du aus.«

»Baloo meinte, du würdest kommen.«

Die beiden stehen sich gegenüber und schauen einander für einen Moment an, dann dreht sich Mandern zu Arthur und sagt: »Lacey ist mal bei einem Stromausfall in Havanna zwanzig Stockwerke hinuntergeklettert. Totales Chaos und Dunkelheit. Als sie unten ankam, war das Militär schon da. Und der *Capitán* ging auf sie zu und sagte ›Señora, Sie sind eine Heldin der Revolution‹.«

Die Frau lächelt nachdenklich. »Das war Mutter.«

»Du warst auch dort.«

»Ich war fünf.«

Endlich wendet sich Lacey Weniger zu und mustert ihn von oben bis unten. Unser Held ist voller Schlamm und sieht aus, als wäre er in Schokolade getaucht worden. Dann widmet sie sich Delbert. »Hast du deinen Zaun fertig?«

»Nein.«

»Das ist Arthur Weniger«, berichtet Mandern Lacey, dann sagt er zu Weniger: »Ich muss mit meiner Tochter ein bisschen allein sein. Bin gleich zurück.«

»Mr. Mandern, Santa Fe –«

»Delbert wird Ihnen Gesellschaft leisten.«

»Gehen Sie nicht –«

Doch Vater und Tochter sind schon im Trailer verschwunden und lassen Weniger und Delbert neben den scharrenden Pferden und dem Esel allein zurück. Schnee weht von den hohen Felswänden herab und macht dabei pfeifende Geräusche. Der Bach plätschert vor sich hin. Irgendwo hoch oben, auf ihrer schlanken Kalksteinsäule, schmunzelt bestimmt die Spinnengroßmutter auf sie herunter.

Weniger wendet sich Delbert zu: »Ist Lacey eine Verwandte von Ihnen?«

»Nein.«

Was würde ich für ein Foto von diesem Moment geben! Um es für immer in meinem Gedächtnis zu rahmen und zum Trost hervorzuholen, wenn mich des Nachts die Kobolde heimsuchen: Arthur Weniger, wie irgendein armseliger Typ, der gerade aus dem Flugzeug gestiegen ist, halb in Schlamm, halb in italienische Seide und einen wollenen Poncho gekleidet, sitzt rittlings auf einem Esel, während sein Reiseführer Delbert, womöglich um diesen Anblick von seiner Retina zu löschen, dabei ist, seine Brille abzusetzen und sie mit einem Stück Chamoisleder zu putzen. Ein Truthahn hat sich irgendwie in den Hintergrund geschlichen und sieht aus wie eine alte Frau, die sich in ein Bordell verirrt hat. Um sie herum, ebenso gleichgültig gegenüber dieser Komödie wie den vielen Tragödien des Lebens, erheben sich die Felswände – die einst als Sanddünen begannen, über Jahrtausende gesiebt, komprimiert und zu hartem Gestein gebrannt und dann von diesem Fluss in zerklüftete Tortenstücke geschnitten wurden – fast unendlich weit in den blauen Himmel, in dem der Umriss eines Bussards und ein paar kleine Wolken zu sehen sind. Schnee fällt von den Felshängen auf die Pfirsichbäume, die auf wundersame Weise knospen. Von hier sieht Amerika eigentlich ganz schön aus.

Aus dem Trailer kommt kein Mucks. Arthur Weniger entschließt sich, ein Gespräch anzufangen: »Delbert, was sind das für Flicken auf Ihrer Jacke?«

»Rodeo.«

»Sie sind beim Rodeo?«

Das kommt nicht richtig rüber (er sagt es, wie man »Sie sind beim Zirkus?« sagen würde), und Weniger erwartet ein weiteres Nein, aber etwas in dem Mann hat sich verändert. Er nickt: »Die zahlen ganz gut. Habe mich einmal für Albuquerque qualifiziert und meinen Sohn mitgenommen.«

»Sie haben einen Sohn?«

Ein weiteres Nicken. Eine Pause. Dann schaut Delbert Weniger direkt in die Augen. »Ich habe zwei Familien. Meine Familie hier im Canyon und meine Rodeo-Familie. Sind gute Menschen. Haben immer einen Platz zum Schlafen für mich.«

»Ich dachte, Sie leben hier.«

»Manchmal. Meine Tante hat ein Stück Land, das sie nicht nutzt. Ich habe gefragt, ob ich es haben kann. Im Sommer schlafe ich draußen unter einer großen Ulme. Sie haben ja mitbekommen, dass ich den Zaun noch nicht fertig habe. Keine Zeit.«

»Sie müssen wohl das ganze Jahr über so arbeiten.«

»Manchmal. Fakt ist, wir machen viele Such- und Rettungsaktionen. Die Leute wollen niemanden bezahlen, der sie hier durchführt, oder sie wollen keine Navajos bezahlen, also parken sie oben an der Klippe und wandern auf eigene Faust runter. Schwerer als man denkt. Das sind steile Klippen. Wir bringen denen Essen, Wasser, Decken, bis der Parkservice kommt und sie rausholt. Hab letztes Jahr einem schwulen Typen geholfen, der hier in Designerschuhen wandern wollte.«

Dieser Abhandlung folgt Schweigen. Das Einzige, was sich bewegt, ist der Truthahn, der verwirrt über den Hof irrt (wo er vermutlich sein ganzes Leben verbracht hat). Aus dem Trailer ist Lachen zu hören. Genau in diesem Moment erhält Arthur Weniger eine Nachricht (in diesem abgelegenen Canyon eigentlich unmöglich – ist die Spinnengroßmutter auch ein Kommunikationssatellit?), er vermutet von der Preisjury, schließlich hat er es geschafft, ein weiteres Treffen zu verpassen. Aber es ist jemand anderes. Weniger starrt auf sein Telefon und versucht zu entziffern, was für jeden anderen Leser eindeutig wäre.

»Was ist los?«, fragt Delbert. Scheinbar hat Weniger ein Geräusch von sich gegeben.

»Nichts. Nur eine Nachricht.«

»Schlechte Neuigkeiten?«

»Hm, vielleicht.«

Endlich fragt Delbert, was ihm schon die ganze Zeit durch den Kopf gehen muss: »Wozu ist Laceys Vater eigentlich hier?«

Weniger schaut hoch. Die Sonne hat sich von der vor ihr schwebenden Wolke befreit und wirft einen goldenen Strahl vor den Truthahn, der panisch aufkrächzt und hinter dem Trailer verschwindet.

»Vergebung«, sagt Weniger.

Delbert nickt ein letztes Mal; er weiß alles über das Suchen und Retten. Er blickt zu einem nahe gelegenen, rauchgeschwärzten Felsvorsprung und holt aus seinem Rucksack ein Stück zerbrochenen Spiegel hervor. Er hält es so, dass sich das Sonnenlicht auf dem Felsen spiegelt, und Weniger kann im Ruß eine alte Zeichnung von Männern zu Pferd erkennen. Ohne ein Wort der Erklärung verstaut Delbert das

Spiegelstück wieder in seiner Tasche. Ich hoffe, dass Arthur Weniger begreift, dass er nichts, wirklich nichts über die Menschen weiß, die hier einst lebten, oder diejenigen, die es heute tun. Er zittert in seinem Poncho. Ich schätze, nach alldem habe ich nun doch ein Foto davon; ich habe es eben gemacht.

Eine Nachricht auf einem Telefon im Südwesten:

> *Archie, wir werden uns bald sehen. Ich freue mich, endlich deine literarischen Bemühungen unterstützen zu können. Wir sehen uns im Süden.*
>
> *Liebe, Dad*

Panik. Was könnte das nur bedeuten? Dass sein Vater, Lawrence Weniger, vorhat, ihn irgendwo im Süden aus dem Hinterhalt zu überfallen? Und seine *literarischen Bemühungen zu unterstützen*? Den Lesern wird sich vielleicht noch eine andere Frage aufdrängen: Warum steht der letzte Satz plötzlich auf Deutsch da? Um an die Wurzel dessen zu kommen, müssen wir in der Zeit zurückreisen. Man stelle sich einen Rückzugsort vor, den gestreiften Schatten der Jalousien an den Wänden und den Schein einer kleinen Gänsehalslampe, die ein vertrautes Gesicht beleuchtet, dessen Besitzer gerade eine kleine Apparatur sorgfältig einstellt. Das Gesicht ist das seines Vaters Lawrence Weniger. »Was habt ihr Jungs denn vor?«, fragt er. Der kleine Archie Weniger steht mit Jeff Cooper im Türrahmen, beide in etwa sieben Jahre alt und in ihren Pyjamas, doch der Vater sagt es nicht auf Englisch. »Das ist Deutsch«, erklärt Weniger seinem Freund. »Das ist eine andere Sprache.« Jeff Cooper nickt wie in Trance. Lawrence Weniger wird von einer Seite angeleuchtet wie ein Caravaggio-Gemälde, sein Ehering funkelt einen Moment auf und ist dann verschwunden.

In diesem Moment nimmt sein Vater – der mit seiner Pfeife, seinen Apparaturen, seinen Versprechungen, seinen Phantasien ohnehin schon eine magische Anziehungskraft ausübt – eine andere Gestalt an. Dem kleinen Archie scheint es, als könnte ein Mensch zwei Ichs haben, in zwei Welten gleichzeitig existieren und so die eigene Existenz verdoppeln, und Archie ist wie der Zauberlehrling, der auf die Seiten eines Lehrbuchs der Magie und Zaubersprüche starrt. Warum hat ihm sein Vater nie verraten, dass es so einfach ist?

»Gute Nacht, Jungs«, sagt sein Vater auf Deutsch und schließt die magische Tür.

Unser Arthur Weniger steht heute im Schatten der Spinnengroßmutter und sieht vor seinem inneren Auge den jungen Archie die Stadtbücherei besuchen, wo er einen Stoß Kassetten nach vorne zur streng blickenden Bibliothekarin bringt, um sie auszuleihen. Er sieht sie in ihren Plastikhüllen ganz deutlich vor sich. Der Titel? *Lektionen in langsamem Deutsch.*

Als Mandern mit grimmiger Miene aus dem Trailer tritt und Delbert ein Zeichen zur Abreise gibt, verschließen sich die magischen Türen von Wenigers Verstand. Der Rest ist eine Übung in langsamem Herumeseln.

⁂

Trotz Wenigers Bestrebungen, mit der Befragung fortzufahren, bleibt Mandern den Großteil ihres Fünf-Stunden-Rennens Richtung Santa Fe hinter seiner Sonnenbrille stumm. Ein erneuter Schneesturm zwingt sie zu einer Rast in einem Diner, das für etwas berühmt ist, das sich »Kuchenshake« nennt: Eine ältere Frau backt hausgemachte Apfel-, Kirsch- oder Pfirsichkuchen und reicht sie ihrem Ehemann, der sie humorlos in einem Standmixer zerstört, mit Eiscreme vermengt und das Machwerk an die Gäste verkauft. Das ist Liebe. Als Mandern und Weniger wieder unterwegs sind, verwandelt der Sonnenuntergang den herabrieselnden Schnee in einen lavenderfarbenen Sprühnebel. Mandern scheint hinter der Sonnenbrille zu schlafen; Dolly, die laut schnarcht, schläft ganz sicher. Ihre Ankunft in Santa Fe verzögert sich jetzt nur noch aufgrund eines stillen Protestmarsches, der den Verkehr zum Stocken bringt: eine Prozession von Frauen in purpurnen Roben, die in die anbrechende Dunkelheit verschwinden. Er schafft es nicht, die Sprüche auf den Schildern zu lesen, die sie hochhalten, oder herauszufinden, wogegen sie protestieren.

Dann endlich ergreift der Beifahrer das Wort: »Also werden Sie im Süden Ihren Vater treffen?«

Weniger dreht sich zu seinem Begleiter, um ihn anzusehen, doch hinter der Sonnenbrille ist es unmöglich zu erkennen, wie wach er tatsächlich ist. Traumfänger hängen vom Rückspiegel.

»Ich denke schon.«

»Nach all den Jahren«, sagt der Mann ruhig. Weniger ist sich nicht sicher, was im Canyon de Chelly passiert ist, ob er und seine Tochter sich ausgesöhnt haben; vermutlich nicht.

»Wir sind fast am Veranstaltungsort«, antwortet Weniger.

»Ist es das wert, Arthur?«

»Wie bitte?«

»Letzte Frage. Schriftsteller zu sein. Ist es das wert?«

Weniger ist fassungslos und schweigt. Es ist ihm nicht möglich, diese Frage zu beantworten, denn er kennt nichts anderes. Als würde man einen Mistkäfer fragen, ob es der Mist wert sei. Natürlich gibt es einen besseren Weg, sein Dasein zu fristen, natürlich gibt es ein einfacheres Leben – man könnte ein Leopard sein oder ein Krokodil! Aber ein Mistkäfer ist eben nur in einer Sache gut.

»Das ist es«, sagt Arthur Weniger.

»Gut.«

»Ich bin dran, Mr. Mandern.«

»Natürlich.«

»Ist es denn für Sie das wert?«

Aus dem lavendelfarbenen Sprühnebel erscheint ein Schild: HIER ERÖFFNET BALD EIN PORTER'S. Das Schild mit dem dazugehörigen Geschäft darunter ist vom Wetter heruntergekommen und schon lange sich selbst überlassen worden, wie viele alte Ambitionen. Mandern, von dem sich nur die Hand bewegt, um seinen schlafenden Mops zu streicheln, verkündet:

»Wissen Sie, wir leben im Eisernen Zeitalter.« Weniger hat absolut keine Ahnung, wovon die Rede ist, doch Mandern fährt fort: »Hesiod sagt, es gibt fünf Weltalter der Menschheit. Ovid spricht von lediglich vieren. So heißt es auch in den Veden. Alle, ausnahmslos alle, sagen uns, dass wir im verkommensten Zeitalter von allen leben.«

Die sich verdunkelnde Landschaft zieht an ihnen vorbei: verlassene Autos am Straßenrand, Wüstenbeifuß, ferne Blitze.

»Ein Eisernes Zeitalter«, sagt Mandern grinsend, »in dem die Menschheit die Götter aufgegeben hat! Von der alten Magie ist nur noch ein Bruchteil übrig geblieben und überall treiben sich Hochstapler herum!« Der alte Mann blickt hinaus in den Regen, der in Schlieren auf den Autofenstern vibriert. Sein Lächeln verblasst. »Aber es gibt Hoffnung, Arthur.«

Der berühmte Autor sagt leise: »*Wir* sind dieser verbliebene Bruchteil alter Magie.«

Ich kenne diesen Gesichtsausdruck so gut wie Weniger selbst, würde ihn nicht gerade das dröhnende Hupen achtzehnrädriger Sattelschlepper dazu nötigen, sich auf die Straße zu konzentrieren. Es ist der Ausdruck von Eitelkeit, Liebeskummer und Ekstase, von Schöpfung, Lebensfreude und Zerstörung. Ich kenne ihn ganz genau. Mit Menschen zu sprechen und nichts von dem zu hören, was sie von sich geben, sondern nur zu bemerken, wie sie die kleine Narbe auf ihrer Schläfe berühren. Nur den Michigan-Akzent herauszuhören, den sie zu verbergen versuchen. Sich am Morgen vor Schluchzern zu schütteln und abends beim Essen den Wein auszuschenken. Diebstahl: Freunde ihrer Geschichten beraubt, Liebhaber ihrer Gefühle, Geschichte ihrer Struktur, die Familie ihrer Geheimnisse; Smalltalk seiner Traurigkeit, Traurigkeit ihres Komödiantischen, Komödiantisches seinem Gold. Dann der Triumph. Ein zufriedenes Kräuseln der Lippen, das nicht für geleistete und gut gemachte Arbeit steht, sondern dafür, dass man etwas tut, was noch nie getan wurde. Ein Lächeln, ein Seufzen, ein Lachen, ein Stöhnen. Welch Göttin der vielen Gesichter die Kunst ist!

Ich kenne diesen Gesichtsausdruck, obwohl nie auch nur eine Person den Partner gefragt hätte: *Freddy, ist es das wert?*

Das Kongresszentrum in Santa Fe ist selbst eine Art Traumfänger: jener Träume der zwar uralten, aber noch immer lebendigen Taos-Pueblo-Kultur, des tödlichen Kolonialregimes Spaniens, und des bohèmehaften Lebens in der Künstlerkolonie von O'Keeffe und Stieglitz, deren architektonischen Merkmale (der Turm aus gebrannter Erde, die Holzbalken, das lodernde Feuer und die alles rahmende Abstraktion) aus der Vergangenheit entlehnt wurden, um diesem neusten Traum zu dienen – dem kapitalistischer Unternehmenstreffen. Und auch der seltenen Literaturveranstaltung, auf die ein Schild für alle sichtbar hindeutet:

HEUTE! EIN ABEND MIT H. H. H. MANDERN

Dass an dem Abend noch ein weiterer Autor anwesend sein wird, findet keine Erwähnung. Dessen ungeachtet geht unser Held in seinem schlammbeschmutzten Poncho durch die Eingangshalle und tritt an eine Frau am Empfang heran.

»Hallo, ich bin Arthur Weniger. Ich trete heute Abend mit Mr. Mandern auf.«

»Wie war der Name?«

»H. H. H. Mandern, der Schriftsteller.«

Sie lacht auf, als hätte er einen Witz gemacht. »Nein, ich meine, wie *Ihr* Name lautet.«

Er wiederholt seinen Namen und fügt hinzu: »Haben Sie hier einen Raum, der für Hunde geeignet ist?«

»Ich habe mich dazu entschieden, zu fahren«, sagt Weniger zu mir. Er ruft mich aus dem Aufenthaltsraum des Kongresszentrums an.

»Nach Maine?«

»Nein, in den Süden«, sagt er. »Für diese Theatersache. Es sind bloß noch drei Wochen, um das Geld zurückzuzahlen, und ich habe erst die Hälfte zusammen. Und dann ist da noch diese verrückte Vermutung über meinen Vater –«

»Ich glaube auch, dass du hinfahren solltest.«

»Ich glaube, das Geld ist von ihm. Ich glaube, er versucht, mich wiederzusehen.«

»Wie kommst du darauf?«

»Eine Nachricht. Er leitet wohl eine Kunststiftung. Rebecca meinte, er sei krank. Ich muss einfach gehen.«

»Meine einzige Sorge ist Alabama. Ich habe gehört, dass sie da queere Menschen umbringen.«

»Freddy. Freddy, ich bin da sicher.«

»Weiß zu sein wird vielleicht nicht reichen.«

»Entschuldige, die Verbindung ist nicht so gut. Ich wünschte, du wärst hier, Freddy. Ich habe eine Kommune überflutet und in einem *Lavvu* geschlafen und ein Pferd geritten, runter in« – die Verbindung verschwindet kurz und kommt dann wieder zurück – »da gibt es keinen Winter.«

»Schön, dass du ein Abenteuer erlebst.«

»Tut mir leid, ich muss los. Ich habe Mandern allein im Aufenthaltsraum gelassen –«

»Verstehe.«

»Freddy, geht's dir gut? Möchtest du, dass ich –«

Die Verbindung bricht ab, und das Gespräch ist vorbei.

Es gibt auch einen Gegenentwurf zu dem Rat meiner Großtante. Es war der fünfzigste Hochzeitstag mit ihrem Ehemann, als sie mir sagte, dass es nicht halten würde. Eine Veranstaltung in Florida, bei der auch Arthur Weniger zugegen war. Und nachdem er umsorgt und angehimmelt und mit viel Grappa versorgt wurde, nahm ihn mein alter Großonkel Enrico beiseite. Enrico würde mir später noch einmal genau das Gleiche erzählen wie Arthur, weswegen ich diesen Rat auch Wort für Wort wiedergeben kann.

*[Das folgende Gespräch wurde auf Italienisch geführt.]*

»Ich möchte mit dir sprechen, Arthur. Du verstehst doch Italienisch, oder?«

»Wenig.«

»Schön. Ich möchte mit dir über dich und Frederico sprechen. Ich möchte mit dir über die Liebe sprechen. Ich bin mit meiner Frau, Fredericos Großtante, nun schon eine sehr lange Zeit zusammen. Das ist nichts, was du alle zehn Jahre feierst. Oder alle fünf. Es geht um jeden einzelnen Tag. Verstehst du das? Ich glaube an ein höheres Wesen. Ich weiß nicht, wer Gott ist, ich weiß nichts über Gott, aber ich weiß, dass Maria wegen Gott hier ist. Das Problem in dieser Welt ist, dass wir nicht freundlich zueinander sind. Freundlichkeit und die menschliche Seele treiben uns an. Wir haben einander. Das ist alles, was wir haben. Und das müssen wir feiern. Vergiss das nicht. Es ist mir egal, wen du liebst, aber wenn du jemanden liebst … wenn du jemanden liebst, musst du diese Person jeden einzelnen Tag lieben. Du musst dich jeden Tag aufs Neue für diese Person entscheiden.«

Sie fassten einander an den Händen; Tränen strömten über das Gesicht meines Großonkels. Hinterher fand ich Weniger leicht fassungslos im Flur stehen.

»Was hat mein Onkel zu dir gesagt?«, fragte ich ihn.

Womöglich noch verkatert, womöglich in linguistischer Benommenheit, antwortete er in seiner ehrlichen Weniger'schen Art: »Freddy, ich habe absolut keine Ahnung.«

So viel zu den Ratschlägen unserer Ältesten.

Hier in Santa Fe sitzt Arthur Weniger in einem anderen Aufenthaltsraum neben einer weiteren Obstplatte und döst vor sich hin. In seiner Müdigkeit fragt sich Weniger, ob die vergangenen paar Tage in der Wüste überhaupt stattgefunden haben oder ob seine Abenteuer nicht bloß den Träumen eines Mannes entsprungen sind, der in einem Aufenthaltsraum eingenickt ist. In seinem Kopf beginnt das Porträt Gestalt anzunehmen und die Giftstoffe des Chaos und der Unordnung werden zum stärkenden Elixier einer amüsanten Geschichte destilliert …

Ein tiefes Grummeln von dem Mann neben ihm. »Geht es Ihnen gut, Mr. Mandern?«

Der große Schriftsteller sitzt auf einem Klappstuhl und hat Dolly auf seinem Schoß; seine Pfeife klemmt zwischen seinen Lippen, und er trägt noch immer seine Sonnenbrille. »Wie kommen Sie eigentlich in den Süden?«

Weniger unterbreitet ihm seinen Plan, nach New Orleans fliegen zu wollen.

»Geben Sie sich nicht zu schnell dem Prosaischen hin«, sagt der große Autor. »Nehmen Sie Rosina. Für Ihre weitere Reise. Ich glaube kaum, dass ich jemals wieder Verwendung für sie haben werde. Nach der Veranstaltung heute werde ich zurück nach Palm Springs gehen und es zu Ende bringen.«

»Das Buch?«

»Das auch.« Mandern schaut ihn wieder mit diesen Oktopus-Augen an. »Als Gegenleistung: ein Gefallen. Nehmen Sie Dolly mit. Ich will, dass sie mehr sieht von der Welt als einen sterbenden Mann.«

»Dolly mitnehmen? Ich weiß nicht –«

»Sie braucht ein Abenteuer.«

»Tja, da haben Sie sich den Falschen ausgesucht.«

»Sie wissen es vielleicht nicht, Arthur Weniger, aber Sie sind voller Abenteuer. Sie sind ein waghalsiger Mensch.«

Wurde jemals so über Arthur Weniger gesprochen? Wurde er jemals so missverstanden? Oder sind es wir anderen, die so falsch lagen, die all die Zeichen und Vorboten ignoriert haben, dass dieser slapstickartige, lächerliche, queere Mann mit seinem Zick-Zack-Kurs eigentlich ein waghalsiger Mensch ist? Zu allem fähig? Denn auf seine eigene Art ist er tatsächlich waghalsig, so wie jedes in die Ecke getriebene Tier waghalsig ist, und für Arthur Weniger besteht die Welt ausschließlich aus Ecken. Wie ein *Lavvu.*

Was ich aber weiß, ist, dass er seine nächste Jurysitzung verpassen wird. Er wird damit beschäftigt sein, außerhalb von Muleshoe, Texas, Manderns Porträt zu schreiben. Er wird es überarbeiten, während er in Waxahachie parkt und es in der Nähe von Nacogdoches einreichen, wonach er Ich-habe-Peter-Hunt-in-der-Leitung-bitte-warten-Sie anrufen wird, um sein Honorar zu erhalten. Dann wird er zur Hälfte am Ziel sein, unser Zuhause zu retten.

Der Titel des Textes? »Von hier sieht Amerika eigentlich ganz schön aus.«

Ein gespenstisches Flüstern neben ihm.

»Arthur.«

H. H. H. Mandern ist in seinem Stuhl zusammengesunken. Sein Mund steht offen, seine Hände umklammern die Armlehnen. Dolly liegt schnarchend in seinem Schoß, aber seine Sonnenbrille und der Fedora sind zu Boden gesunken und offenbaren, dass der berühmte Schriftsteller seine Haare nur bis zur Hutlinie färben lässt – dahinter ist er weiß wie eine Wolke. Mandern sieht wie ein bemaltes Osterei aus. Ein sich wirbelnder Derwisch.

Weniger wird panisch und kniet sich vor ihn: »Geht es Ihnen gut?«

»Ist es vorbei?«, flüstert der alte Mann, genauso wie er es vor Jahren in New York getan hat. Das Gold ist aus seinen Augen verschwunden, vielleicht hat er es endlich gefunden. Weniger denkt an einen Vater, der Krebs hat, an einen Dichter, der von einer vergifteten Quelle getrunken hat: *Verlass mich noch nicht.*

»Ich hole jemanden. Hallo!« Weniger schreit hinaus in den Flur in der Hoffnung auf eine Person mit einem Klemmbrett. Er steht auf und geht zur Tür. »Hallo!«

»Ich kann nicht mehr«, ertönt die hilflose Stimme des Autors.

»Hallo!«, schreit Weniger. Er lässt Mandern kurz allein und rennt den Flur entlang. »Wir brauchen einen Arzt!« Er kann die Schlagzeilen schon vor sich sehen: *Amerikas Dickens von vollkommen unbekanntem Autor ermordet.* Er ist fest entschlossen, dieses Kapitel nicht so enden zu lassen. *Der Mörder hatte zuvor ein im Südwesten gelegenes architektonisches Meisterwerk zerstört.* Bis zum Auftritt sind es nur noch wenige Augenblicke, und auf dem Flur sind kaum noch Menschen mit Klemmbrettern zu sehen (obwohl der Zuschauerraum voller Fans ist). *Im Blut des Mörders fand man Spuren von Blaubeeren.* Der Bereich hinter der Bühne ist ein Labyrinth aus Gängen und Abstellräumen, doch alle Lebewesen scheinen von einem städtischen Minotaurus entführt worden zu sein. *Mops bezieht Stellung.* Weniger kehrt vollkommen durchgeschwitzt zum Aufenthaltsraum zurück. Dolly schaut voller Verachtung zu ihm hoch. Weniger wird panisch im Angesicht der totalen Abwesenheit berühmter Schriftsteller in diesem Raum. Ist Mandern einfach so ins

Universum absorbiert worden? Hat ein weiterer alter Mann Arthur Weniger im Stich gelassen?

Dann hört Weniger ein gewaltiges Geräusch, als würde ein Damm brechen – er blickt zum Bühnenaufgang und dort, als bräuchte er nichts weiter als das Gebrüll der Menge, um ihn zu beseelen, steht der berühmte Schriftsteller direkt im Scheinwerferlicht. Die Hand zum Gruß winkend erhoben und grell weiß beleuchtet, könnte H. H. H. Mandern auch eine Marmorstatue seiner selbst sein. Welche Taube würde es wagen, sich darauf niederzulassen? Kein Anzeichen davon, dass er irgendwo herumwirbelt, dass ihm seine Tochter nicht verzeihen wird, dass sein Roman ungeschrieben bleibt – nein, sein Wille, oder vielleicht seine Arroganz allein, kommen ihm zur Hilfe. Wie leicht dieser Mann durch Robert Brownburn ersetzt wird – der gutaussehende, berühmte Robert Brownburn mittleren Alters, der Mann, den Weniger am Strand traf, der ihn zu City Lights einlud, der fünfzehn Jahre mit ihm lebte –, der zum Podium tritt, seine Zettel neu ordnet, wie Schriftsteller das so machen, dann zur Menge schaut, um zu sprechen, und die Einzigen, die in diesem Moment existieren, sind Arthur Weniger und Robert Brownburn und das Gedicht.

Unser Held sieht entgeistert zu, wie Mandern das Publikum zum Brodeln bringt. Vielleicht ist es das, was aus Weniger einmal werden wird. In diesem Alter, mit dieser Statur und Bekanntheit auf einer Bühne, ein Publikum allein mit Geschichtenerzählen in Atem haltend. Durch seine Talente in der Lage, die Liebe und vielleicht sogar den Tod zu erschwindeln …

Denn sind wir nicht dieser verbliebene Bruchteil alter Magie?

# SÜDOSTEN

Arthur Weniger ist mittlerweile auf halbem Weg durch Amerika und auf halbem Weg (so glaubt er), all seine Probleme zu lösen.

Mit einem Mops und einem Poncho im Gepäck, bahnt er sich ruckelnd seinen Weg die Berge hinunter. Schnee wird er auf dieser Reise keinen mehr sehen. Und wie fühlt er sich auf dieser Etappe der Reise, ohne Freddy als Unterstützung, ohne berühmten Schriftsteller als Richtungsgeber? Merkwürdigerweise fühlt er sich frei. Allein und frei und als ein Bruchteil dessen, wovon auch immer der alte Mann gesprochen hat. Geister sind auf diesen kurvenreichen Straßen nicht im Stande, mit einem Camper mitzuhalten, und Gefühle der Unsicherheit kommen im Angesicht unmittelbar bevorstehender Krisen gar nicht erst auf: Arthur Weniger könnte durch einen Kojoten umkommen oder weil er den Elementen ausgesetzt ist oder schlicht verdursten, er könnte aber auch in den stumpfen Lauf eines Gewehrs blicken und mit der Erleichterung entkommen, dass er dem Tod einen weiteren Tag gestohlen hat – und gut schlafen. Man könnte meinen, er hätte die Zeit seines Lebens. Oder zumindest, dass er verloren ist. Oder losgelassen hat. Na endlich.

*Lieber Mr. Weniger,*

*wir sind überaus erfreut, dass Sie uns, das Last Word Ensemble, bei unserer kleinen Tour durch den Süden begleiten! Wie Sie ja vermutlich wissen, präsentieren wir literarische Werke in voller Länge durch Dialoge, Tanz und Lieder (die Stimme unserer Marjorie ist bis weit über die Grenzen der Stadt hinaus bekannt). Ich bin mir sicher, Sie haben bereits von unserer sechsstündigen Darbietung von* Zum Leuchtturm *gehört (ich selbst spielte den Leuchtturm) und unsere achtstündige Darbietung von* Die Enden der Parabel *(ich selbst spielte die Parabel); bei Letzterem wurde uns die große Ehre zuteil, auf Anordnung des Gesundheitsamts die Vorstellungen einzustellen. Ich hoffe, dass Ihnen unsere Interpretation Ihrer Kurzgeschichte gefallen wird!*
*Wie Sie wissen, werden wir zuerst in Natchez, Mississippi, auftreten; danach in Muscle Shoals, Alabama, sowie in August und Savannah in Georgia. Ich freue mich sehr, Sie morgen in Bramblebriar, dem Haus meiner Familie, außerhalb von Breaux Bridge, Louisiana, zu treffen. Rufen Sie gerne an, falls Sie Probleme haben herzufinden. Ich selbst werde die Rolle der Südstaaten-Gastgeberin spielen!*
*Ihre treue Leserin,*
*Dorothy Howe-Gorbaty*

⁂

Vier Tage dauert die Reise von New Mexiko nach Louisiana, und der einzige Weg führt durch Texas: ein langer, dröger Abschnitt der USA, der, für all jene, die einmal durch das ganze Land reisen wollen, dem langen, drögen Abschnitt über das »Weiß des Wals« in Moby Dick ähnelt, dessen Eintönigkeit die meisten Leser in den Wahnsinn treibt. Weniger und Dolly fahren durch Amarillo (Hallo, Reilly O'Shaunessy und dein geliebter Zahnarzt!) und in eine Gegend voll von Wüstenbeifuß und toten Gürteltieren, mit mehr Kirchen als Donut-Shops und mehr Donut-Shops als Tankstellen. Ansonsten viel Sonne und harte Erde. Ich weiß das so genau, weil er mich täglich in einer Art vegetativen Zustand anrief und irgendwas von Campern murmelte.

Viele verschiedene Dinge liegen außerhalb von Arthur Wenigers Kompetenzbereich – höhere Physik, das Zerlegen und Reinigen von Gewehrläufen, die echte und aufrichtige Liebe einer Frau – doch über die letzten Tage hat er sich in einem Bereich weiterbilden müssen, auf den er erschreckend unvorbereitet war. Feldlager zur Freizeiterholung, oder im Volksmund: Camping.

Die erste Hürde ist der Campingplatz an sich. Da er bei seinen ersten Campingausflügen bloß ein Kind war und sein Vater (der Staatsfeigling Nr. 1) damals eine Reihe von Schlachtplätzen aus dem Sezessionskrieg als geeignete Orte für ihre Vater-Sohn-Bindung auswählte, weiß Weniger heute nicht, wo ein Mann mittleren Alters mit einem ausgebauten Van und einem Mops einen Platz zum Schlafen finden könnte. Seine ersten Vorstöße sind eine Reihe von Fehlzündungen. Nationalparks nur für Zelte, Bezirksparks nur für Menschen, Stadtparks nur für Trinker – bis er entdeckt, zu welcher ausgewählten Gruppe er gehört: Camper Vans,

Wohnmobilisten. Auf einmal bemerkt er Schilder (CAMPER VANS WILLKOMMEN!), die ihm die rettende Lösung bieten: Privatparks. Und so betritt er eine ihm vormals unbekannte Welt. Der erste Campingplatz, südlich von Muleshoe, Texas, erweist sich als exzellentes Lehrstück: Reihen betonierter, an Wigwams erinnernder Behausungen auf Betonplatten neben einem Teich, komplett verlassen bis auf zwei enorme Fahrzeuge, deren Weihnachtsbeleuchtung auf eine gewisse Langlebigkeit schließen lassen. Die bereitstehenden Hütten bleiben ein Mysterium: zu klein, um darin zu schlafen, zu verschlossen, um darin zu kochen. Arthur findet den Platzwart in einem der Weihnachtswagen (ein Mann, der seinem Onkel Chuck ähnelt, nur mit Bolo Tie), unterschreibt ein paar Formulare und bekommt mit einem orangefarbenen Kegel einen Gegenstand in die Hand gedrückt, der ähnlich unerklärlich ist. Er legt den Kegel in die ihm zugewiesene Hütte und ist mit der Symmetrie des Lebens zufrieden. Dann nimmt er sich der Aufgabe an, Rosina in eine gemütliche Unterkunft zu verwandeln: Er öffnet das Verdeck, verstaut den Tisch, klappt das Sofa aus, macht das Bett, zieht die Vorhänge zu und bringt, in einer für diese Uhrzeit recht fortgeschrittenen Geduldsprobe, verschiedene blickdichte Rechtecke an den entsprechenden Fenstern an. Dolly macht es sich auf ihrem Hundebett bequem, eine schwarze Sichel auf indigoblauer Wolle. Der Netzstoff an der Fahrzeugdecke gewährt ihnen einen Luftzug und in der Dunkelheit den unerwarteten Blick auf einen Halbmond aus Sternen. Bald treibt Weniger auf dem ruhigen Fluss der Nachtruhe. Der nächste Morgen hält seine eigene geistreiche Metapher bereit: eine Dusche, die nur mit vorher gekauften Wertmarken funktioniert, die jeweils eine Minute spritziger Belebung ermöglichen, in der man sich seinen Herzenswunsch erfüllen muss, bevor die Zeit abläuft. Der Tod ist überall.

So in etwa geht es auch weiter, mit gewissen Abweichungen: weiße Menschen, die meisten ähneln Onkel Chuck, geben ihm Formulare, winken ihm aus Wohnmobilen zu (deren Marken – Airstream, Southwind, Bounder, Hurricane, Horizon, Phaeton, Zephyr – für Weniger wie Rockbands aus den 1980er Jahren klingen), Betonplatten, Barbecue-Grills, die so stabil wie Öltürme sind, Waschsalons, Duschen und so weiter. Auch die Akzente der Menschen bleiben unverändert, und, was noch wichtiger ist, der von Weniger bleibt unangefochten. Bis er die Grenze nach Louisiana überquert.

»Hallo, haben Sie für heute Abend noch einen Platz für meinen Camper?«

»Aber sicher!«, sagt sie lächelnd. »Sag mal, du bist nicht von hier, oder Schätzchen?«

»Nein. Sind auf dem Platz Hunde erlaubt?«

»Aber sicher!« Die Platzwartin ist eine ältere Frau mit silbernen Locken, getönten Brillengläsern und einem HOOT 'N' HOLLER-T-Shirt, das dem von Onkel Chuck ähnelt. »Pass aber auf die Alligatoren auf. Bist du aus den Niederlanden?«

»Nein. Nein, ich bin aus Delaware. Alligatoren?«

»Ach, sieh mal einer an. So wie du klingst, dachte ich, du kommst aus den Niederlanden.«

Er wusste, was sie meinte. Befragungen wie diese können vielerlei Formen annehmen – »Bist du Schauspieler?«; »Du erinnerst mich an meinen Cousin, vielleicht kennst du ihn?«; »Hat dir schon mal jemand gesagt, dass du aussiehst wie …« – und er wusste nie, was er darauf antworten sollte. Denn die Frage, die sie eigentlich stellt, ohne zu wissen, dass sie es tut, ohne irgendetwas anderes in der Welt zu meinen, als dass sie eine sprachliche Eigenheit entdeckt hat, ist: *Bist du homosexuell?*

Aber sicher!

Nachdem er Rosina auf einer Betonplatte geparkt hat (neben einem künstlichen See, aus dem vermutlich die Alligatoren auftauchen werden) und sie in einen Schlafplatz verwandelt hat, geht er sofort in die Gemeinschaftswaschräume und inspiziert seinen Bart, den er sich auf der Fahrt durch Texas hat stehen lassen. Wer hatte noch einmal behauptet, im Süden würden Queers umgebracht? (Das war ich.) Er stutzt sich alles außer dem Schnäuzer. Am nächsten Tag hält er an einem Geschäft von der Größe eines Flugzeughangars und ersteht ein rotes Bandana, eine Panorama-Sonnenbrille, ein HOOT 'N' HOLLER-T-Shirt, Flip-Flops, eine Baseballmütze, einen Cowboy-Hut, eine Bolo Tie und sechs Miniatur-Fähnchen der US-amerikanischen Flagge. Arthur Weniger wechselt aus dem dreckigen Anzug und dem Poncho in einige seiner neusten Anschaffungen. Er entsorgt die Traumfänger, befestigt je ein Fähnchen an jeder Ecke des Wagens und platziert die anderen beiden, nur zur Sicherheit, hinter der Heckscheibe. Auf seinem Weg hinaus winkt er dem Parkplatzwächter zu. Arthur Weniger spürt, wie sich Erleichterung in seinem Körper breitmacht, während er mit den Scheibenwischern die Ansammlung von Fliegen wegwischt, die der Parkplatzwächter als »Lovebugs« bezeichnet hatte. Er hat die Gefahr gerade noch so abwenden können; jetzt, so glaubt er, wird ihn niemand mehr verdächtigen, Niederländer zu sein.

Und was ist mit Dolly? Weniger, seiner Tomboy beraubt (auf die ein Freund aufpasst), wendet sich ihr zum Trost zu. Er begreift, dass sie von ihrer einzigen großen Liebe getrennt wurde (wie so viele von uns), und in der Annahme, sie müsse leiden, bereitet er ihr jeden Abend ein bequemes Bett. Aber unter uns (und bitte niemandem verraten): Sie leidet nicht. Nicht mal ansatzweise. Ihre Grunzer und Seufzer, ihre hochmütige Miene, wirken trotz Manderns Abwesenheit unverändert. Ist sie ein Vogel, der vor jedem Publikum singt? Ist sie wirklich so herzlos? Oder sind ihre Leidenschaften denen von Weniger ähnlicher, als er sich vorstellen kann?

Jeden Abend, wenn das große Verdeck geöffnet ist, alle Vorhänge zugezogen sind und ein einsames Leselicht auf sein Nachtlager scheint, beginnt sie mit ihrer Darbietung. Auf ihrem kleinen Hundebett stehend, nimmt sie die Ecke ihres dreckigen Handtuchs und inszeniert eine Art *Bowery Walzer*. Man stelle sich eine Partitur von Offenbach vor, zu der sie das Handtuch erst zur Gestalt eines Geliebten wickelt, es dann über die Bühne schleudert, nur um es wieder aufzufangen und erneut zu malträtieren, mal liebevoll, mal bösartig, bis sie schließlich die gewünschte Form geschaffen hat und sich zufrieden auf ihren eroberten Liebhaber legt. Weniger schaut sich das Schauspiel interessiert an; er erkennt es. Der scheinbar sinnlose Kampf mit dem Unbeseelten, die Wut- und Frustrationsschreie, die Liebesschluchzer, etwas zu kreieren, das nur im Geist seiner Schöpferin existiert, die es seufzend betrachtet und sich an dem erfreut, was sie erschaffen hat, und in einen tiefen Schlaf fällt in einer Welt, in der eine Sache genau so ist, wie sie sie gestaltet hat. Neidisch blickt unser Protagonist auf sie herab, auf dieses Wesen, das ihm so ähnlich ist, und erkennt in ihr (obwohl erfolgreicher auf ihrem Gebiet) eine Künstlerkollegin.

Was seine eigene Arbeit angeht, hat Weniger bisher nichts zustande gebracht. Es ist, so sagt er sich, das brachliegende Jahr nach der Fertigstellung eines Buches. Ein Jahr zum Lesen, um den Gewinner eines Literaturpreises zu küren. Trotzdem hat er es jeden Abend, wenn Dolly es sich nach ihrer Darbietung des *Bowery Walzers* gemütlich gemacht und er ein Buch nach dem anderen in die Hand genommen hat, nicht geschafft, in den Seiten zu verschwinden. Zu erwachsen für das Nimmerland, unser Peter Pan? Zu korpulent für den Kaninchenbau? Möglich (und was soll er der Preisjury sagen?), aber ich vermute das Gegenteil ist der Fall: Weniger ist wieder zu sich gekommen, hat seine Neugier, seine Ängste, seine Erinnerungen wiederentdeckt und hat diesen besonderen Seins-Zustand erlangt, in dem die Außenwelt nicht verschwindet, ganz und gar nicht, sondern mit schmerzhaften Details hervorsticht. Ein Ort nicht für Leser oder Kritiker bestimmt, sondern für die leidende Gestalt, gefangen hinter dem Spiegel: dem Autor.

Im Augenblick ist Weniger sehr aufmerksam.

✣✣✣

Weniger erreicht Bramblebriar, das »Familienhaus« der Howe-Gorbatys. Als er seinen Van vor dem palladianischen Backsteinhaus parkt, fühlt er sich weniger als Autor denn als Klimaanlagenmechaniker. Eine Brise kommt auf und lässt seine amerikanischen Flaggen im Wind flattern.

Eine elegante Frau in einem grünen Twin-Set kommt

mit ausgestrecktem Arm auf ihn zu, ihre sorgsam frisierten Haare in demselben Rosenholz-Ton wie die Schlafzimmereinrichtung seiner Eltern. Es ist Dorothy Howe-Gorbaty, die Leiterin des Schauspielensembles. Durch ihre großen, hervortretenden Augen (einem Exophthalmus gleich, womöglich verursacht durch eine Kinderkrankheit; wir haben alle unser Päckchen zu tragen) ist sie zu einer immensen Bandbreite an Gesichtsausdrücken fähig, so dass es durchaus vorstellbar ist, dass sie selbst ohne Sprechrolle und lediglich mit ihren stummen Reaktionen das Publikum in den Bann zu ziehen imstande ist. Das gilt natürlich auch außerhalb des Theaters, wie bei ihrer heutigen pantomimischen Darstellung, bei der ihre erstarrte Geste und ihr fester Blick an eine Figur erinnern, die gerade dabei ist, eine Ampulle Gift zu überreichen.

»Arthur! Ich kann Ihnen gar nicht sagen, wie überglücklich wir sind, dass Sie extra hergeflogen sind!«

»Nun, eigentlich bin ich gefahren.«

»Sie sind den ganzen Weg aus Kalifornien mit dem Van gefahren?«

Für Weniger ist Dorothy eine Art Nancy-Reagan-Verschnitt: weiß, schlank, schick, attraktiv, mit dem hektisch-angespannten Gesichtsausdruck eines Eichhörnchens auf der Suche nach einer Nuss. »Nein, also … eigentlich ja.«

*»Durch Texas?«*, fragt sie in einer dunklen, dramatischen Tonlage.

»Ist eine lange Geschichte.«

»Nun, gesegnet sollen Sie sein, denn das wird eines unserer *entscheidenden Probleme* lösen!«

Welches Problem genau der Van lösen könnte, bleibt ein Geheimnis. Dann denkt er nach. »Oh, das Hotel!«

»Eigentlich dachte ich an etwas anderes. *Sie haben das Kulissenproblem gelöst!*«

»Die Kulisse.«

»Sie sind ja nicht vom Theater, ich weiß, aber wir haben diese wunderbare Kulisse erschaffen! Für eine wunderbare Geschichte! Felsen und Bäume und so weiter und so fort. Aber wir haben natürlich nicht nachgedacht! Wie um alles in der Welt sollen wir die in unseren kleinen Autos transportieren? Aber Sie haben Ihren wunderbaren Van! Bin ich nicht ein *Enfant Gâtée*?«

»Pardon?«

»Das ist mein Ehemann, Vladimir Gorbaty, aber alle nennen ihn Vlad.«

Auf den ersten Blick wirkt Vlad wie ein typischer, des Lebens überdrüssiger, russischer Geschäftsmann mit silbernem Haar und eismeerblauen Augen. Doch Weniger kann unter dieser finsteren Schale einen Mann erkennen, der sich seiner Position als Fremder bewusst ist und sich darüber amüsiert. Und um den armen Mann wie eine Matroschka noch weiter zu enthüllen, erahnt Weniger vage noch einen weiteren Mann in ihm: den Mann, der Dorothy liebt, und durch ihren durch und durch amerikanischen Charme, Amerika selbst. Sicherlich befindet sich tief in dieser verschachtelten Menge an Vlads, völlig verborgen, Vlad selbst, geschnitzt aus einem einzigen Stück Holz, der wahre Vlad: die Nuss, nach der Dorothy sucht.

Vlad streckt seine Bärenpranke hervor: »Hallo, Mr. Weniger.«

»Hallo Vlad, nenn mich Arthur.«

Dorothy lacht. »Und jetzt lernen Sie erst mal alle kennen.«

Wie sich herausstellt, sind *alle* sechs Frauen und ein Mann, die im Garten wie die Plejaden drapiert sind und in unterschiedlichen Pastelltönen funkeln und auf die Weniger zugeht, als wären sie außerirdische Besucher von ebendiesem Sternenhaufen. Was soll er nur mit so vielen lächelnden Gesichtern anstellen? Mit so vielen falschen Wimpern? So vielen manikürten Händen, die sich aus Verbundenheit nach seinem Arm ausstrecken? Nicht alle sind weiß – Marjorie, die berühmte Sängerin, die ihre Ghana Braids in einem Dutt trägt, und ihr Bruder, ein gutaussehender Mann mit Brille namens Thomas, sind Schwarz – aber sie sind alle ein ganz bestimmter Typ Mensch: Theaterleute.

»Und Sie führen meine Kurzgeschichte ›Nutrition Play‹ auf, oder?«

Dorothy legt ihre Hand auf seinen Arm. »Ich sage Ihnen, Sie waren gar nicht so leicht zu finden! Wir bekamen eine Anfrage von der Stiftung, eine Geschichte von Arthur Weniger aufzuführen. Wussten Sie, dass es einen Arthur Weniger gibt, der Christliche Rockmusik spielt? Und einen, der etwas mit Immobilien zu tun hat? Es gibt da draußen eine Million von Ihnen! Aber unsere Leila hier hat Sie mit dem Computer gefunden, und als ich Ihr Gesicht gesehen habe, da wusste ich einfach, das ist der Richtige. Die Geschichte ist wundervoll!«

»Dankeschön.« Wie seine Mutter es ihm beigebracht hat.

Thomas kommt auf ihn zu, sein schüchternes Lächeln offenbart eine Zahnlücke. Er ist kleiner als Weniger, trägt einen pastellblauen Rollkragenpullover und Jeans, und auf seinem Gesicht ist der graue Schatten eines Barts zu erkennen. Die Haltung eines Tänzers, Schultern zurück, Kinn nach oben; er muss um die vierzig sein. »Hallo, Sir, ich mag

Ihren Van«, sagt er zu Arthur Weniger. Weniger kann nicht so recht einschätzen, ob er sich über ihn lustig macht. Thomas senkt sein Kinn und sagt: »Ich spiele Sie in dem Stück.«

»Ach du meine Güte!«, sagt Weniger, aber eher als Reaktion darauf, von jemandem mit »Sir« angesprochen zu werden. »Mich? Das bin ja nicht ich in der Geschichte. Die Figur ist vielmehr ein Kompositum. Kann ich denn irgendwie behilflich sein?«

Thomas richtet seine pflaumenfarbene Brille, und neben seiner Nase kommt eine Sommersprosse zum Vorschein. »Ich glaube, ich hätte da ein paar Fragen.«

»Immer raus damit«, sagt Weniger.

Weniger rechnet mit Fragen zu seiner Jugend, seinem Vater, seiner Mutter, all das. Doch stattdessen legt Thomas seinen Kopf zur Seite und schaut an Weniger vorbei in die Ferne. Dann sagt er: »Ich arbeite noch an der Vorgeschichte, und ich würde gerne nachempfinden, wie es damals war.«

»Schwul zu sein?«

Thomas lächelt. »In Delaware.«

»Delaware!«, sagt Weniger vollkommen perplex. Zu Delaware fällt ihm absolut gar nichts ein. Es ist, als versuche er das Essen im Flugzeug zu beschreiben, das ihm vor mehr als einem Jahrhundert serviert worden ist.

Thomas nickt. »Oder in Delaware schwul zu sein«, sagt er, mittlerweile ganz ernst. Er rückt näher an Weniger heran und schaut zu ihm auf. »Ich versuche bloß eine Geschichte zu entwickeln.«

»Eine Geschichte?«

»Über einen Jungen, der nicht weiß, ob er es wert ist, geliebt zu werden«, sagt Thomas.

Weniger steht für einen Moment einfach da und sagt

nichts. Was lässt sich im Angesicht von Schönheit sagen? Was im Angesicht von Wahrheit? Thomas wartet geduldig.

Unser Held atmet tief durch und sagt: »Nun, es gab da eine Bar in Dover namens SecretS …«

Die Kulisse ist nicht gerade klein; sie besteht aus drei Fiberglassteinen, zwei einbetonierten Bäumen, einem Satz Holzscheite (die vermutlich die Schule darstellen sollen?) und der lebensgroßen Pappmaché-Statue eines Heiligen. All das, um die Kleinstadt seiner Geschichte darzustellen, eine Kopie seines eigenen kleinen Städtchens Camden, Delaware? Weniger spürt die Last eines Schöpfers, der nie auch nur einen Moment über den Aufwand nachgedacht hat, den es benötigt, um seine Ideen Wirklichkeit werden zu lassen. Die Last wiegt schwer, und er ist derjenige, der sie zu tragen hat.

»Was denken Sie, Arthur?«, fragt Dorothy.

»Sehr kunstvoll.«

»Ich meine bezüglich des Vans?«

»Ich bin mir sicher, das passt«, sagt er. »Ich werde das Ganze allerdings über Nacht draußen lagern müssen.«

In einem leisen Flüsterton sagt Dorothy: *»Das wird ein bezauberndes Bild abgeben.«*

Er bittet Thomas, ihm mit der Kulisse zu helfen (»Zwei starke Männer!«, scherzt Thomas), und sie verladen alles in den Van, trotz der ermüdenden Einwände der kleinen Dolly, die die Statue anbellt wie jene Hunde in Filmen, die einen Hochstapler erkennen.

»Wir sehen uns in Natchez!«, trällert Dorothy, und das gesamte Ensemble winkt ihm gemeinsam zum Abschied. Er sieht, wie Thomas seiner Schwester den Arm hinhält, als wäre er ein Falkner. »Zu unserer Vorstellung!«

Ehrlich gesagt: Weniger ist aufgeregt, das Stück auf der Bühne zu sehen. Er hat seine Arbeit bisher ausschließlich auf dem Blatt begutachten können. Seine Rechte wurden nie »verhandelt«, wie es in der Verlagswelt so schön heißt, um in die Theater-, Kino- oder Fernsehwelt zu gelangen (eine Art polyamouröse Beziehung, bei der allerdings nur der Autor exklusiv zu bleiben hat). Er wurde nie in eine andere Sprache übersetzt, außer man zählt die britische Version von *Dark Matter* mit, in der das Wort *color* zu *colour* ent-*Webstert* wurde. Er hat nie erlebt, wie seine Worte, einem alten Filmprojektor gleich, in den Kopf einer anderen Person eingespeist und aus dessen Psyche auf die Leinwand geworfen wurden, er hat nie die Orchestrierung gehört, die jeder neue Geist unter seine simplen Melodien schreibt, hat noch nie den Schädel eines Lesers geöffnet und die bunt blinkenden Vorgänge darin betrachtet. Um es kurz zu machen – er hofft, es wird ein Musical.

Ich schäme mich fast, es auszusprechen, aber Arthur Weniger fühlt sich mit der ganzen Südstaaten-Hallo-mein-Freund-schön-Sie-zu-treffen-Freundlichkeit einfach nicht wohl. Vielleicht, weil er an der Ostküste aufgewachsen ist, wo Zuneigung zusammen mit den Sturmlaternen tief im Schrank versteckt wurde, oder vielleicht war es lediglich so, dass seine Eltern, seine liebevolle Mutter eingeschlossen, einfach nicht »Ich liebe dich« sagen konnten, so wie Schauspieler Worte aus dem Skript weglassen, weil sie mit der Aussprache Schwierigkeiten haben. Weniger pflegte sie immer damit aufzuziehen. Er wusste, dass sie ihn liebte, ohne jeden Zweifel. Aber wenn er es ihr bei einem ihrer Telefonate sagte, war es in etwa so, als würde man einen Wächter des Buckingham Palace dazu bringen wollen, zu lächeln. Denn sie war von ihrem Temperament her schlicht nicht fähig, irgendetwas anderes auf sein »Ich liebe dich, Mom« zu antworten als »Auf Wiedersehen, mein Sohn«. Vielleicht lag es aber auch an seiner homosexuellen Teenie-Angst, die er im Beisein seiner Freunde verspürte: *Sei ganz cool, lass dir nichts anmerken, und sag ihm vor allem nicht, dass du ihn liebst!* Vielleicht lag es aber auch an der gemeinsamen Zeit mit dem Dichter Robert Brownburn, den fünfzehn Jahren an der Seite eines Mannes, dessen gesamte Karriere darauf beruhte, sich von Gefühlen weitestgehend fernzuhalten. Welch schöne Vorstellung, mit einem Byron, Shelley oder Keats verheiratet gewesen zu sein, mit von Zeit zu Zeit an einen Baum genagelten Liebesnachrichten; doch mit einem Dichter des zwanzigsten Jahrhunderts verheiratet zu sein hieß, sich mit Folgendem zufriedenzugeben: »meine Narbe / heute / tiefrot / dunkler als gestern« (ein wörtliches Zitat aus einer seiner Valentinstagskarten). Vielleicht wurde er auch einfach zu spät geboren für Lyndon B. Johnsons Liebesbriefe und zu früh für clintoneske Beteuerungen. Ein zugeknöpfter, gutmütiger, schwuler, weißer Vorstadtjunge der achtziger Jahre. Welche Pflanze vermag schon unter der kalten Sonne Reagans zu erblühen?

❖❖❖

»– den Mississippi rauf nach Arkansas und rüber nach Natchez, dann nach Muscle Shoals, das ist dann schon Alabama, und weiter Richtung Georgia –«

»Und dein Vater wird bei einer der Vorstellungen dabei sein?«, frage ich.

»Viel wichtiger ist, dass die Rückzahlung dann schon zu zwei Dritteln geschafft ist. Aber ja. Zumindest hat er das behauptet.«

»Was sagt Rebecca zu alldem?«

Weniger seufzt. »Sie glaubt, er stirbt. Aber es könnte auch einer seiner alten Tricks sein.«

»Ist er denn schon mal gestorben?«

»Im Grunde, ja. Erzähl mir lieber von Maine.«

»Ich werde hier wohl abhauen, bevor der Kurs vorbei ist«, sage ich. »Es gibt da etwas, dass ich zu Ende schreiben will.«

»Schreiben?«

»Nur etwas, an dem ich arbeite. Ich bin auf eine Insel gestoßen, Valonica. Die am östlichsten gelegene bewohnte Insel der USA.«

»Du hast gar nicht erzählt, dass du an etwas schreibst. Und du willst abreisen?«

»Man könnte sagen, du hast mich inspiriert.«

»Wirst du denn vor Ort sein, wenn ich nach Maine komme?«

»Das werde ich«, erzähle ich ihm. »Und wenn du es nicht schaffst, dann nehme ich vielleicht sogar den Zug und reise einmal quer durch das ganze Land –«

»Ich werde es schaffen, Freddy! Ich vermisse dich.«

»Du weißt, wo du mich findest.«

Weniger nimmt die landschaftlich schönere Strecke nach Natchez, vorbei an Mangrovensümpfen, Alligatorenfarmen und Schiffreparaturdocks, die immer von sogenannten »Herrenclubs« flankiert zu sein scheinen, die wie Zelte neben Konföderiertentruppen aufgestellt sind. Louisianamoos und verwitterte Kleinstadtbanner, unter denen Weniger hindurchfährt, schmücken die Straße. Sie kündigen Veranstaltungen an, die alle schon Monate zurückliegen: REISFEST! FROSCHFEST! OPOSSUMFEST! Im Inneren des Vans wird die Kulisse geräuschvoll durchgeschüttelt, bis sie ein sanftes Gleichgewicht erreicht, bei dem nur Saint Joseph im Rückspiegel vor sich hin schwankt.

Das Ensemble ist bei Freunden von Dorothy Howe-Gorbaty untergebracht (auf Luftmatratzen, ganz im Dienst der Sache), und Weniger hat Rosina. Er findet eine Art Kiesgrube auf der anderen Flussseite von Natchez, wo sich gigantische Camper wie Ochsen an einem Trog aneinanderkuscheln und Schildkrötenzelte das Flussufer säumen. »Zum ersten Mal im Süden?«, fragt die Frau lächelnd, deren Haut an vertrocknete Äpfel erinnert, und fügt hinzu: »Welcher Bibelvers ist Ihnen der Liebste?«

An ihrem freundlichen Gesichtsausdruck liest er ab, dass ihn die Frage nicht testen soll. Für sie ist die Sache so banal wie einen New Yorker nach seinem Lieblingsbagel zu befragen.

»›Mache dich auf, werde licht; denn dein Licht kommt‹«, sagt Weniger ohne nachzudenken. »Jesaja sechzig, Vers eins.«

»Na, der ist schön.«

»Und Ihrer?«

Sie lächelt und zeigt dabei ihre falschen Zähne. »›Wie ein Hund sein Gespeites wieder frißt, also ist der Narr, der seine Narrheit wieder treibt‹«, verrät sie ihm. »Sprüche sechsundzwanzig, Vers elf.«

Die Vorstellung findet in einem ehemaligen Hafengebäude statt, das man von der Stadt aus über einen schmalen Hang erreicht, von dem Weniger sich nicht vorstellen kann, dass er vor hundert Jahren weniger tückisch war, als die Leute auf den Mississippi-Dampfer *Robert E. Lee* warteten, und es kommt einem wie ein kleines Wunder vor, dass Rosina sicher dort ankommt. Kaum haben sie geparkt, da fängt die kleine Dolly wieder damit an, Saint Joseph anzukläffen, und tut es noch, als Weniger ihn aus dem Wagen entlädt und zur Tür dieses komischen, kleinen Gebäudes trägt. Ich sage *komisch*, weil das Theater nicht wirklich in Natchez ist, sondern »hinter dem Hügel«. Ein kleines Örtchen am Fuße des Flusses, dessen charmante, alte Gebäude über seine Vergangenheit als Zufluchtsort für Taugenichtse, Halunken, Hurenkindern und Schurken hinwegtäuschen. Mit anderen Worten: ein Theaterviertel.

Thomas kommt winkend auf ihn zu, und gemeinsam entladen die beiden starken Männer den Rest der Kulisse.

»Arthur, Sie haben es hergeschafft!«, sagt Dorothy, als Weniger und Thomas – Saint Joseph zwischen sich – in das Theater hineinkommen. Sie setzen ihn ab und Thomas wischt sich den Schweiß von den Augenbrauen. »Wir sind *so* aufgeregt, dass Sie heute unsere Aufführung sehen, und ich werde kein *Sterbenswörtchen* verraten«, sagt Dorothy, »denn das soll eine *Überraschung* sein! Aber holen wir Ihnen erst mal ein Getränk von der Bar! Ich werde Sie mit unserer Südstaatengastfreundlichkeit verwöhnen!«

»Wo ist Vlad?«

»Oh, er ist zu Hause. Aber er kommt in Savannah dazu! Setzen Sie sich.«

»Ich muss in die Maske«, sagt Thomas zu Weniger und

verschwindet, und Weniger fragt sich, welche Art von Makeup wohl nötig ist, um Thomas in den unbeholfenen Jungen zu verwandeln, der Weniger einst war.

Er sucht den Zuschauerraum gründlich nach einem Zeichen seines Vaters ab. Fünf Sitze sind mit der Aufschrift RESERVIERT versehen und, mit einem Bourbon in der Hand, setzt er sich auf einen von ihnen. Die anderen bleiben den ganzen Abend über leer. Das Publikum ist mehrheitlich älter und zeigt sich verwundert, als hätten sie etwas anderes erwartet. Aber vielleicht haben ältere Menschen immer so einen Gesichtsausdruck? Der Raum ist halb voll, was Weniger völlig ausreicht (erst jetzt bemerkt er, dass ausschließlich Weiße anwesend sind), und als die Lichter ausgehen, nickt Weniger in der Gewissheit, dass sein Vater bei der Aufführung in Natchez nicht dabei sein wird. Vielleicht in Alabama. Weniger nippt an seinem Bourbon und erfreut sich an dem Gefühl, nicht zu wissen, was auf ihn zukommt. Musik setzt ein, gefolgt von Gesang, und schon beginnt auch Wenigers Herz zu singen, denn zumindest für einen Menschen ist heute Abend ein Traum in Erfüllung gegangen: Es ist tatsächlich ein Musical.

Hätte Weniger das gewusst, er hätte seine Schwester eingeladen! Marjorie hat sich mit zwei Afro Puffs und einem fuchsienfarbenen Jumpsuit in die selbstbewusste Rebecca verwandelt, die sich mit ihrem Lied »Die Hälfte eines Vollkornsandwiches« auf die Schulaufführung mit dem Namen *Nutrition Play* vorbereitet. Und da ist auch schon der kleine Archie Weniger – gespielt von Thomas in einer Doppelrolle, da er sowohl den Erzähler verkörpert als auch, in einem Rüschenhemd, das der kleine Archie unbedingt tragen wollte, den Jungen, der dem Zauber seines Vaters noch ganz verfallen ist. Tatsächlich gibt es sogar ein Lied mit dem Titel »Meines Vaters Zauber«. Thomas singt mit leiser, bebender Stimme und einer augenscheinlichen Unbeholfenheit, die Weniger verblüffend ähnlich ist. Eine Schauspielerin namens Georgia spielt die stille, fürsorgliche Mutter. Und – welch Überraschung! – Dorothy Howe-Gorbaty ist in der Rolle seines Vaters Lawrence Weniger zu sehen. Charismatisch, lebenslustig, voller ungeheuerlicher Versprechungen; all ihre zuvor erwähnten Manierismen sind verschwunden, und hier auf der Bühne steht Lawrence Weniger! Mit Fransenjeansjacke und allem Drum und Dran! Und als zum Höhepunkt des Stücks die zweite Hälfte des Vollkornsandwiches nicht erscheint, (»Die Hälfte eines Vollkornsandwiches, Reprise«), und somit auch Lawrence Weniger nicht erscheint und Thomas-Archie nach Luft schnappend begreift, dass sein Vater nun für immer verschwunden ist, bricht Arthur Weniger unter heftigen Schluchzern in sich zusammen, die zu gleichen Teilen aus wiedererlebter Trauer und Musicalfreude bestehen – und man möge mir den schwulen Mann zeigen, der das eine vom anderen zu unterscheiden weiß.

»Das war großartig!«, sagt er zu Thomas, als alles vorbei ist.

»Wirklich?« Der Schauspieler trägt noch sein Bühnen-Make-up und Kontaktlinsen, wegen derer er wiederholt blinzeln muss – oder ist er noch immer in seiner Rolle? »War es so, wie Sie es sich vorgestellt haben?«

»Nein«, sagt Weniger und sieht, wie der arme Schauspieler die Fassung zu verlieren droht. »Es war besser! Es war so viel besser!«

Mrs. Dorothy Howe-Gorbaty, die neben den beiden steht, seufzt vor Freude. »Ja wirklich? Oh, wie schön! Wir waren *voller Angst*, so *voller Angst*, dass Sie es nicht mögen würden.«

»Arthur, weinen Sie?«, fragt Thomas. »Was ist los?«

»Nichts, nichts. Und das Gespräch danach war nett«, sagt er, obwohl es hauptsächlich Publikumsfragen dazu waren, welche Art von Stift er benutzt (den alten seiner Mutter), ob er unter dem Einfluss von Whiskey schreibt (es ist Wein) und warum zur Hölle Ensembles literarische Werke in voller Länge spielen müssen (wenn auch nicht in genau diesen Worten).

Sie klatscht in die Hände. »Wir sind so froh, dass Sie dafür hergekommen sind! Das macht für *unseren Geldgeber* einen großen Unterschied.«

»Apropos Geldgeber –«

»Ach, leisten Sie mir doch Gesellschaft und trinken Sie etwas mit mir!«

Weniger dreht sich zu Thomas. »Kommen Sie auch?«

Thomas wendet sich ab, er wirkt schüchtern. »Ach nein«, sagt er. »Ich ruhe mich besser aus. Viel Spaß euch.« Er schaut zu Weniger auf, dann spaziert er in die Nacht hinein und verschwindet hinter dem Van. Weniger wird die Straße hinunter zu einem Holzhaus geführt, auf dessen Veranda Männer in Schaukelstühlen sitzen, die Zigaretten rauchen und Bier trinken. Die Motorräder stehen davor, als wären sie zu einem großen Haufen übereinandergeworfen worden. Auf der anderen Seite des Weges befindet sich die alte Dampferanlegestelle, die heute nur noch ein Parkplatz ist, und dahinter fließt, klar, der Mississippi, so trüb und ruhig wie der Abendhimmel.

»Mrs. Howe-Gorbaty, ich habe mich gefragt, ob Sie mir etwas über den Geldgeber verraten können.«

Sie lacht. »Na, das ist ja witzig! Das wollte ich Sie auch fragen!«

»Das heißt, Sie kennen ihn nicht?«

»Kein bisschen!« Könnte es reiner Zufall sein, dass sein Vater nicht nur *wir sehen uns im Süden* geschrieben hat, sondern auch, dass er seine *literarischen Bemühungen unterstützen* wolle? Und dass er eine Kunststiftung leitet? Doch, liebe Leser, auf dieser Reise gibt es keine Zufälle; es gibt nur Zeichen, die wir uns weigern zu erkennen ...

Miss Dorothy hat ihre Hand auf seinen Arm gelegt. »Übrigens, Arthur, hier im Süden nennen mich alle Miss Dorothy.« Sie spricht mit tiefer Stimme, wie damals, als sie sich zum ersten Mal trafen. Erst jetzt begreift er, dass die Schauspielerin ihre Stimme verstellt und verschiedene Tonlagen hat, so wie früher in Filmen Szenen blau gefärbt wurden, um die Nacht dazustellen. Das hier ist ihre Stimme für intime Gespräche. »Sie werden feststellen, dass viele verheiratete Frauen hier so genannt werden. Und für Sie mit Ihrer charmanten Art ist es vielleicht gut zu wissen, dass Sie ›Ma'am‹ und ›Sir‹ ständig zu hören bekommen werden. Die Menschen werden es lieben, wenn Sie es ihnen nachtun. Am besten bis zum Umfallen!«

In meinen Notizen steht, dass Arthur Weniger – abgesehen von einem Irrtum des Zulassungsbüros, aufgrund dessen er kurzzeitig mit dem Ausbildungskorps für Reserveoffiziere trainieren musste (er hielt es für einen Improvisationskurs) – noch nie jemanden »Sir« genannt hat.

Sie treten durch die Kneipentüren in einen großen Raum, dessen gestanzte Blechdecke von Dollarscheinen übersät ist (Erinnerungen an Bombay Beach). Vorwiegend weiße Menschen schieben die Tische in Richtung Wand, und eine Band ist dabei, sich einzurichten. Der Leadsänger hat, obwohl ein abgehalfterter und schmächtiger Mann, das lange blonde Haar einer Miss-Opossum-Festivalteilnehmerin. Weniger folgt Miss Dorothy zum Tresen und fragt: »Und bin ich Mr. Weniger?«

»Nicht für mich, Arthur. Sie sind nur Arthur. Was wollen Sie trinken?«

Jetzt macht Miss Dorothy etwas, dass Arthur Weniger in seinem ganzen Leben nicht eingefallen wäre: Nachdem sie bei dem Barkeeper mit den Blumenkohlohren für die beiden bestellt hat (einen Whiskey Sour für Weniger und einen Weißwein für sich selbst), gibt sie eine Runde Bier für die Jungs in der Küche aus. Er nickt (kaum sichtbar) und nimmt ihre Kreditkarte entgegen.

»Arthur«, fragt sie über die Musik hinweg, »Sie meinten, Ihre Familie sei aus dem Süden?«

»Meine Mutter kam aus Augusta. Die Familie meines Vaters aus Delaware.«

»Sind Sie oft runtergefahren?«

Weniger lässt den Cocktail sein Inneres erreichen. »Weihnachten. Nach Georgia, um meine Großeltern zu besuchen. Meine Schwester und ich schliefen auf dem Boden in der Nähstube – meine Großmutter war Schneiderin. Die Frauen kamen früher mit einer herausgerissenen Seite aus der *Vogue* zu ihr, und sie fertigte es einfach an.«

»Und Ihr Großvater?«

»Schlachter«, sagt er. »Für Piggly Wiggly.«

Sie zwinkert mit ihren stark geschminkten Augen. »Arthur, ich hätte ja nie gedacht, dass Ihre Familie Arbeiterklasse war. Tatsächlich bin ich davon ausgegangen, Sie seien aus dem Ausland. Sie sprechen so ... gestochen scharf. Wie eine Romanfigur.«

Er weiß darauf nichts anderes zu antworten als »Dankeschön«.

Jubelrufe kommen aus der Küche. Miss Dorothy lacht und winkt ihnen durch das kleine Fenster zu; die Köche winken zurück. Keiner von ihnen ist weiß.

»Meine Familie war auch Arbeiterklasse«, sagt sie. »Ich weiß. Wenn man sich das Haus so ansieht und alles, wirkt es nicht so. Das gehört alles meinem Mann und ist nicht echt. Er hat das Haus gekauft, als es baufällig war. Lassen Sie sich von nichts täuschen, Arthur. Hier gibt es eine Art des Scheins, den Sie so vielleicht nicht gewohnt sind. Meine Mutter wuchs in einer Hütte in den Bergen auf. Sie wissen schon, mit einer klapprigen Veranda und einer an den Pfosten genagelten Chock-Full-o'Nuts-Kaffeedose, in die man Tabak spucken konnte. Über ihre Familie wurde immer gesagt«, und Miss Dorothy lächelt, »dass sie ›keinen Tisch decken könne‹. Was bedeutet, dass sie keine zueinander passenden Teller und Gabeln und sonst was hatten. Ist das nicht albern? So über Menschen zu urteilen?«

»Sie klingen gar nicht, als kämen sie aus den Bergen.«

»Man hört es nicht mehr. Aber wenn ich, so wie heute, ein paar Gläser zu viel getrunken habe, rutscht es durch. Bei Ihnen vielleicht auch.« Weniger denkt bei sich, dass es nicht die Armut ist, die seine Stimme verrät.

Dann kommt ihm ein Gedanke in den Sinn. »Miss Dorothy, woher kommen Ihre Vorfahren?«

»Lachlan Doyle kam 1717 nach Charleston! Er war ein Gauner!« Sie lacht. »Ó Dubhghaill auf Gälisch, was so viel bedeutet wie ›dunkler Fremder‹. Wirke ich auf Sie wie ein dunkler Fremder?«

»Nicht wirklich.«

»Man sagt sich, er wurde aus Ulster vertrieben, weil er *zu viele Ehefrauen* hatte. Und bei Ihnen, Arthur?«

»Nun ja, 1638 …«, Weniger beginnt zu erzählen und hält dann inne. Warum ähneln sich all diese Geschichten bloß? Glücklicherweise hat er keine Zeit, noch mehr wallonische Märchen zu verbreiten.

»Oh, das ist der Tams!«, ruft Dorothy und meint damit das Lied, das die Band angefangen hat zu spielen. Der Mann mit dem schönen Haar zupft an seiner Gitarre und nickt im Takt, dann nähert er sich dem Mikrofon. »Wollen wir tanzen?«

Sie hüpft von ihrem Barhocker und auf die kleine Fläche, die zum Tanzen freigestellt wurde, und weitere Frauen tänzeln von ihren Tischen herbei, um mit den Fingern zu schnipsen und die Hüften zu schwingen. Ein paar Männer kommen auch dazu, aber nicht viele.

Der Mann mit dem schönen Haar beginnt zu singen.

*Don't let love slip away, slip away*

Weniger schaut mit großer Verwunderung zu. Nicht direkt zu Miss Dorothy oder einer anderen Frau, eher auf das Gesamtbild, denn sie scheinen alle denselben Tanzstil zu beherrschen. Sie wiegen sich, die Arme leicht angewinkelt, die Ellbogen dicht an die Rippen gezogen, als würden sie Küstenvögel mit halb angehobenen Flügeln imitieren, schließen die Augen und lächeln, klatschen ab und zu mit, wippen nicht aus den Hüften, sondern aus den Knien. Es ist der Carolina Shag. Was für ein magischer Zauber ist das hier? Denn zu Wenigers Überraschung ist aus dem Dickicht der Mississippi-Luft seine Mutter herbeigerufen worden. Sie tanzt in einer Küche in Delaware, neben sich die Crab Cakes in der Pfanne. Sie tanzt genauso wie die Leute hier. Er kann ihr mutiges Lächeln sehen, ihre von Oil-of-Olaz weiche Haut, ihr blasser, mädchenhafter Lippenstift und die zwei Amethyst-Ohrclips, die Weniger so liebt. Sie wuchs ärmer auf, als er es sich vorstellen kann. Sie nimmt seine Hand, die des kleinen Archie Weniger, schwingt ihn herum und tritt dann weg, als wäre sie von einem unsichtbaren Tanzpartner angetippt worden. Sie wippt und schwoft und lächelt ihr eigenes, kleines Lächeln. Dann dreht sie sich wieder zu Weniger und grinst. Sie dreht ihn und dreht ihn und dreht ihn, und sie beide lachen, obwohl er nicht mal weiß, warum. Doch siehe da: Es ist der Carolina Shag, den sie als junge Frau getanzt haben muss. Schüchtern in ihrer schlanken Gestalt und mit dem gewellten braunen Haar, einem grünen Ballerina-Kleid und silbernen Schuhen, darauf wartend, es möge sich jemand für sie entscheiden.

*So be young, be foolish, but be happy*

Miss Dorothy dreht sich zu ihm und wischt sich ihre Freudentränen aus dem Gesicht. Robert Brownburn kommt ihm in den Sinn – die Tränen sind schwarz.

»Bee, bei dir sieht es aus, als hättest du einen neuen Innenausstatter!«

Wir befinden uns auf einem Campingplatz außerhalb von Natchez, Mississippi, im Gespräch mit Rebecca. Seine

Schwester ist wieder auf einem Bildschirm zu sehen, aber diesmal hängt hinter ihr ein großes Fischernetz mit einem Rettungsring, wie Weniger anmerkt, und sie antwortet: »Oh ja, Robinson Crusoe.«

»Ich liebe seine Arbeit.«

»Ein bisschen *Cast-Away*-Schick. Wie ist der Süden?«

»Dad ist bisher nicht aufgetaucht«, erzählt er ihr. »Aber ich fahre noch durch Augusta.«

»Oh, Augusta! Weihnachten!«, sagt sie mit einem Lächeln. »Wusstest du, dass ich etwas von Oma geerbt habe? Vielleicht du ja auch.«

»Ihr Tafelsilber?«, sagt Weniger. Draußen vor der offenen Camper-Tür versucht scheinbar ein Dutzend Teenager in einer Wolke aus Marihuana ein Armeezelt aufzustellen, eine Art altmodisches Steckspiel für Erwachsene.

»So in etwa. Erinnerst du dich, wie wir sie Weihnachten besucht haben und sie ... Sie ist immer im Haus rumgerannt und hat geputzt und gekocht und dann, wenn sie den Tisch gedeckt und alles aufgefahren hatte, fing sie immer an zu ... zittern. Das habe ich geerbt. Ihr Nervenkostüm.«

Weniger hält kurz inne und betrachtet ihr Bild. Sie scheint eigentlich ganz ruhig. »Du zitterst also auch?«

»Nein, es ist sogar noch besser!«, sagt sie und lächelt leicht irre, während sie ihre Hand in sein Sichtfeld hebt. »Erinnerst du dich noch, wie bei Grandma irgendwie, naja, bei ihr haben beide Hände gezittert, oder? Bei mir ist es nur die rechte Hand. Ich gucke mal, ob ich dir das gleich zeigen kann, eine Minute. Ich bin es gewohnt, das zu unterdrücken. Aber meine rechte Hand verkrampft sich, so in etwa, und dann fängt sie an zu zittern.« Sie nimmt ihre linke Hand aus der Kamera, hebt ihre rechte Hand, presst die Fingerspitzen aufeinander und fängt an, sie unkontrolliert hin und her zu schütteln. »Ich nenne es ›Nach der Magd klingeln‹.« Und tatsächlich sieht sie aus wie eine alte Matrone, die ein kleines Glöckchen hält.

»Oh Gott, Rebecca.«

»Jeanette!«, ruft sie nach ihrer unsichtbaren Magd, während sie ihr unsichtbares Glöckchen läutet. »Oh, Jeanette!« Dann bricht sie in schallendes Gelächter aus.

»Rebecca! Woran liegt das?«

»Angst«, sagt sie und zuckt mit den Schultern. »Irgendeine Form der Angst – nichts Neues, oder? Aber diese Angst kommt, wann immer ich einen Fehler mache. Wenn ich vergesse, jemanden anzurufen. Oder wenn ich nur daran *denke*, wie ich vor langer Zeit einen Fehler gemacht habe. Dann, aus dem Nichts, klingele ich nach der Magd.«

Er ist entsetzt. Seine kleine Schwester! »Tut es weh?«

Sie nimmt ihre Hand runter. »Nein. Irgendwie. Ja, ich glaube schon. Es zehrt. Meine Therapeutin nennt es eine Tic-Störung, was ein bisschen nach Heimsuchung klingt, aber eigentlich meint es, dass es unabsichtlich passiert, aber nicht ungewollt. Was bedeutet, auch wenn ich damit nicht selber anfange, kann ich es beenden.«

»Seit wann ist das schon so?«

»Seit der Scheidung. Seit dem Tag, an dem ich ihn verlassen habe. Ich buchte mir ein Hotel in SoHo, ein richtig schönes sogar. Ich nahm ein langes Bad und bestellte beim Zimmer-Service einen Schokoladeneisbecher und lag in diesem riesengroßen Bett herum und schaute mir die schlechtesten Filme an. Es war wunderbar! Und dann, aus dem Nichts.« Sie klingelt ihr unsichtbares Glöckchen. »Klingele ich nach der Magd. Ich bekam es mit der Angst zu tun. Nicht diese

*Ich-bin-besorgt-wie-sich-die-Dinge-entwickeln-werden*-Angst. Sondern ... eine Angst wie im Horrorfilm. Oder bei einem Tigerangriff. Das hielt die ganze Nacht an. Und es taucht immer wieder auf, ein halbes Dutzend Mal am Tag. Oh, da ist es!« Diesmal hebt sich ihr Arm von alleine und beginnt heftig zu zittern. »Ich weiß, irgendwie dramatisch.«

»Du wirst das Glöckchen noch zerbrechen.«

»Erlebst du so etwas in die Richtung nicht?«

»Nein, aber ...« Nicht das. Nicht genau das. Nicht dieses absurde, religiöse Gezitter. Aber als sie »Tigerangriff« sagte, da wusste er genau, was sie meint. Warum haben sie darüber noch nie zuvor gesprochen? Er dachte immer, er wäre der Einzige, für den das Bestellen eines Sandwiches in etwa ein ähnliches Maß an Angst hervorrufen würde wie ein Ringkampf mit einem Alligator. Das ist einer der Gründe, warum ich ihn für einen der mutigsten Menschen halte, die ich kenne – denn wer könnte schon erahnen, welche Heldentaten er vollbracht hat, nur um vor deiner Tür zu stehen? Um hierherzukommen zum Beispiel, hat er seine erste große Liebe verloren, die verfrühte Landung eines Flugzeuges verursacht, ein architektonisches Meisterwerk überflutet und den Mississippi mit einem Mops überquert.

Dolly sitzt am Fenster und beobachtet begierig eine senfgelbe Katze, die dabei ist, die Kiesgrube zu überqueren. *Ciao ... ciao ... ciao.* Eine Erinnerung zerrt an ihm.

Rebecca sagt, sie müsse gehen. »Grüß Augusta, Georgia, von mir, Archie.«

»Mache ich.«

»Und grüß Dad von mir.«

Er sagt ihr, sie sollten besser beide nicht mehr mit Lawrence Weniger rechnen.

Weniger dreht draußen noch eine letzte Runde mit Dolly, bevor er ins Bett geht. Er spürt die Kälte, diese hartnäckige Geliebte, die durch seinen dünnen Anzug an ihn heranzukommen versucht; er umarmt sich zum Schutz. Die Welt hier ist ruhig und dunkel. Von der anderen Seite des Wohnmobilparkplatzes sind vereinzelt Stimmen zu hören und Weniger kann eine Kerze in einem Einmachglas flackern sehen, eine Weinflasche, die herumgereicht wird, eine Gruppe von vier oder fünf Menschen. Ändere den Duft von Marihuana zu Nelkenzigaretten, die prasselnden Geräusche von Kies zu Eukalyptusschoten, und schon steht er, zehn Jahre zuvor, auf einer Veranda in der Nähe von San Francisco und spricht in der Dunkelheit mit einem Mann. Die gleiche Kerze in einem Einmachglas erzeugt das gleiche magische Laternenlicht. Durch das Poltern einer Straßenbahn hindurch und neben einem eingetopften Lavendelbusch spricht der junge Mann über US-amerikanische Literatur. Weniger dreht sich zu ihm, um ihn anzuschauen, und der Mann nimmt seine rote Brille ab, um sie mit dem Saum seines Hemdes zu reinigen. Er schaut zu Weniger auf und hört auf zu reden. Ein Nachtvogel ruft *Ki-ki-koo!* Dieser junge Mann bin ich. Ich gehe einen Schritt näher; Weniger rührt sich nicht. Und so habe ich ihn zum allerersten Mal geküsst.

Für einen kurzen Moment ist die Vergangenheit ganz präsent, nicht als Erinnerung, sondern als Geschichte …

Die jungen Leute brechen in Gelächter aus. Weniger lässt es an sich vorbeiziehen und ersetzt es durch den Kies, die Kerze, den Süden. Leuchtet es zu stark, mein *Walloon*? Ein von der Zeit verdunkeltes Kunstwerk, dessen ursprüngliche Farbtöne wiederhergestellt wurden? Zu ungewohnt, diese grellen Gefühle?

Weniger geht wieder hinein und verwandelt Rosina in ihre schlafende Gestalt, neben ihm macht Dolly es sich bequem.

Man könnte meinen, nichts sei so gut geölt wie die Bohrtürme entlang des Mississippi River. Und doch quietschen sie die ganze Nacht hindurch.

Weniger, Dolly und Rosina reisen den Natchez Trace entlang Richtung Nordosten. Ein langer, gewundener Pfad von einer Ecke Mississippis zur anderen, den auf beiden Seiten grüne Wiesen und, dahinter, sorgfältig gepflegte Wälder schmücken. Eine Erinnerung, vielleicht, an die längst vergangenen, wilden Tage, als die europäischen Eisenbahnwaggons vorbeifuhren und die Flachboote nach Nashville brachten, oder an Zeiten, in denen sich die Creeks und Choctaws Pfade entlang der Bergkämme erschlossen, oder sogar lange vor der Menschheit, als sich die Bisons auf der Suche nach Salzformationen die ersten Wege bahnten (hier im Süden gibt es keine Elche). Die hügeligen Rasenflächen und der friedliche Schatten haben auch etwas Amerikanisches an sich. Und doch: das unverrückbare Wissen, dass hier Schreckliches passiert ist. Weniger sieht sich ängstlich um. Außer den grünen Flächen gibt es nichts zu sehen. Hier wurden nie Geister gesichtet – was eine Überraschung ist, wenn man bedenkt, dass die Route für ihre mörderischen Wegelagerer berüchtigt war und dass genau hier die aus Afrika verschleppten und versklavten Menschen gezwungen wurden, an Hand- und Fußgelenken aneinander festgekettet die lange Straße nach Natchez hinunterzulaufen. Diese lange, grüne Straße gleicht einem Fluss. Kein Seitenstreifen, auf dem man im Notfall anhalten könnte – welche Not könnte es denn geben?

Weniger nimmt zwei Umwege. Der eine geht über Oxford, wo er schüchtern im Buchladen vorbeischaut und eine schriftstellerische Straftat begeht: Er fragt nach seinem eigenen Buch. Die Verkäuferin, eine junge Schwarze Frau, die ein orangenes Tuch um den Kopf trägt und eine dazu passende Brille und deren Literaturbegeisterung so strahlt wie ihre Kleidung, holt es schnell hervor. Es ist allerdings das Werk des anderen Arthur Weniger. »Ein Meisterwerk«, sagt sie voller Bewunderung. »Wirklich ein Meisterwerk!« Er kauft es selbstverständlich und legt es im Van neben Dolly. Der Titel? *Sonntag*. Er macht auch einen Abstecher nach Rowan Oak, wo William Faulkners Leichnam in einem Grab ruht und wo ältere Touristen sein Haus besuchen, um sich höflich nach seinen Möbeln zu erkundigen und selten nach seiner Literatur.

Dann fährt er Richtung Grinder's Stand. Die Schilder führen ihn zu einer Holzhütte, eine Rekonstruktion, wie sich herausstellt, jedoch originalgetreu nachgebaut, mit einem riesigen Schornstein direkt am Eingang, um den Wind fernzuhalten. Es ist jene Holzhütte, in der Meriwether Lewis seine letzte Nacht verbrachte. Wie er so vor dem Schornstein steht, kann Weniger sich genau vorstellen, wie der dreiundfünfzigjährige Entdecker den Schmutz von seinen Stiefeln wischt, während er von Mrs. Grinder begrüßt und zu den Schlafquartieren gebracht wird. Bei Sonnenaufgang würde er tot sein. Als Clark von dieser Tragödie erfuhr, schrieb er: »Ich fürchte, die Last seiner Gedanken hat ihn überwältigt.« Thomas Jefferson sprach von den »sensiblen Depressionen des Geistes«, die Lewis gehabt habe. Alkoholismus,

Scheitern, Einsamkeit. Und es gibt eine populäre Theorie, nach der er schwul gewesen sein soll. Sie gründet auf nichts weiter als einer gescheiterten Ehe, Pelzstolen und seiner Beschwerde über einen Armeemantel: »Die Schnürung ist mangelhaft.« Sehnsüchtig schrieb er an Clark: »Ich würde mich in deiner Gesellschaft außerordentlich glücklich schätzen!« Armer, schwuler Meriwether! Weniger schaut sich in der Hütte um und denkt an den einsamen Lewis, hier draußen in Tennessee. Und an den einsamen Lewis, weit weg in Texas. Und du, Arthur Weniger, mein Prudent, bist du ebenfalls einsam?

Weniger kommt nun im nordwestlichen Quadranten Alabamas an, wo die grünen Phantasien des Natchez Trace abrupt in die heftige Realität wilder Nebenstraßen übergeht, wo sich winzige Orte mit verwitterten Holzhütten und größere Städte mit schwarzen, gusseisernen Arkaden abwechseln. Er hält in einer der letzteren an, um sich eine Tasse Kaffee und ein Sandwich für die Weiterfahrt zu holen. Der Laden ist geräumig und mit alten Schildern dekoriert, die früher in der ganzen Stadt verteilt gehangen haben müssen – Optiker, Schuster, Schneider. Wie eine Insel steht in der Mitte ein verchromter Tresen, hinter dem zwei junge Frauen eine zischende Espressomaschine bedienen; die weiße Frau hat lila Haare, die andere nicht. Also insgesamt keine Haare, ihr Kopf ist kahlrasiert. Als Weniger sich setzt, bringt sie ihm unverzüglich Kaffee und fragt ihn, woher er komme. Höflich fragt er zurück und erfährt, sie sei von hier. »Bin nach Nashville gegangen, aber meine Mama ist krank geworden, und wir sind wieder zurück«, sagt sie, während sie ein Sandwich in den Panini-Grill legt und auf ihre Freundin zeigt.

»Ich musste hier raus – wenn Sie verstehen, was ich meine.« Und sie zwinkert ihm zu. Geschockt begreift Weniger, dass sie ihn identifiziert hat: Auch sie ist, wie er, aus den Niederlanden. (Also bringen sie einen hier in Alabama doch nicht um?)

Auf seinen Reisen hat Weniger angefangen, mit Dolly Gespräche zu führen – nicht nur die typischen Sätze wie »Gutes Mädchen«, »Komm her« oder »Weg von meinem Gumbo!«, sondern vermehrt auch elaborierte Monologe, Schimpftiraden und Geständnisse. Dolly hört aufmerksam zu, ohne zu urteilen. Sie streiten wiederholt über die Verwendung eines bestimmten Sofakissens und versöhnen sich wieder. Weniger beginnt, zu alten Gewohnheiten zurückzukehren. Eines Morgens zum Beispiel stößt er die kleine Badezimmertür auf und ruft: »Champagner!«

Er lässt die Zuckerrohrplantagen hinter sich und kommt in die Gegend der Baumwollplantagen, fährt auf Straßen, auf denen aus allen Richtungen irgendein Zeug her weht und ihm auf der Windschutzscheibe kleben bleibt, vorbei an schneeweißen Landschaften, soweit das Auge reicht, und hinter schwer beladenen Trucks, von denen er befürchtet, dass sie beim nächsten Schlagloch ihre Ladung auf ihn kippen könnten. Er trifft auf für ihn neuartige Insekten, verbringt eine unglückliche Stunde damit, sich von einer Baumwanze zu befreien, die es sich auf seinem Lenkrad gemütlich gemacht hat, nur um im Angesicht der leblosen Körperhülle einer Zikade aufzuschreien, die er später auf seinem Ärmel entdeckt. Auf einer langen Nebenstraße, die sich durch Kiefernwälder schlängelt, ganz verqualmt vom Rauch eines nahe gelegenen Feuers, kommt er am schmiedeeisernen Schild eines Jagdhundfriedhofs vorbei.

Er hält an und isst sein Mittagessen (ein lesbisches Panini), und er und Dolly lesen, was auf den Grabsteinen von vielleicht zwei Dutzend Hunden steht, einige mit Skulpturen ihrer Konterfeis, die einen Baum anbellen, andere aus glänzendem Granit, auf denen ihre Namen und Auszeichnungen eingraviert sind. Einer, für einen Hund namens Mason, der 1996 verstorben ist, sticht ganz besonders hervor:

ER WAR NICHT DER BESTE
ABER DER BESTE, DEN ICH JE HATTE

Weniger starrt lange Zeit auf den Stein, bis er sich wieder auf den Weg macht.

Währenddessen spielt im Radio ein Lied nach dem nächsten, in dem es um die Sehnsucht nach einer Frau oder einer staubigen Straße oder einem Akkord abseits der üblichen vier geht, gefunden wird davon: nichts. Und noch immer verfolgt ihn dieser eine Satz von Lewis an Clark: »Ich würde mich in deiner Gesellschaft außerordentlich glücklich schätzen.«

Er kommt nach Muscle Shoals, wo die nächste Vorstellung stattfinden soll (und Weniger um die Frage bangt: Wird sein Vater dort sein?). Der Wohnmobilstellplatz ist zwischen zwei Flüssen gelegen (vermutlich, damit die Alligatoren ihre Buffetteller von beiden Seiten vollladen können). Trauerweiden hängen wie verschmähte Freier herab, Waschbären stehen zur Müllinspektion bereit, um die Vergangenheit zu durchsuchen, und an der magischen Stelle, wo die beiden Flüsse sich treffen, kann Weniger eine mosaikartige Oberfläche ausmachen, die einem Backgammonbrett nicht unähnlich ist, wo klares und schlammiges Wasser nebeneinander koexistieren, ohne sich zu vermischen. Das ist Liebe. An genau dieser Stelle steht eine Bank, daneben zwei riesenhafte Keramikhähne.

Weniger betritt einen Trailer, der mit dem Schild PLATZWART beschriftet ist, und wird von einem trübseligen Basset begrüßt. Weniger dreht eine kurze Runde mit Dolly, um beim erneuten Eintreten herauszufinden, dass sich – wie in einem Märchen – der Basset in einen stämmigen, alten Mann mit Bart verwandelt hat. Weniger wird ein Platz neben den beiden Hähnen zugewiesen, die für den Platzwart von besonderem Wert sind: »Meine Großmutter hat sie aus Frankreich mitgebracht.« Weniger wird wegen der Alligatoren gewarnt und bekommt einen orangefarbenen Kegel ausgehändigt.

»Junge, aus welchem Teil von Europa kommst du?« Und so weiter.

⁂

Sein Vater ist nicht gekommen. Der Rest von Muscle Shoals muss beim Barbecue sein, denn gerade mal die Hälfte der Plätze ist besetzt, und auf keinem von ihnen sitzt Lawrence Weniger. Unser Held wendet sich wieder der Bühne zu. Ein einzelner Streifen Lametta ist vom COLLARD FESTIVAL letzte Woche noch übrig und der Rest des Spruchbandes mit der Aufschrift: LARD. Die Lichter gehen aus. *Archie?* ist eine Stimme aus der Dunkelheit zu hören – das muss jetzt vierzig Jahre her sein. *Archie, warum bist du denn auf?*

Die Eingangstür zum Haus seiner Mutter öffnet sich und gibt den Blick frei auf den nächtlichen Schein der Straßenlaternen des Viertels und den Umriss der kräftigen Gestalt seines Vaters. *Ich musste nur ein paar Sachen holen, ich wollte deine Mutter und euch Kinder nicht wecken. Wie geht es dir, mein Sohn?* Kindheitsgefühle der Starre, nicht mehr zu wissen, was richtig ist. *Archie, warum gehst du nicht wieder ins Bett?* Diesmal auf Deutsch. Die Musik beginnt und Arthur Weniger ist nicht mehr in Delaware und auch nicht in Alabama: Er hat den Absprung in das unbehelligte Reich des Theaters geschafft.

Macht es etwas, dass die Melodien abgekupfert, die Musik im Vorfeld aufgenommen wurde? Dass die Handlung seiner Geschichte des Betrugs während einer Schulaufführung auf der Bühne etwas holprig und suspekt rüberkommt? Das können wir definitiv mit Nein beantworten. Das Publikum, das zuvor durch Husten und Flüstern und vibrierende Elektronik aufgefallen war, verschwindet, und übrig bleiben allein Arthur Weniger und die Bühne. Er wird zurück in seine Kindheit befördert, als er von einem Nachbarn zu einer Bühnenshow mitgenommen wurde und er staunend dasaß und dachte (so wie es ihm auch erging, als er zum ersten Mal die Rocky Mountains sah): *Warum hat mir nie jemand gesagt, dass das Leben so sein kann?* Als ob sie vor ihm verheimlicht hätten, dass das Leben nicht aus harter, puritanischer Arbeit und gescheiterten Schneeballsystemen für das schnelle Geld, gebrochenen Versprechen und sinnlos geführten Kämpfen bestehen muss, sondern aus Pailletten und Gesang. Es fühlte sich wie eine große Lüge an, die seit den Pilgern bis heute weitergetragen wurde. Dieses Geheimnis wurde vor ihm versteckt gehalten wie eine verrückte Tante im Keller, die nun von einem ahnungslosen Nachbarn freigelassen wurde – und es war einfach wunderbar! Ihm wurde klar, dass alle anderen falsch lagen, was das Leben betraf, und wenn sie schon damit falsch lagen, dann konnten sie auch, was ihn anging, falschliegen. Es schien möglich – nur für diese zwei Stunden –, dass auch er, irgendwo in sich, aus nichts als Pailletten und Gesang bestehen könnte.

»Bravo!«, ruft er am Ende der Vorstellung, während der Rest des Publikums verwirrt applaudiert, und wir verzeihen ihm die sprachlichen Fehler in Bezug auf Geschlecht und zählbare Substantive, so wie wir Arthur Weniger so oft in diesen raren, wohlverdienten Momenten der Freude verziehen haben.

»Komm doch mit, du wirst es lieben«, sagt Thomas, als sie draußen allein vor dem Theater stehen. Er versucht Weniger dazu zu bewegen, zu der Party eines befreundeten Ensembles mitzukommen. Er trägt seine pflaumenfarbene Brille, und sein dicker Pullover ist so gelb wie der Mond. »Es ist ein Ensemble aus Alabama, die ihre Stücke ebenfalls in voller Länge aufführen. Allerdings singen sie nicht«, fügt Thomas mit einem Zwinkern hinzu.

»Ähm«, sagt Weniger während er eine Baumrequisite hochhebt.

»Es wird auch Impro-Sessions geben!« Thomas zieht in Anbetracht dieses verheißungsvollen Angebots seine Augenbrauen nach oben.

»Ähm«, sagt Weniger und saugt dabei Thomas' Augenbrauen, sein Muttermal und seinen Duft nach Orangen in sich ein, der irgendwie in der Luft liegt. »Ich glaube, da muss ich leider passen. Sag mal, Miss Dorothy meinte, in Georgia solle ich Gillespie besuchen?«

»Oh ja«, sagt Thomas und hievt dabei Saint Joseph in den Van. »Das könntest du machen. Hey, lebst du wirklich in diesem Van?«

»Nur auf dieser Reise. Es ist gemütlich. Warst du noch nie in einem Camper?«

»Oh«, sagt Thomas. »Nein, ich habe seit dem College nicht viel anderes gesehen als Theaterbühnen. Busse, ja, und Hotelzimmer. Ich könnte wohl ein Bild von jedem einzelnen malen. Sie sehen alle gleich aus, zumindest die im Süden. Ich wuchs in Pickens, South Carolina, auf und musste da schnell raus. Meine Lehrer meinten zu mir, ich hätte etwas Besonderes. Ich ging nach New York City – allerdings stellte sich heraus, dass dieses Etwas nicht genug war. Also kam ich zurück, und meine Schwester und ich haben uns Miss Dorothy angeschlossen. Man könnte also sagen, ich bin ein Wanderer, aber in einem Van war ich noch nie. Du bist auch ein Wanderer, nicht wahr?«

Weniger ist ausnahmsweise mal sprachlos. »Er hat ein abnehmbares Verdeck«, sagt er.

Die Augenbrauen wieder. »Wie bitte?«

»Ein ... naja, man kann das Verdeck aufmachen«, sagt Weniger. »Dann ist mehr Platz.«

»Wozu?«

»Zum ... Schlafen?«

Ein Lachen. »Wie ist es so, darin zu schlafen?«

»Friedlich! Du solltest es unbedingt mal ausprobieren«, sagt Weniger und runzelt die Stirn. »Ich meine ...«

Thomas schaut schüchtern weg und schmiegt dabei den Kopf an seine Schulter. »Du musst mir wohl mal eine Führung geben, wenn er nicht von unserer Kulisse vollgestellt ist.«

»Gerne.«

Thomas lächelt traurig. »Also kommst du nicht mit zur Theaterparty?«

»Nicht heute, aber danke.« Weniger hält inne und fragt dann: »Thomas, warum trägst du eigentlich einen Pullover, wenn es draußen so warm ist?«

Thomas zuckt kaum sichtbar mit den Schultern und sagt: »Wie meine Großmutter Cookie immer sagt: Wir erleben die Welt alle unterschiedlich.«

Das tun wir wirklich.

Thomas verschwindet und Weniger sieht ihm hinterher. Eine Einsamkeit überkommt ihn, ausgelöst vielleicht durch das, was er gerade abgelehnt hat. Er fährt so lang, bis er am Straßenrand eine Bar entdeckt. STAGGER LEE, JEDER IST WILLKOMMEN! heißt es auf dem beleuchteten Schild und Weniger nimmt es beim Wort – so wie alle Fremden und Geliebten und Politiker – und geht mit Dolly durch den Nieselregen zum Eingang. Ein niedriges Backsteingebäude mit einem Flachdach, das einsam in der Kieswüste steht. In einem früheren Leben hätte es auch eine Hähnchenbude oder eine Reinigung oder eine Kfz-Werkstatt sein können. Die Fenster sind alle abgedunkelt, und Weniger fühlt sich an eine andere Bar erinnert, die genau so abgedunkelt war, was ihm als junger Mann Angst einjagte: eine Bar namens SecretS. Das war in Dover, Delaware (soweit ich weiß, könnte sie da heute noch stehen), und ein junger Weniger, gerade mal achtzehn Jahre alt, war eine Stunde lang um den Block gegangen, bevor er den Mut fand, das SecretS zu betreten, das in Wahrheit nicht mehr war als ein Billardtisch und eine Jukebox und ein grell beleuchteter Tresen mit einer nicht sonderlich vertrauenswürdigen und einsamen Kundschaft – so wie das STAGGER LEE.

»Was willst du«, schnauzt ihn die Barkeeperin an, eine kleine Frau in einem gelben Schnürtop, deren beeindruckender Pferdeschwanz ihr bis zum Gürtel reicht. Auf den ersten Blick wirkt sie jung und lebhaft, sie hat eine verwegene, erotische Ausstrahlung und eine schelmische Miene, aber bei näherer Betrachtung wirkt sie ganz und gar nicht jung; in dieser Hinsicht ist sie wie Weniger. Sie deutet mit dem Finger auf unseren Helden, um eins klarzustellen: »Ich bin Bierkeeperin, keine Barkeeperin, also such dir 'ne Flasche aus, und ich sorge dafür, dass sie kalt ist.«

Ein großer, schwarzer Raum, in dem nichts steht außer ein paar Tischen, Stühlen, eine Jukebox und in der Ecke ein Tresen in Form eines J. Es ist kaum wer da außer ein paar älteren Männern, ein blonder Typ in Wenigers Alter und eine winzige, junge Frau mit leuchtend pinken Haaren und dicken Brillengläsern. Alle sitzen sie an der Bar, und alle sind sie weiß. Weniger setzt sich auf einen der roten Vinylbarhocker neben den blonden Mann mit der Trucker-Cap und der starren Miene. Er raucht mit seiner einzigen Hand, die andere fehlt. An seinem Gürtel hängt eine Pistole im Holster. Er sieht Weniger nicht an. Aus der Jukebox kommt keine Musik. Es würde keinen Sinn machen, die Tätowierungen in diesem Raum zu zählen.

»Hübscher Arsch, Teresa«, sagt einer der älteren Männer.

Die Bierkeeperin dreht sich um und schreit: »Hübscher Arsch? Du bist wohl blind, alter Mann. Ich habe gar keinen Arsch! Ich habe Titten!«

»Hübscher Arsch«, wiederholt er leise.

»Der hat wohl schon ziemlich lange keinen richtigen Arsch mehr gesehen«, sagt sie zu den anderen in den Raum hinein. »Was willst du, Hübscher?«

Weniger inspiziert die Getränke der anderen Gäste: Bud Light, Bud Light, Bud Light, Bud Light.

Eigenartigerweise fühlt sich unser unbekannter US-amerikanischer Romanautor hier sicher. Nicht obwohl, sondern *weil* er hier so fehl am Platz ist – genauso fehl am Platz, wie er sich vor über dreißig Jahren in der SecretS-Bar gefühlt hat. Dieselben misstrauischen und abschätzigen Blicke, derselbe dunkle Raum mit der Jukebox, dieselbe begrenzte Auswahl an Bieren; sogar der blonde Mann mit der Trucker-Cap, der neben ihm raucht, kommt ihm bekannt vor. »Was willst du, Hübscher?« Es ist so vertraut, so angsteinflößend, und doch nicht einmal ansatzweise so angsteinflößend wie der Abend in der Gay Bar, als er mit dem Personalausweis einer anderen Person (tatsächlich war es der Personalausweis seines Freundes Ben, den er für so viel besseraussehend hielt, dass es ihm wie ein doppelter Betrug vorkam) ein Bier bestellte und bloß dasaß und dachte: *Hier soll ich also hingehören?* Das fragt er sich hier nicht. Er gehört ganz und gar nicht hierher, und alle wissen es und haben ihn wissen lassen, dass sie es wissen. Nach all seinen Reisen um die Welt und durch die USA, nach dem Tae-Kwon-Do-Unterricht und den Debattierclubs und Collegechors und der West Fourth Street und Baker Beach und Russian River und der Hütte auf den Vulcan Steps mit Robert Brownburn und mit mir, Freddy Pelu, nicht zu vergessen sein altes Zuhause in Delaware, nach alldem fühlt es sich für Arthur Weniger ganz normal an, nicht dazuzugehören. Was könnte normaler sein, als sich, wohin man auch geht, fehl am Platz zu fühlen? Was könnte amerikanischer sein?

»Ein Bud Light, bitte«, sagt Weniger und fügt schnell noch ein »Ma'am« hinzu.

»Nenn mich T.« Weniger sagt ihr seinen Namen, und sie lehnt sich zu ihm rüber, so dass er ihr blumiges Parfum riechen kann, und starrt ihn an. »Arthur, kommst du gerade aus dem Knast?«

Zeigt der Schnäuzer endlich seine Wirkung? »Ich ... Ich bin ... Wir sind nur auf der Durchreise –«

»Sie zieht Sie nur auf, Sir«, sagt eine körperlose Stimme. Weniger wird klar, dass sie von dem Mann neben ihm kommen muss, dabei ist der gerade dabei, sein Bier zu trinken (alter Bauchredner-Trick).

T. redet weiter und verschwindet in einem Kühlschrank unter der Bar, so dass nur ihre Stimme zu hören ist: »Hier kommen eine Menge Jungs her, die gerade aus Lauderdale entlassen wurden und die wieder in Schwierigkeiten geraten wollen. So wie mein Exmann zum Beispiel.« Sie taucht mit einem Bud Light wieder auf und öffnet es für ihn. »Neulich erst kam hier ein Junge rein, ein Fremder, wie du, und das Erste, was er fragt, ist: ›Wo komme ich hier an Gras?‹ So was macht man nicht! In einer fremden Bar aufkreuzen und nach Gras fragen! Macht zwei Dollar, Süßer. Lief, du warst doch auch da. Der Junge war einfach – *was ist das denn?«*

Weniger ist wie versteinert. T. starrt ihn als, als hätte er versucht, das Bier mit Uranerz zu bezahlen.

Jetzt sind alle Augen auf ihn gerichtet.

*»Ist das nicht der verdammt noch mal süßeste Hund auf der ganzen Welt?«*

Weniger sieht hinunter in seinen Schoß. Dolly ist aus ihrem Schläfchen erwacht und streckt, auf eine Pfote gestützt, ihren Kopf über den Tresen; es ist die Pose eines Prominenten, der das Fenster seiner Limousine herunterrollt, vordergründig, um sich die Menge anzusehen, aber eigentlich, um von ihr bewundert zu werden.

*»Wie zum Geier heißt du denn, Baby?«*

»Das ist Dolly.«

*»Na, hello fucking Dolly!«* Weniger kann nicht genau sagen, ob sie auf das Musical von Jerry Herman aus dem Jahr 1964 oder auf die Filmversion von 1969 unter der Regie von Gene Kelly anspielt oder ob sie einfach nur Englisch spricht.

Dolly darf auf die Theke steigen und wird von einer überschwänglichen T. angetatscht, aller Wahrscheinlichkeit nach weder der erste Verstoß gegen die Hygienevorschriften noch das erste Mal, dass jemand im STAGGER LEE angetatscht wird. Weniger lächelt resigniert, bis er bemerkt, dass sich der Raum ihm gegenüber deutlich erwärmt hat, was vor allem daran zu erkennen ist, dass ihm der einhändige Mann neben ihm in die Augen schaut und sagt:

»Das ist ein verdammt verrückter Hund, Mann.«

T. gibt Weniger zwei Vierteldollar. »Hier, Arthur, wirf das mal in die Jukebox. Ich warne dich, die Lieder sind alle aus dem Radio aufgenommen. Der Besitzer ist so ein scheiß Geizhals. Sie fangen alle mittendrin an, und die guten Stellen sind alle zensiert.«

Arthur Weniger, dessen Musikgeschmack nicht wirklich über die Originalaufnahmen von Musicals hinausgeht, bekommt es mit einer gänzlich unbekannten Auswahl an Liedern zu tun und wählt einfach irgendeines aus. Das Lied heißt »Rednecker«.

T. bricht in schallendes Gelächter aus. »Dieser Song ist so bescheuert, kennst du den?« Lief schüttelt den Kopf. T. dreht sich zu den anderen an der Bar, die ebenfalls zu lachen anfangen. »Mach mal lauter!« Hat er einen Ort in Amerika gefunden, an dem die Leute wirklich Witze machen? Lachen sie auch, wenn sie unter dem Banner des Gerichtsgebäudes hindurchgehen, auf dem steht: UNSERE EINWOHNER SIND DIE BESTEN MENSCHEN DER WELT?

*You might think that you're a redneck*
*But I'm rednecker than you*

»Warst du bei dieser Beerdigung, Slot Machine?«, fragt T. »Ich nenne Lief ›Slot Machine‹. Er ist mein einarmiger Bandit.«

Lief schüttelt den Kopf. »Ich war dieses Jahr auf acht Beerdigungen. Noch eine schaff' ich nicht. Diese gottverdammte Stadt.«

T. nimmt einen Schluck aus ihrem eigenen Bud Light. »Lief sitzt hier seit Jahren fest. Er kümmert sich um seine Mutter. Sie hat es bald geschafft, oder Lief?«

Lief nickt ernst.

»Und was machst du dann?«

Die Worte kommen von Arthur Weniger, und T. schaut ihn interessiert an.

»Ich habe so einen Van wie du. Ich hab' ihn aufmotzen lassen, mit Kühlschrank und Heizung und Bett und allem. Sobald ich kann, mach' ich mich auf den Weg. Ich will überall hin, wo ich früher mit meinem Truck vorbeigekommen bin.«

»Und wohin zuerst?« fragt Weniger.

T. unterbricht sie lachend: »Nicht nach Mississippi, so viel ist sicher! Und, Arthur, du bleibst Mississippi besser auch fern. Allesamt fiese Landeier da. Die werden dich nicht so in Watte packen wie wir hier.«

Vielleicht versucht sie Lief zu retten, indem sie das Thema wechselt hin zu etwas, das hier sehr beliebt ist. Lief zieht an seiner Zigarette.

»Ich hab' gehört, die ersten Sonnenstrahlen des Tages, die amerikanischen Boden berühren, fallen auf ein Fleckchen Erde in Maine. Dahin will ich. Das will ich sehen. Die Stelle, wo die ersten Sonnenstrahlen des Tages amerikanischen Boden berühren.«

Weniger kippt schnell sein Bier herunter. Hier, in dieser Bar in Alabama, ist auf einmal Freddy Pelu mit seinen dunklen Locken und seiner roten Brille aufgetaucht, aber er trinkt mit Sicherheit kein Bud Light. Weniger schweigt. Er weiß, dass er nicht sagen kann, dass sein Liebster in Maine ist. Weniger weiß gerade eh nicht, wo er steckt. Und dann drückt Lief seine Zigarette aus und überrascht ihn. »Ich hab' eine Frage an dich, mein Freund.«

»Leg los«, sagt Weniger und nimmt einen Schluck von seinem Bud Light.

»Ich hab' noch nie einen Typen getroffen, der schwul ist«, sagt er nachdenklich. »Wie ist es so, schwul zu sein?«

Weniger prustet das Bier zu seiner Linken, wo er niemanden trifft. Er bekommt jedoch gar nicht die Möglichkeit, zu antworten – vom Eingang schallt lautes Gejohle und Gerufe. Es kommt von einer anderen Frau mit pinken Haaren, die offenbar Lil' Bit heißt, und einem kleinen Mann mit einer Augenklappe namens Rooster. Der Raum wirkt mit einem Mal angespannter, bedrohlicher, als wäre eine

Art Waffenstillstand aufgehoben, und Rooster fängt an zu schreien: »Macht euch bereit!« Lil' Bit muss ihn beruhigen. Als sich Weniger wieder zu Lief dreht, ist sein Sitznachbar in ein Gespräch mit einem Schweißer verwickelt, der am Ende des Tresens sitzt. Ein schmächtiger Mann mit einem Schnäuzer für Anfänger (Weniger ist der Profi), der meint, im Sommer sei es zu heiß und im Winter zu kalt. Lief rät ihm, Elektriker zu werden; da arbeite man immer drinnen. Der junge Mann nimmt sich seinen Rat zu Herzen, und Lief erzählt ihm: »Du hast noch Zeit herauszufinden, was du vom Leben willst.«

Rooster fängt wieder an zu schreien – »Macht euch bereit! Macht euch bereit!« –, steht auf und hält dabei etwas Dunkles und Schweres in der Hand. Lil' Bit rennt zu ihm, um ihn aufzuhalten, aber es ist zu spät, Rooster hebt es auf Kinnhöhe. Weniger fühlt eine eisige Flüssigkeit seine Adern füllen; er duckt sich ein wenig hinter Lief. Die Musik aus der Jukebox verstummt, und der Raum erstarrt wie bei einem Kälteeinbruch. Dann sieht er es: Rooster hält ein Mikrofon in der Hand. Er will Karaoke singen. Das nächste Lied wird angezeigt: »Oh, What a Beautiful Mornin'.« Zeit zu gehen.

Als Weniger verschwinden will, kommt zu seiner Überraschung T. hinter der Theke hervor und umarmt ihn überschwänglich. »Komm jederzeit vorbei, wenn du mal wieder auf der Durchreise bist! In dieser Bar sind alle willkommen, hast du verstanden?« Er starrt sie an, und sein Gesicht ist ein einziges Fragezeichen.

Wie ist es denn nun, schwul zu sein? Fragen Sie besser nicht einen *Bad Gay*.

An diesem Abend in Alabama, schafft es Weniger doch tatsächlich, von seinem Camper aus an der nächsten Jurysitzung teilzunehmen. Diesmal sind sie in neue Räumlichkeiten einberufen worden. Finley Dwyer hat ein Video-Meeting arrangiert, in dem ihre Gesichter in nebeneinander aufgereihten Boxen zu sehen sind, was an den Neunten Kreis der Hölle erinnert, in dem Mordred, Kain und andere Verräter mit ihren Köpfen über dem Eis eingefroren sind. Es ist gleichzeitig angenehm und seltsam, die Jurymitglieder so ausgestellt zu sehen: Freebie mit seinen Shirley-Chrisholm-Locken, Vivian mit ihrem strengen, scharfkantigen Gesicht, die in einem gotischen Herrenhaus zu sitzen scheint, und Finley Dwyer, der mit seinem schwarzen, samtweichen Vollbart in einem braunen Samtanzug auf einer grünen Samtcouch sitzt. Er sieht aus, als würde er gleich anfangen zu schnurren. Nur Edgars Gesicht fehlt und wird von einem grauen Viereck ersetzt (die Gründe dafür sind eher seiner Sturheit zuzuschreiben als technischen Mängeln), aus dem Gemurmel und scheppernde Geräusche kommen. Und selbstverständlich sieht Weniger sich selbst, den melierten, rosaweißen, kaninchenhaften, alten Geist. Mit Schnäuzer.

»Arthur, hast du etwas mit deinen Haaren gemacht?«

Weniger wird klar, dass er noch immer seine Südstaatentarnung trägt. »Nein, ich habe mir nur –«

»Wir haben dich bei den letzten Treffen schmerzlich vermisst. Vielleicht fühlst du dich ja als Nominierter wohler? Möchtest du aus deinen Juryverpflichtungen entlassen werden?«

»Nein, ich war nur –«

»Lass die anderen auch mal zu Wort kommen, Arthur«, sagt Finley. »Edgar?«

Aus dem grauen Viereck ist ein Hustenanfall zu hören. Und dann: »Mir gefällt Overman.«

Weniger seufzt leise. Einen Overman-Roman zu lesen ist in etwa so, wie sich in die Obhut eines nachlässigen Onkels zu begeben: Jede Figur könnte sterben, jedwede gewaltvolle Erinnerung kann wieder abgerufen, jegliche Droge in jegliche Vene gedrückt werden. Und: Overman ist schwul.

*»Overman?«*, fragt Finley. »Hat da noch wer reingelesen?«

Weniger setzt an: »Noch nicht, aber ich –«

»Eine Sekunde, Arthur. Freebie?«

Freebie runzelt die Stirn und sagt: »Ich weiß nicht, ob es der Overman oder der Underberg war, aber mir hat das nicht zugesagt.«

»Ging mir ähnlich«, sagt Finley. »Edgar, was hat dir daran gefallen?«

»Die Sprache, die experimentelle Struktur. Die schwule Liebesgeschichte. Am Ende habe ich geweint.«

»Ich auch«, sagt Vivian.

Finley winkt ab. »Jaja, na klar, am Ende haben wir alle geweint. Und ja, die experimentelle Struktur. Aber ich muss mich klar gegen die schwule Liebesgeschichte positionieren.«

»Wirklich?«, fragt Weniger.

»Arthur, du bist ja heute eine ziemliche Quasselstrippe. Ja, wirklich. Ich bin sicher, du wirst mir zustimmen. Wir haben beide noch Zeiten erlebt, in der queere Geschichten für Preise wie diesen gar nicht erst in Frage gekommen wären – als unsere Agenturen uns anflehten, keine queeren Geschichten zu schreiben, nicht zu erwähnen, dass wir queer sind, nicht auch nur im Ansatz am queeren literarischen Leben teilzunehmen. Ich weiß, du hast diesen Rat befolgt.

Und ich bin überglücklich, dass sich die Welt verändert. Als ich angefragt wurde, den Vorsitz zu übernehmen, da sagte ich auch unter dem mir selbst auferlegten Anspruch zu, queere Literatur und das Schreiben über queeres Leben zu fördern. Ich habe Overmans Roman völlig unvoreingenommen gelesen. Die Frage ist nicht, ob der Roman gut ist. Ich stehe zu meiner Meinung.«

Die Köpfe warten gebannt.

»So ...«, sagt er, »schreibt man nicht ...«, fährt er fort, »über queere Lebensrealitäten.«

Dem ist nichts hinzuzufügen, das Urteil hat die Jury zum Schweigen gebracht. Die Aneinanderreihung kleiner Köpfe nickt andächtig. Nur Arthur Weniger windet sich sichtlich innerhalb seines Vierecks auf dem Bildschirm, wie ein Gymnasiast, der die Antwort kennt – Die Antwort! – doch dem nicht erlaubt ist, zu sprechen.

»Willst du, willst du –«, setzt Weniger an.

»Ja, Arthur?«

»Willst du etwa –«

»Ja?«

»Willst du etwa damit sagen, dass er ein *Bad Gay* ist?«, platzt es aus ihm heraus. Im gleichen Moment schließt irgendein digitaler Hammer das Verfahren: ein blinkendes Licht.

»Es tut mir leid«, sagt Finley, »aber wir müssen für heute Schluss machen. Ich habe ein kostenloses Nutzerkonto, und deswegen sind wir auf fünfundvierzig Minuten begrenzt. Bitte keine Fehlzeiten mehr, Arthur. Bis später!« Einer nach dem anderen verschwinden die Gesichter von seinem Bildschirm, gerade als Weniger Fahrt aufnimmt. Vielleicht beim nächsten Mal.

Am nächsten Morgen erwacht Weniger durch einen Unfall vor seinem Fenster. Da Rosina komplett verdunkelt ist, knallt Weniger gegen eine Reihe von Dingen, bevor er die Tür öffnen kann. Es ist noch früh, ein rosa Dunst ruht auf dem unruhigen Gewässer. Er sieht, dass einer der Hähne von seinem Sockel gefallen ist und in Scherben auf dem Boden liegt, daneben zwei angsterfüllte Teenager mit Handtüchern in der Hand. Sofort kommt der bärtige, alte Platzwart mit einem Baseballschläger in der Hand aus seinem Trailer. Er geht auf die Teenager zu, schwingt dabei seinen Schläger ... und reißt den anderen Hahn vom Sockel. Ungläubigkeit wirbelt durch die Luft, als er zu seinem Trailer zurückgeht. Er erspäht Weniger und bleibt stehen. »Es wäre zu traurig gewesen, ihn dort allein stehen zu sehen«, sagt er, geht in seinen Trailer hinein und schließt hinter sich die Tür.

Weniger schaut auf die zwei zerschmetterten Hähne. Dolly verlangt jaulend nach ihrem Frühstück. Sein Telefon klingelt.

»Hallo-ich-habe-Peter-Hunt-in-der-Leitung-bitte-warten-Sie.« Arthur sitzt auf Rosinas Ausklappbett und blinzelt der Morgensonne entgegen, während Céline Dion Metallicas »Enter Sandman« in voller Länge vorträgt, gefolgt von einem Interludium der Stille, gefolgt von der Stimme von Peter Hunt: »Arthur, lass uns gleich zum Punkt kommen –«

»Peter!«

»Wie laufen die Geschäfte?«

»Es läuft. Ich –«

»Gute Neuigkeiten! Du machst eine Lesereise entlang der Ostküste. Es klang, als seist du schon mit ihnen in Kontakt gewesen?«

»Nein, was? Nein, ich –«

»Agentur Balanquin, aber ich kümmere mich darum. Du fängst in Dover an, Delaware –«

»Da bin ich aufgewachsen!«

»Ach echt? Von Dover nach Baltimore und so weiter. Das Gesamthonorar beträgt –«

»– genug, um die komplette Miete zu decken, Freddy! Ich habe es fast geschafft.«

»Warte, und wie lange wird das dauern?«

»Eine Woche oder so, ich bekomme die Details noch zugeschickt. Vielleicht drei. Aber noch rechtzeitig.«

»Du weißt, dass du das nicht tun musst. Du kannst immer noch nach Maine kommen. Ich könnte mir das Geld von Carlos leihen –«

»Ich will mir nichts von Carlos leihen! Wie auch immer, ich werde meine Schwester sehen, und vielleicht wird es sogar ganz lustig!«

»Klingt, als seist du im Theaterfieber.«

»Es ist ganz schön, gefeiert zu werden, muss ich zugeben.«

»Weniger, ich war gestern Abend auf einer Party.«

»Echt? Klingt gut.«

»Ich werde die nächste Zeit vermutlich keinen Handyempfang haben.«

»Wegen einer Party?«

»Ich habe auf einer Insel ein Bed-and-Breakfast gefunden.«

»Insel? Party? Was ist los?«

»Die Insel, von der ich dir erzählt habe. Die am östlichsten gelegene, bewohnte Insel Amerikas. Ich habe ein neues Projekt.«

»Werde ich dich denn erreichen können?«, fragt Weniger.

»Die Frau, der die Pension gehört, meinte, das einzige Telefon, das funktioniert, sei ihr alter Telefonapparat. Eine wunderliche Figur. Sie hat mir erzählt, sie sei die älteste, noch lebende Walfängerwitwe, was auch immer das heißen mag.«

»Und wann fährst du?«

»Morgen«, sage ich. »PENSION ZUR ÄLTESTEN LEBENDEN WALFÄNGERWITWE heißt das. Die Leute scheinen hier alles wortwörtlich zu nehmen.«

»Also verstehe ich das richtig, dass wir uns ab morgen nicht mehr hören werden.«

»Du hast dein Abenteuer. Wir hören uns, wenn ich von der Insel zurück bin. Vielleicht können wir gemeinsam mit diesem Zug reisen, mit dem ich schon immer mal fahren wollte.«

»Verlässt du mich?«

Ich lache. »Nein, Weniger, natürlich nicht.«

»Was passiert dann gerade?«

»Weniger«, sage ich, »zwischen uns muss sich etwas verändern.«

Eine Pause; sein Selbstvertrauen ist so zerschmettert wie der Keramikhahn. »Freddy, es tut mir so leid, dass ich nicht für dich da war. Es tut mir leid. Da waren das Geld und mein Vater und –«

»Du klingst besorgt.«

»Ich bin besorgt, Freddy! Ich schaffe das nicht alleine«, sagt er und fügt hinzu, »ich schaffe das nicht ohne dich. Verlass mich nicht!«

»Ich liebe dich, Weniger«, sage ich und merke, dass es für ihn so klingen könnte, als würde ich ihn *weniger* lieben.

»Verlass mich nicht, Freddy.«

Der Schock in dieser Aussage stimmt mich nachdenklich.

»Wovon redest du«, sage ich zu meinem Liebsten. »Ich werde dich nicht verlassen!«

Was hatte die Ratsvorsitzende Arathusa noch mal in Ambrogio gesagt? Nachdem sie den kaputten Boomerang geworfen hatte in der Hoffnung, er käme zurück?

*Funktioniert noch so halb, denke ich.*

Als er über die Grenze nach Georgia fährt, zeigt sich mehr von der bereits vertrauten, baumwollreichen Landschaft, doch alles, woran Weniger denken kann, ist unser Telefonat. »Ich tue doch nur das, was ich tun muss!«, erklärt er Dolly. »Ich muss meinen Vater treffen. Ich muss meine Schwester treffen. Wir brauchen das Geld. Ich musste zusagen!« Dolly legt den Kopf zur Seite, als hätte sie Schwierigkeiten, seinen Akzent zuzuordnen. Als sie Atlanta erreichen, kommt er durch Städte, die noch mehr zu bieten haben als Frittenbuden und Ein-Euro-Läden: Städte mit Weinbars und Süßwarenläden und »Kunstgalerien«, in denen Aufsteller mit Bildern von Frauenhintern verkauft werden, die man sich in den Vorgarten stellen kann. Ein bisschen heitert es ihn auf, durch ein Städtchen zu fahren, das die »Lavendel Pride« bewirbt, mit Kissing Booth und Musikdarbietungen und einem wortwörtlichen Schrank, für alle, die sich »outen« wollen. Gesponsert ist das Ganze von der Unitarian Church. Leider Gottes findet es erst am darauffolgenden Wochenende statt. Auf einem Campingplatz oberhalb eines verwunschenen Sees findet er einen Stellplatz und macht sich gerade fertig, um zum Theater zu fahren, als er – zum ersten Mal – um seine Sicherheit fürchten muss. Hinter ihm ertönt die Stimme eines Mannes.

»Schicker Van.« Ein kleiner, weißer Mann mit einem weißen Ziegenbart, vielleicht sechs oder acht Jahre älter als Weniger (schwer zu sagen in den Gefilden der Fünfziger), lächelt ihn an. Er trägt ein T-Shirt mit Blumenmuster, Hosenträger, dazu getönte Gläser und einen grünen Visor wie ein Blackjack-Croupier, was merkwürdig redundant ist. Unser Held sieht sich genötigt, die Funktionsweise seines merkwürdigen Fahrzeugs zu erklären (wie das Verdeck ausfährt und sich zurückzieht), und der Mann nickt und antwortet: »Ich bin auch ganz gut ausgestattet. Da drüben. Meine Frau und ich haben Satellitenfernsehen, eine Mikrowelle, alles. Wirf ruhig einen Blick rein.« Weniger überquert die Rindenmulch-Abgrenzung zu einem Van, der nie einem Augenarzt gehört haben kann: staubige, verschmierte Scheinwerfer, der Schatten von Ahornblättern auf der Markise. »Komm rein«, sagt der Mann. Drinnen ist es noch schlimmer: der Innenraum ist in Sepiafarben getaucht, die Couch wird als Lagerort für Zeitschriften genutzt, und die Essnische zeigt die große und wunderbare Auswahl verschiedener Hamburgergewürze. In einem offenen Schrank steht eine eindrucksvolle DVD-Sammlung. Irgendwo dahinter liegt ein ungemachtes Bett, auf das ein staubiger Sonnenstrahl fällt. Der kleine Mann (dessen abwegiger Name Stubbs ist) deutet auf sein Paradies. Stubbs, der nicht nur das Sonnenlicht verstellt, sondern auch den Ausgang, ergreift Wenigers weiche Hand. »Weißt du«, sagt er, »meine Frau ist erst in zwei oder drei Stunden zurück. Wir zwei könnten hier eine gute Zeit haben, du und ich …«

Wie Weniger diesem Verstoß gegen die Regeln der Gastfreundschaft entkommen ist, wissen wir nicht. Aber er befindet sich wieder in einer sorgfältig abgeschlossenen Rosina, in der Dolly eine Wolke gegen das kalte Fenster hechelt. Sicher und wohlbehalten zurück – von welchem Schrecken noch gleich, Arthur Weniger? Dem Auffliegen deiner Walmart-Persona? Den Verzweiflungstaten des mittleren Alters? Dem Aussterben der DVD? Einem armen Mann auf der Suche nach etwas so Alltäglichem, dass es in jede Raststätte eingeschrieben ist? Oder ist es der Vorgeschmack auf ein Leben ohne deinen Freddy, verpackt in der schlichten, bräunlichen Hülle von Stubbs?

Weniger fährt zum Veranstaltungsort und hilft, die Kulisse auszuladen. Er schaut ins Publikum: wieder kein Lawrence Weniger zu sehen. Unser Held beginnt zu verstehen. Wie ein Hund sein Gespeites wieder frißt, also ist der Narr, der seine Narrheit weiter treibt – sein Vater wird nicht auftauchen. Er ist schließlich nie aufgetaucht. Immer dieselbe Lüge, die sich über die letzten fünfzig Jahre erstreckt hat. Ein Aufflackern von Stubbs, wie er an seine Van-Tür klopft. In Georgia gehen die Lichter aus. Und Thomas beginnt zu singen.

Eigentlich müsste Weniger morgen irgendwo sein. Vermutlich, um einem erneuten Aufeinandertreffen mit Stubbs aus dem Weg zu gehen, verschiebt er seine Rückkehr zum Campingplatz und hält an einer Bar: GIBSON'S steht in neon-pinker Schreibschrift über dem Laden, der Mädchenname seiner Mutter, ein gutes Zeichen. Sowohl außen als auch innen sieht es aus wie das STAGGER LEE, nur dass er hier die einzige weiße Person ist. Weniger ist daran gewöhnt, die einzige queere Person im Raum zu sein; es ist ein bisschen so, als wäre man die einzige Person, die davon ausgeht, auf eine Kostümparty geladen worden zu sein. Aber sehen Sie sich Arthur Weniger in einem Umfeld an, dessen Unbehaglichkeit ihm *nicht* bekannt ist, beobachten Sie, wie er, angespannt lächelnd, Schwierigkeiten hat, sich durch das Licht der Jukebox zum Tresen zu bewegen und dort Platz zu nehmen.

Die Barkeeperin, eine winzige Frau, die Katzenohren trägt und das scharfsinnige Wesen einer Bibliothekarin hat, die genau weiß, welches Buch du brauchst, geht rüber zu Weniger und sagt: »Herzlich Willkommen, Sir, wollen Sie ein Gedeck.« Es ist keine Frage. Weniger schaut zu dem alten Mann neben sich, der eine Gleitsichtbrille trägt und ihm zunickt. Sollten wir, wenn es ums Trinken geht, kein *Nein* kennen? Weniger nickt. Sie sagt ihm: »Jacky Cola.« Er nickt erneut. Als sie das Gedeck bringt (eine Flasche Royal-Crown-Cola, ein kleines Fläschchen Whiskey und Eiswürfel in einer Schale), lehnt sie sich zu ihm rüber und sagt: »Sir, ich hoffe, Sie fühlen sich hier sicher.« Weniger lässt vor Verblüffung einen Eiswürfel falle. Der Mann mit der Gleitsichtbrille nickt zustimmend und dreht sich weg. »Ja, Ma'am«, sagt Weniger. »Ja, danke, Ma'am.« Sie lächelt und justiert ihre Katzenohren. Er ruft sich in Erinnerung, wie er selbst diese Worte gesagt hat, immer dann, wenn er befreundete Hetero-Männer in queere Bars mitgenommen hat. Die gleichen Worte, die man jemandem sagt, der seine Waffe unverhohlen bei sich trägt – dass man hoffe, er fühle sich sicher. Denn eigentlich ist natürlich er selbst die Gefahr ...

Über die Anlage wird ein Bluessong von einer verrauchten Stimme gesungen. Weniger braucht einen Schluck

Whiskey, um zu realisieren, dass der Mann mit der Gleitsichtbrille singt, den Kopf über ein Mikrofon gebeugt. Danach wird das Mikrofon in der Bar herumgereicht. Als Weniger an der Reihe ist und er fast das ganze Gedeck mit seinem schwindelerregenden Inhalt verinnerlicht hat, will die Barkeeperin wissen, welches Lied er singen möchte. »Anything Goes«, sagt er und ohne ihn zu verurteilen und obwohl alles möglich ist, wählt sie auf ihrem Laptop ebendieses Lied aus und die Bar hört andächtig zu, wie Arthur Weniger »Anything Goes« vorträgt. *Since the Puritans got a shock*, mit seiner klaren, tiefen Tenorstimme, *when they landed on Plymouth Rock* ... Als er fertig ist und die Menschen ihm höflich applaudieren, nimmt die Barkeeperin das Mikrofon und singt *There's a bright golden haze on the meadow* ...

In den Waschräumen des Campingplatzes, im stählernen Sicherheitsspiegel über dem Waschbecken, erhascht Weniger ein bedrohliches Gesicht und springt vor Schreck zurück – es ist nicht Stubbs. Es ist Arthur Weniger. Auf der zerkratzten Oberfläche sieht Weniger nicht mehr als ein schlankes und sonnenverbranntes, ländliches Gesicht, einen Schnäuzer, den Adamsapfel seines Großvaters aus Georgia und ein fliehendes Kinn: ein »Bauerntölpel«, wie seine Mutter ihre Verwandten spöttisch nannte. Eine beängstigende Tarnung, wie die Motten, die, um räuberischen Fledermäusen zu entkommen, die Ultraschallsignale ihrer toxischen Cousins nachahmen. »Sir, ich hoffe, Sie fühlen sich hier sicher.« Ein toxischer Cousin, in der Tat.

Also rasiert er sich die lang gewordenen Enden seines Schnäuzers ab und den Rest seines Gesichts glatt. Er wirft das T-Shirt gemeinsam mit der Basecap in den Mülleimer. Von jetzt an ist das Einzige, was er trägt, saubere, weiße Hemden und sein grauer Anzug, den er über Nacht draußen aufhängen wird, damit er nicht knittert. Seine Verkleidung hat außer ihn niemanden hinters Licht geführt.

Also trägt er wieder seinen unscheinbaren Schnäuzer und macht sich auf den Weg zum nächsten Ziel.

»Guten Morgen, ich bin Lynn. Willkommen auf der Gillespie Plantage, die 1830 gebaut wurde und damals bloß eine Blockhütte war und sich im Laufe des 21. Jahrhunderts auf achthundert Hektar vergrößert hat. Die Erfindung der dampfbetriebenen Egreniermaschine im Jahre 1879 durch Robert Sylvester Munger und seine Frau Mary Collett Munger wird Sie nicht interessieren, Arthur Weniger, genauso wenig wie das botanische Leben auf einer Baumwollplantage, auf deren Feldern sämige Blumen wachsen, die rosa erstrahlen, bevor sie verwelken. Nein, Sie schauen auf mich, Lynn, eine weiße Frau in den Sechzigern, deren Mund die Spuren von weißem Puderzucker eines Donuts zeigen, den ich kurz vor dieser Tour gegessen habe, und sie schauen auf die anderen Besucher, die drei älteren Damen mit ihren Strasssteinpullovern, und das junge heterosexuelle Pärchen, gekleidet im 1950er-Vintage-Stil, die aus irgendeiner hippen Stadt wie Asheville oder Nashville kommen. Sie verurteilen sie alle, genauso, wie Sie mich verurteilen, eine verwitwete, pensionierte Highschool-Lehrerin aus Athens, Georgia, die doch bloß versucht, nicht mucksmäuschenstill aus einer Welt zu verschwinden, der sie gleichgültig ist. Aber verurteilen Sie auch Arthur Weniger? Denken Sie, Sie seien als Kalifornier nicht Teil des Ganzen? Sie haben erzählt, Ihre Familie sei aus Delaware, einem Bundesstaat, der selbst nach dem Sezessionskrieg noch Menschen versklavte, und ich weiß aus verlässlicher Quelle, dass Ihre Vorfahren schon seit sehr langer Zeit dort unten leben. Lang genug. Sie stecken da genauso mit drin, mein Freund. Na, kommen Sie und versuchen Sie sich an der Entkörnungsmaschine, genannt *Cotton Gin*, wobei, wie Sie ja wissen, das *Gin* für ›Motor‹ steht. Sie ersetzt eine Maschine, die fünfhundert Jahre nach dem Tod unseres Erlösers Jesus Christus in Indien erfunden und entwickelt wurde. Hatten Sie jemals ein Baumwollbällchen in der Hand? Haben Sie jemals eine Reisrispe berührt? Irgendetwas aus der tatsächlichen Welt? Nun, dann kommen Sie und probieren Sie es aus, aber passen Sie auf Ihre Finger auf, Arthur Weniger. An der Baumwolle können Sie sich verletzen.«

Dass seine Gruppe sich in Bewegung setzt, reißt Arthur Weniger aus seinen Tagträumen. Von der Baumwollmühle führt der Weg in den für Georgia typischen strömenden Regen. Es war Miss Dorothys Vorschlag gewesen, die Gillespie-Plantage zu besichtigen, und Thomas hatte sie bekräftigt, weswegen Weniger früh aufstand und inmitten der Felder suchte, bis er ein Schild fand: GILLESPIE-PLANTAGE, DURCHGEHEND FÜHRUNGEN. Absperrband markierte den westlichen Rand des Grundstücks. Weniger parkte, ging auf das Gelände und fand heraus, was mit *durchgehend* gemeint war: dass er an einer Führung würde teilnehmen müssen, die bereits in vollem Gange war, so wie es Filmspielhäuser früher zu tun pflegten, die proleptische Romanzen zeigten, in denen die Paare noch vor dem ersten Treffen heirateten.

Und jetzt führt Lynn sie über die Wiese hin zu einer quadratischen, mit Birke gedeckten Blockhütte, in der sie sich setzen sollen. »Das ist noch die ursprüngliche Blockhütte von damals. Sie werden jetzt einen kurzen Film sehen, danach bekommen Sie eine Führung durch die Außenanlagen. Tschüss fürs Erste.«

Der Film ist von einer der neuen Eigentümerinnen geschrieben und synchronisiert (»Hallo, ich bin Ethel Doss, willkommen in der ... Gillespie-Plantage«), eine wunderschöne, blonde, weiße Frau in einem grünen Satinkleid, dessen ausladende Üppigkeit auf unterstützende Petticoats schließen lässt. Die Qualität des Films lässt zu wünschen übrig, vor allem die Musik – »Greensleeves« läuft, wann immer England erwähnt wird, und für Ägypten wurde der »Hoochi Coochie«-Song ausgewählt – doch abseits dieser Inkompetenz sind die historischen Fakten so weit korrekt und ungefiltert: »Das Importverbot versklavter Menschen hat die Brutalität auf Zwangsarbeitsplantagen wie dieser hier nur noch verstärkt.« Der Film endet, einigermaßen verfrüht, kurz vor dem Sezessionskrieg; Miss Ethel erscheint wieder im Raum, diesmal als Ehefrau von Santa Claus verkleidet: »Kommen Sie im Dezember wieder: Weihnachten in Gillespie!«

Sie kommen ein weiteres Mal in den Genuss von »Greensleeves«, dann gehen die Lichter wieder an.

»Wie fanden Sie den Film?«, fragt eine Stimme im Hintergrund.

*»C'était bizarre«,* murmelt die Französin.

Eine der älteren Dame dreht sich zu der Stimme um und sagt: »Sie sind nicht Lynn!«

»Nein, Ma'am, das bin ich nicht.« Hinter den Sitzbänken steht eine außergewöhnlich große Schwarze Frau mit einer ungekünstelten Schönheit, ihre Haare sind zu einem Dutt hochgebunden. Sie geht den Mittelgang entlang und legt den Kopf zur Seite, um an den niedrigen Dachbalken vorbeizukommen; sie trägt ein weites, indigoblaues Kleid und eine silberne Perlenkette, die sie mit einer Hand berührt. »Ich bin Gwen. Ich bin in der Farmpächterhütte am anderen Ende des Geländes aufgewachsen. Und ich werde Ihnen jetzt zeigen, wo die Menschen hier früher lebten.«

Sie öffnet eine Seitentür der Hütte, und sie gehen gemeinsam hinaus in den Regen; der Boden ist mittlerweile ganz matschig. Sie laufen um die Hütte herum und auf das offene Gebäude zu, links neben ihnen verwarnt sie wieder Absperrband. »Was soll das hier?«, fragt Weniger.

»Oh, das ist das alte Haus des Plantagenbesitzers und seiner Familie«, sagt Gwen lächelnd. »Ist letztes Jahr komplett heruntergebrannt. Die Ursache ist bis heute unbekannt.«

Eine der Damen fragt mit einem Anflug von Panik in der Stimme: »Und was ist mit Weihnachten in Gillespie?«

»Nun, das hier ist die Räucherkammer«, kündigt Gwen an und hebt ihre Hände, um die Aufmerksamkeit der Gruppe auf sich zu lenken. Weniger bemerkt, wie sich das junge Vintage-Pärchen abgesetzt hat und auf dem Weg zum Souvenirladen ist; vielleicht hat ihre Führung ja hier begonnen. Gwen stemmt die Hände in die Hüften, richtet sich zu voller Größe auf und wendet sich an die übrig gebliebenen sechs: »Ihr gabt jeder Familie jede Woche vier Pfund Schweinefleisch, davon mussten wir leben. Ihr gabt uns Maismehl, und wir machten *Hoecake* daraus. Jeder von uns hatte einen kleinen Bereich, um Gemüse anzubauen, und das Beet haben wir in der Nacht bestellt. Denn tagsüber, den ganzen Tag über, mussten wir auf euren Baumwollfeldern arbeiten.«

Das einzige Geräusch ist das Flüstern der Französin, die für ihren Ehemann übersetzt. Ob sie auch den Wechsel in die zweite Person übersetzt hat? Versteht sie so gut Englisch, dass es ihr aufgefallen ist? Unserem Romanautor ist es selbstredend aufgefallen. Der leichte Regen hat sich an den Rändern des Regenschirms gesammelt und hängt nun in dicken Tropfen an den Spitzen und fällt nicht herab. Gwen hat keinen Regenschirm; ihre Haare sind von Regentropfen übersät, wie ein seidenes Bonnet.

Eine der Strasssteindamen fragt: »Ist ein *Hoecake* das Gleiche wie ein *Johnnycake*?«

»Das ist er, Ma'am. Manche sagen, die Maisfladen wurden auf der Klinge einer Feldhacke gebraten, der *field hoe*, die heiß aus dem Feuer kam.«

Weniger fragt: »Sie meinten, Sie seien hier aufgewachsen?«

»Ja, die Straße runter. Ich habe hier angefangen zu arbeiten, kurz nachdem ich meinen Master im Juni abgeschlossen habe. Geschichte«, sagt Gwen und richtet sich stolz auf. Und jetzt kommt ihr eine Erinnerung in den Sinn, die sie zum Lächeln bringt: »Sie hätten meine Schwester hören müssen, sie war rasend vor Eifersucht! Sie mochte es nie, wenn ich etwas erreicht habe, das sie selbst nicht konnte. Wie an Weihnachten, wenn meine Kuchen besser sind als ihre.« Sie greift nach ihrer Perlenkette und lacht.

»Was für Kuchen?«, fragt Weniger.

Sie sieht ihn an. Sie scheint sich offenbar bei etwas ertappt zu haben. »Süßkartoffelkuchen und Pecannusskuchen«, sagt sie und lässt ihre Perlenkette los. »Nun folgen Sie mir bitte in diese Hütte hier.«

»Diese Hütte hier« ist ein beengtes Haus aus altem, ausgeblichenem Holz, das durch einen Kamin in zwei Bereiche aufgeteilt ist. Die Holzkonstruktion, die das Blechdach unterstützt, muss nachträglich hinzugefügt worden sein. In der Ecke steht ein weiß bemaltes Bettgestell aus Eisen, an dem Seile angebracht sind, um die Matratze zu halten. Seine Schlichtheit vermittelt dieselbe Monotonie wie Miss Ethel in dem Video.

»Ein Bettgestell wie dieses hier war eine Seltenheit, aber lassen Sie uns mal so tun, als sei das eine bevorzugte Familie gewesen.« Gwen berührt das Eisen. Sie betrachtet das Bett, als würde ihre neidische Schwester darin schlafen, mit all ihrer komplexen Liebe füreinander. Der Raum ist für einen Moment ganz still, nur das Summen der Fliegen ist zu hören. Als sie wieder spricht, ist ihre Stimme ruhiger und tiefer. »Ich erinnere mich, dass dieses Bett mit Kalk überzogen war, um Ungeziefer fernzuhalten. Und wir Kinder schliefen auf Strohmatten«, sagt Gwen und deutet auf den Boden, als sei sie in eine weit entfernte Welt entschwunden. »Genau hier.«

Weniger fällt auf, dass die Französin mit dem Übersetzen aufgehört hat. Jetzt flüstert der Ehemann ihr etwas ins Ohr, und sie schüttelt den Kopf.

Die Strasssteindame ist unbeeindruckt: »Können Sie uns etwas über die Leute sagen, denen diese Plantage gehört hat?«

Gwen kommt aus ihrer Entrücktheit zurück und lächelt. »Da gibt es nicht viel zu sagen; es waren bloß fünf oder so. Und von uns gab es zweihundert. Sehen Sie hier, wie die Zeitungen zur Wärmedämmung an die Wände geklebt wurden? Das ist selbstverständlich nicht zeitgemäß, sondern stammt aus der Zeit, als die Farm teilverpachtet wurde.

Uns war es nicht erlaubt, auch nur irgendetwas zu lesen. Sie werden dort auch unnützes, altes Geld der Konföderierten kleben sehen. Und Sie alle wissen vermutlich von der Underground Railroad.« Die Gruppe nickt eilig. »Es heißt, dass wir auf den Plantagen früher nachts gesungen haben, um diejenigen zu warnen, die unterwegs in die Freiheit waren. Harriet Tubman selbst hat das gesagt. Wenn wir wussten, dass ihr mit euren Bluthunden unterwegs wart, warnten wir die Menschen, in den Fluss zu springen, um ihre Spur zu verwischen.«

Und dann beginnt sie überraschend zu singen:

*Wade in the water*
*Wade in the water, children*

Arthur Weniger beobachtet sich aus der Vogelperspektive, hier, in dieser alten Hütte, die die Zeit so viel länger überdauert hat, als von denjenigen gedacht, die sie erbaut haben; er kann seine kahle Stelle und seine sonnenverbrannte Nase sehen, und er hört zu, wie Gwen mit ihrer langsamen und kraftvollen Stimme dieses langsame und kraftvolle Lied singt. Seine Hände haben den Griff des Regenschirms fest umschlossen, der weiter auf den Boden tropft. Er steht mit dem Rücken zur Wand. Er kann den Ausdruck auf seinem Gesicht sehen. Was lässt sich aus Mitleid schon schöpfen? Ist es nicht genauso unnütz wie das Konföderiertengeld?

*Wade in the water*
*God's gonna trouble the water*

Als Gwen fertig ist, bleibt als einziges Geräusch irgendein technisches Gerät, das in der Ferne des Feldes flirrt. Das französische Paar sieht aus, als wäre es lieber woanders. Aber wer wäre schon gerne hier?

Die Strasssteindame vielleicht, denn sie stellt Gwen noch eine Frage: »Wie viel hat ein Ballen Baumwolle eigentlich gewogen?«

Gwen dreht sich zu ihr; sie wirkt fast doppelt so groß wie die alte Frau. Sie legt ihre Hand auf die Brust, über ihre Silberperlen. »Ma'am«, antwortet sie, »dank der Gnade Gottes habe ich die Antwort auf diese Frage nie wissen müssen.«

Ein Telefongespräch irgendwo außerhalb von Savannah:

»Ich versuche, Peter Hunt zu erreichen. Hier spricht Arthur Weniger.«

»Bitte warten Sie.«

Céline Dion liefert eine Darbietung von Iron Maidens »Hallowed Be Thy Name« in voller Länge. Dann Stille. Dann eine Stimme.

»Es tut mir leid, Arthur, Peter ist nicht zu sprechen. Ich bin seine Assistentin Laura, kann ich weiterhelfen?«

»Ich hätte gerne den Kontakt zur Agentur. Für den Vortrag«, erzählt ihr Weniger. »Sonntag soll meine Lesereise beginnen und –«

»Es ist für alles gesorgt, Arthur. Die Veranstaltung findet am Sonntagmorgen in einer Kirche in Dover statt.«

»Eine Kirche?«

»Dein Kontakt ist Diakonin Perkins«, erzählt sie ihm. »Danach bringt dich dein Fahrer für die Veranstaltung am nächsten Abend nach Baltimore. Wir schicken dir noch den kompletten Ablaufplan rüber.«

»Okay, gut. Ich hatte mir nur Sorgen gemacht, weil ich nichts mehr gehört habe –«

»Die Agentur hat irgendwas mit deinem Namen verwechselt.«

Er lacht. »Oh ja, das passiert. Zu Oft.«

»Du bist in Dover im State Street Inn untergebracht, sieht schön aus!«

»Deswegen rufe ich an«, sagt Weniger. »Du kannst ihnen sagen, dass sie das Hotelzimmer stornieren können. Ich komme bei meiner Schwester unter.«

»Danke an alle hier in Savannah, die heute Abend da waren und für unsere kleine Fragerunde geblieben sind! Ich weiß, viele von Ihnen sind sehr beschäftigt, umso dankbarer sind wir, dass Sie uns Ihre Zeit schenken. Ich bin Miss Dorothy und heute Abend ist der Autor persönlich anwesend, Mr. Arthur Weniger. Nach unserem Auftritt, der unser letzter sein wird, wird er zu uns auf die Bühne kommen.«

Vereinzelter Beifall. Durch die hellen Strahler in seinem Gesicht kann Weniger im Publikum niemanden erkennen, aber er verbeugt sich kurz und nimmt neben Miss Dorothy Platz. Wie er diese Abende vermissen wird, diese Tribute an seine Prosa! Wie er das Last Word Ensemble vermissen wird und Dorothy und Thomas. Heute Abend sang Thomas »Meines Vaters Zauber« mit Tränen in den Augen und richtete seine letzte Liedzeile direkt an Arthur Weniger.

Dorothy moderiert die erste Publikumsfrage an, die von Wenigers Schreibroutinen hören will. Weniger antwortet ohne darüber nachzudenken: Er wache jeden Morgen um sechs Uhr auf und schreibe bereits vor dem Mittag drei Seiten mit dem alten Stift seiner Mutter – die üblichen Lügen.

Dann bittet Miss Dorothy um eine weitere Frage und aus dem blinden Fleck, wo das Publikum sich befinden muss, kommt eine tiefe Männerstimme:

»Mr. Weniger, wie lautet Ihre Lebensphilosophie?«

Weniger erhebt sich von seinem Platz. Dorothy wendet sich erwartungsvoll unserem Autor zu. Wer würde nicht gern Mr. Wenigers Lebensphilosophie hören wollen? Doch Mr. Weniger denkt nicht an seine Lebensphilosophie, nicht gerade, nicht wirklich. Er denkt an eine andere Bühne, ein anderes Scheinwerferlicht. Einen Staatsfeigling. Eine Satellitenschüssel.

Dorothy berührt sanft seinen Arm. »Mr. Weniger«, sagt sie, »der Herr dort vorne möchte wissen, wie Ihre Lebensphilosophie lautet!«

Haben sich seine Augen mittlerweile so sehr an das Bühnenlicht gewöhnt, dass er dazu in der Lage ist, einen bestimmten Umriss im Publikum zu erkennen? Lächelt ihm da aus der dritten Reihe ein älterer Mann in einem Safari-Anzug zu? Könnte das derselbe Schatten sein, der mit einem Geburtstagskuchen in der Hand auf seinen Sohn herablächelt?

Dorothy: »Ihre Philosophie, Arthur.«

Jetzt ist er wieder ganz da; ist sich des Raumes, der Bühne, der Hand auf seinem Arm bewusst. Und weil es das Letzte ist, woran er denken möchte, greift er nach der nächstbesten Philosophie, die ihm einfällt:

»Kenn kein *nein.*«

Mein Onkel trug in seiner Brieftasche immer eine filigrane Fotografie seiner Mutter am Strand bei sich, die er auf Nachfrage hervorholte, mit minuziöser Sorgfalt auseinanderfaltete (sie war acht Mal geknickt) und auf dem Tisch flach ausbreitete, von wo aus man sich an dem Bild meiner Großmutter erfreuen konnte, die hinter den weißen Falzlinien, die das Falten und Entfalten hinterlassen hatte, gefangen war: ein Käfig. Ein solches Bild möchte ich nun gerne vor Ihnen ausbreiten: das letzte gemeinsame Foto von Arthur Weniger und seinem Vater.

Ein Osterfest in den späten 1970er Jahren. Ein Kirschbaum blüht und Lawrence Weniger und seine Kinder umarmen seinen glatten, karfunkelsteinfarbenen Stamm, vielleicht als Stellvertreterin für die fehlende Mutter (Fotografin). Alle tragen sie zueinander passende Einteiler – die kleine Rebecca in Schweinchenrosa, Archie in Kadettenblau und Lawrence in verbranntem Umbrabraun. Ein unvollständiger Satz Wachsmaler unterschiedlicher Länge. Lawrence ist selbstverständlich der Größte. Seine linke Hand ruht auf Rebeccas Kopf. Das Lächeln der Drei ist untereinander nicht ganz stimmig und das von Lawrence ist im Begriff abzuflauen, als würde er die Fähigkeiten der Fotografin in Frage stellen oder hätte zu lange in seiner Pose verharrt, ein Arm um den Baum geschlungen, oder vielleicht hat er in der Ferne etwas entdeckt, das ihn entweder verfolgte oder von hier wegzog. Das lange, bronzefarbene Haar, das ihm über die Stirn fällt. Die spitz zulaufende Nase und die volle Unterlippe, die Sorgenfältchen um die Augen. Arthur Weniger hat sich dieses Bild seit Jahren nicht angeschaut, aber hätte er es getan, würde er erkennen, dass er mittlerweile, in seinen Fünfzigern, seinem Vater wie aus dem Gesicht geschnitten ist.

»Hi, Dad.«

Ein paar Pfunde dünner, ein paar Schattierungen rosiger. Weißes Haar, das über seinen Ohren etwas wild wächst, wie Wellen, die an beiden Küsten aufschäumen, ansonsten eindeutig kahl. Gekleidet in einen Safari-Anzug und mit einem Gürtel lehnt er auf einem Gehstock. Sein Lächeln scheint ultraviolett zu leuchten. Irgendwie wohlhabend? Es versteht sich von selbst, dass Lawrence Weniger alt geworden ist. Allerdings nicht so, wie Arthur Weniger alt wird, wo sich noch leicht das jüngere Selbst erkennen lässt, oder wie Mandern alt ist, der mit dem Hut und der Sonnenbrille sein Autorenfoto zu imitieren versucht. Nein, alt in dem Sinne, dass man nie vermuten würde, dass diese Person jemals jung gewesen ist. Sie würden ihn aus seinen Jugendjahren nicht wiedererkennen, und Weniger tut es ebenfalls nicht. So einfach ist das; der Mann, der ihm auf dem Gang entgegenhumpelt, der sich abwechselnd auf seinen Stock und auf eine dünne, blonde, weiße Frau lehnt, ist nicht sein Vater Lawrence Weniger. Der hat er längst aufgehört zu sein.

»Archie«, sagt Lawrence Weniger und stolpert für eine tölpelhafte Seekuh-Umarmung in Wenigers Arme; der Duft nach Sandelholz. Das geschürzte Lächeln, die geschlossenen Augen, während er seinen Kopf ungläubig schüttelt, wie er es so oft bei Wenigers Baseballspielen getan hat, sind ihm sofort vertraut – ohne Zweifel sein Vater. Wogen des Stolzes und der Enttäuschung hallen aus der Vergangenheit wider. Er deutet auf die Frau neben sich, die einen Kleiderbeutel in der Hand hält. »Ich möchte dir Wanda vorstellen. Wanda Young. Aber ich nennen sie Wanda Y.«

»So wie ›Wonder why‹, ich frag mich warum?«, sagt Weniger scherzend.

Sie alle lachen. Die Frau, die sich ihm zuwendet und dabei einer Satellitenschüssel nicht unähnlich sieht, sagt: »Ich habe so viel von dir gehört.«

Lawrence Weniger lehnt sich zu ihm. »Nun, in diesem Stück von dir. Ich habe da jemanden in diesem schrecklichen Vater wiedererkannt!« Warum ist sein Gesicht so rosarot? Ist Weniger auch zu dieser Röte verdammt, bis er rostet?

»Es ist so schön«, sagt Wanda und rückt sich damit ins Blickfeld: zuckersüße Haare, gezupfte und gepflegte Gesichtszüge, wie ein Renaissancegarten, gepaart mit einer selbstbewussten Fröhlichkeit. »Du bist wirklich ein talentierter Schriftsteller, Archie. Dein Vater ist so stolz auf dich.«

Weniger sucht in sich nach dem letzten Funken Antipathie, ein Staubkorn in den Kammern seines Herzens, aber er sucht nicht wirklich. Wie komisch. Dieser Moment ist weder enttäuschend noch beglückend. Zu realisieren, dass wir nicht mehr lieben, ist eben nicht das herzzerreißende Ereignis, das wir erwarten, während wir noch verliebt *sind* – weil es gar kein Ereignis ist. Längst sehen wir von außen zu, sind unbeteiligt, wenn wir zu dieser Erkenntnis kommen. Und so ist es auch heute für Arthur Weniger: kein gebrochenes Herz im Angesicht seines längst verlorenen Vaters.

Weniger schüttelt der Frau die Hand. »Schön, dich kennenzulernen, Wanda.«

Lawrence Weniger berührt seinen Sohn an der Schulter. »Hallo, mein Sohn. Schön zu sehen, dass du dich so gut machst.«

»Du lebst also hier?«

Lawrence schaut stolz zu Wanda. »Wir leben auf Hilton Head. Es ist eine Insel vor der Küste Savannahs. Ein wunderschöner Ort!« Er streckt seine freie Hand aus, als wolle er das beschworene Paradies zumindest in Teilen rahmen. »Wunderschöne Häuser, Louisianamoos, ein Hafen und Restaurants und Boutiquen! Nicht wahr, mein Schatz?«

Wanda zaubert ein Lächeln in ihr Gesicht, das ihre Wangen prall aussehen lässt. »Nun ja, ich lebe seit dreißig Jahren dort, ich vermag das nicht mehr so recht einzuschätzen!« Sie richtet das Lächeln auf Weniger und das Lächeln ist aufrichtig. »Wir sind froh, dass wir dich unterstützen können. Wir haben dir etwas aus dem Fundus deines Vaters mitgebracht.«

»Es war Wandas Idee.«

Sie zwinkert voller Stolz, während sie Weniger den Kleiderbeutel entgegenstreckt. »Der hängt schon seit Ewigkeiten bei uns herum, und dein Vater wird eh nie wieder hineinpassen!«

Lawrence, in gespielter Aufregung: »Wanda Y.!«

Weniger nimmt den Beutel entgegen, und sie versichert ihm, der Anzug werde perfekt sitzen; Weniger sehe aus wie sein Vater mit fünfzig.

Hochgezogene Augenbrauen von Lawrence. »Archie, wie lange bist du noch in der Stadt?«

»Ich reise morgen ab. Zu einer Vortragsreise«, sagt Weniger distanziert. »Tatsächlich fahre ich zu einer Lesung nach Dover.«

Ein Lachen. »Delaware! Da war ich seit Jahren nicht mehr.«

»Ich war seit Moms Tod nicht mehr da.«

Die Röte seiner Haut wird intensiver, gröber. »Natürlich.« *Ich glaube, er hat Angst vor dir.* Dann reckt Lawrence flink die Hand, als würde er eine mit einer Reißzwecke versehene Dollarnote in die Luft werfen wollen. »Wie wäre es damit!

Warum schläfst du nicht die Nacht bei uns? Wir essen zu Abend, trinken etwas – was sagst du dazu, Wanda?«

»Was für eine wundervolle Idee!« Sie klatscht in die Hände und das Klatschen ist aufrichtig. »Wir haben ein Gästehaus und alles.«

Lawrence legt seine Hand auf Wenigers Schulter. »Mach doch eine kleine Schreibresidenz daraus! Bleib ein paar Tage!«

»Meine Veranstaltung in Dover ist am Sonntagmorgen«, sagt Weniger gelassen, aber bestimmt.

»Bleib über Nacht«, sagt Lawrence.

Wanda ist von der Idee hin und weg, hin und weg von Lawrence und vielleicht sogar von Weniger. »Los, Archie! Ich würde dich so gerne besser kennenlernen.«

»Ich lasse es euch wissen«, sagt Weniger gelassen, aber bestimmt.

»Sag ja, mein Sohn«, sagt sein Vater auf Deutsch und hat dabei ein Funkeln in den Augen.

*[Das folgende Gespräch wird auf Deutsch geführt.]*

»Sag ja, mein Sohn.«

»Ich es euch wissen lasse.«

»Archie, ich muss sterben.«

»Rebecca erzählte mir schon.«

»Ich habe Prostatakrebs, Stadium vier.« Er hebt den Gehstock. »Er ist überall. Ich habe meinen Arzt gefragt, warum sie es Prostatakrebs nennen, wenn er doch überall im Körper ist, und er meinte, dass in der Prostata die Wurzel für den Krebs liegt. Das ist das Wort, das er verwendet hat, *Wurzel*. Ist das nicht lächerlich?«

»Lächerlich ich finde nicht, Vater.«

»Ich habe zu deiner Schwester gesagt, er solle ihn lieber

Wallonischen Krebs nennen. Denn da liegen seine eigentlichen Wurzeln.«

Der alte Mann hat es nun doch noch geschafft, seinen Sohn zum Lachen zu bringen.

*Wallonischer Krebs*, das ist die Formulierung, die sein Vater verwendet hat. Arthur sieht zu, wie Thomas und Marjorie Saint Joseph raus auf den Parkplatz bringen und Thomas schaut nachdenklich rüber zu Wenigers Vater, dann zu Weniger.

»Bleib, Archie. Es hat viel gekostet, herzukommen.« Er muss die Förderung meinen.

»Vielleicht.«

*[Ende des Gesprächs auf Deutsch.]*

Lawrence Weniger wendet sich Wanda zu, grinst so breit wie ein Honigkuchenpferd (oder ein Alligator) und wechselt wieder ins Englische: »Er kommt.«

Wanda stupst ihn spielerisch an: »Ach, Larry!«

Weniger atmet schnell, verängstigt von diesem altbekannten Gefühl. Aber er reißt sich zusammen und bringt seine Stimme unter Kontrolle: »Im Chatham Club wird eine kleine Party für mich ausgerichtet, also lasse ich es euch wissen.«

»Das ist ein guter Laden«, sagt Lawrence. »Da lassen sie Schwule und Juden rein. Der andere ist für Arschlöcher.«

»Ach, Larry!«, sagt Wanda gespielt schockiert. »Der andere Club gehört doch meinem Vater!«

»Wie ich bereits sagte ...«

Noch ein spielerisches Anstupsen. »Ach, Larry!«

Ach, Larry. Wo ist der Mann, der dem kleinen Archie einen sonnenverbrannten Sommer lang den Kopf gestreichelt hat, der Mann mit dem dichten, bronzefarbenen Haar, das ihm über das linke Auge fällt, der dunkelbraune Bart, das Lächeln, die Linien auf der goldenen Pergamenthaut? Dieser Mann ist für immer verschwunden. Dieser Mann ist nicht hier. Der Mann in dem Safari-Anzug winkt zum Abschied, während ihm seine neue Ehefrau (Ehefrau?) aus dem Theater hinaus hilft. Du könntest eigentlich beides haben – du könntest diesem Larry vergeben, der mit dem Gehstock zu kämpfen hat und mit Wanda und Häfen und Restaurants und Boutiquen und Krebs und Schwulen und Juden und Arschlöchern; du könntest ihm vergeben, und ihn als gesühnten Mann sterben lassen. Und dem, der damals gegangen ist, niemals vergeben.

Weniger erscheint auf der Abschlussparty, als sie bereits in vollem Gange ist. Der Chatham Club, ausgestattet mit Kronleuchtern, moosgrünen Samtmöbeln und einer Bar, befindet sich auf dem Dach eines Hotels und bietet durch seine orangefarbenen Fenster einen regendurchtränkten Blick auf die Stadt. Weniger trägt selbstverständlich seinen grauen Anzug und dazu eine leuchtend blaue Krawatte, die ihm freundlicherweise von der Person am Empfang gereicht wurde und farblich an einen Pfeilgiftfrosch erinnert. Der Chatham Club hat einen strengen Dresscode. In der Bar stehen die Leute dicht gedrängt, und die Gäste sind warm und herzlich (und nicht so weiß, wie er erwartet hatte); grinsend wird ihm gesagt, dieser Club sei auch für Juden und Schwule, der andere für Arschlöcher. Immer wieder wird ihm eine Hand auf den Arm gelegt, um ihm zu versichern, dass er am richtigen Ort ist. Sie bedienen hier Niederländer.

»Hallo, Arthur Weniger«, sagt eine Stimme hinter ihm. Es ist Vlad, der Gorbaty zu Dorothys Howe, der mürrisch auf seinen Martini-Nachschub wartet. »Ich hoffe, Darbietung war ein Erfolg.«

»Danke, dass du extra gekommen bist. Ich hoffe, es hat dir gefallen.«

Vlad grunzt. »Bist du verheiratet?«

»Nein«, sagt Weniger irgendwie verblüfft. »Nein, ich bin nicht verheiratet.«

»Liebst du sie nicht?«

Weniger verschlägt es bei dieser Frage die Sprache, hauptsächlich weil Vlad die erste Person ist, die seinen »Akzent« nicht zu verstehen scheint.

»Ist eine wichtige Entscheidung. Sehr wichtig«, sagt Vlad. »Beispiel: Du musst bei Aufführung deiner Frau da sein. Du musst klatschen, klatschen, klatschen. Keine Unterstützung ist Verbrechen der Liebe. Strafe ist Tod!« Er hebt seine Hand, und der Barkeeper kommt zu ihm und macht ihm einen neuen Martini. »Aber du solltest verheiratet sein.«

*Verbrechen der Liebe.* Weniger berührt die linke Brusttasche seines Sakkos, als ob die Formulierung dort mit scharlachrotem Garn eingestickt wäre. *Verbrechen der Liebe.* Aber ist Freddy nicht gerade auf irgendeiner Insel vor der Küste Maines, wo sein Liebster ihn nicht mal erreichen kann? Ist es nicht Weniger, der sein Versprechen hält und dabei ist, alle Probleme wieder zurechtzurücken? Wer ist hier der Verbrecher vor dem Gericht der Liebe?

»Außerdem wichtige Entscheidung«, sagt Vlad zu Weniger, »wann du Olive isst.« Er zwinkert ihm zu. Arthur hat seine längst aufgegessen.

Und jetzt ist er vom gesamten Last Word Ensemble umringt. Marjorie und die anderen Frauen scheinen ganz verändert, als hätte der magische Regen aus zerlumpten

Troubadouren paillettenbesetzte Selkies gemacht, und Thomas trägt seinen kastanienbraunen Anzug. Die Zahnlücke in seinem Lächeln hat nichts von ihrem Charme eingebüßt.

»Thomas!«, sagt Weniger und nimmt seine Hand. »Danke, dass du mich Abend für Abend verkörpert hast.«

Thomas senkt seinen Blick. »Ach, Archie ist so eine großartige Figur. Er ist so … verletzlich.«

Ein Lachen. »Ja, das stimmt.«

Wieder das Lächeln. »Danke für deinen Rat in Breaux Bridge. Das hat sehr geholfen.«

»Ach ja?«

»Naja, Arthur ist ein Junge, der immer verlassen wurde«, sagt Thomas und legt die Karten mit seinen breiten Händen auf den Tisch. »Deswegen kennt er als erwachsener Mann keine andere Form der Liebe und muss irgendwie einen neuen Weg finden.«

Weniger ist sprachlos. Wieder einmal wünschte er, Rebecca wäre hier, um das mitzuerleben.

»Nachdem ich dich persönlich kennengelernt habe, wollte ich ihn so spielen wie dich. Du weißt schon, ein wirklich gutaussehender Mann, der das aber selbst nicht sehen kann. Obwohl ich natürlich nicht glaube«, sagt Thomas lachend, »dass ich so gut aussehen würde wie du!«

»Oh doch, das tust du!« Weniger merkt, wie er errötet.

»Und jetzt kann ich es dir ja sagen«, sagt Thomas schüchtern. Er kommt näher an Weniger heran und sagt leise: »Ich … Ich habe mich irgendwie in Arthur verliebt.« Sein Blick trifft den von Weniger und hält ihm stand.

Weniger lacht nervös. *Ha-ha-ha!*

Er spürt, wie Thomas sanft seinen Arm ergreift, er spürt

die Wärme seines Atems, während er sich zu ihm lehnt und in sein Ohr flüstert: »Du hast mir nie deinen Van gezeigt.«

Weniger lächelt verwundert. »Nun –«

»Arthur, lassen Sie sich ansehen!«

Weniger wirbelt herum; Thomas lässt seinen Arm los. Miss Dorothy lächelt ihn an, den Tränen nahe. In ihren Augen spiegelt sich ein junger Mann in einem wolkengrauen Anzug, der einen Privatclub betritt, um sie zum Tanzen aufzufordern (den Carolina Shag). Vielleicht wurde sie damals Dotty genannt und trug ein gebrauchtes Kleid; eine junge Frau, deren jüngster Erfolg in der regionalen Produktion von *Bell, Book and Candle* ihr ein schwindelerregendes Gefühl von Freiheit gegeben hat. In ihren Augen muss Weniger Jimmy Stewart sein.

»Wohin geht es für Sie als Nächstes?«, fragt sie.

Marjories Schmuck strahlt und Thomas strahlt ebenfalls.

»Morgen in der Früh geht es weiter!«, sagt er, und sein Blick streift dabei Thomas. »Ich bin auf einer Vortragsreise im Norden: Dover, Baltimore, Philadelphia und so weiter.« Und er fügt hinzu: »Ich kann also nicht lang bleiben.«

»Richtung Norden klingt gut. Es kommt nämlich ein Hurrikan auf uns zu. Am besten fahren Sie ihm davon.«

»Ein Hurrikan?«

»Er heißt Herman und wie ich hörte, soll er ein wahrer Höllenhund sein. *Une vrai crapule.* Ich bin mir sicher, dass er noch vor Virginia abklingen wird. Und danke, dass Sie die Kulisse zur Müllhalde außerhalb der Stadt bringen! *Merci, merci!* Ich habe noch etwas für Sie. Von Ihrem Wohltäter.«

Dorothy überreicht ihm einen meeresgrünen Umschlag. Die Summe auf dem Scheck (seine Gage) ist noch höher als Ich-habe-Peter-Hunt-in-der-Leitung-bitte-warten-Sie angekündigt hatte. Sein Herz füllt sich mit dem Helium der Erleichterung. Seine Beziehung ist gerettet. Er ist gerettet. Er muss Freddy anrufen.

Thomas berührt wieder seinen Arm und fragt: »Glücklich, Arthur?«

Weniger dreht sich zu ihm, dann zu dem Scheck, dann zu Miss Dorothy, die fragt: »Würden Sie sie gerne treffen? Ein paar von ihnen sind hier auf dieser Feier.«

»Wie bitte?«, fragt Weniger.

»Die Menschen von der Stiftung, das Gantt Center. Sie sind extra den ganzen Weg aus Beaufort gekommen.«

Er sieht Thomas an. »Gern«, sagt er. Er ist verwirrt: Wenn Lawrence Weniger sein Wohltäter ist, wen hat er dann von dem Ort, den sie gerade erwähnt hat, herbestellt? Doch gerade als Weniger einen Blick auf die Pailletten und Fliegen der Stiftungsmitglieder erhaschen kann, tippt ihm jemand auf die Schulter. Es ist die Person vom Empfang, die ihm eine dringende Nachricht zuflüstert. Wenigers Augen, die auf die Diskokugel an der Decke gerichtet sind und vom reflektierten Licht geblendet werden, weiten sich vor Verwunderung.

Er sagt zu Miss Dorothy: »Es tut mir leid, ich muss sofort los, ich bin gleich wieder zurück.« Er dreht sich zu Thomas, der gerade seine Brille zurechtrückt und wirkt, als wolle er etwas sagen. »Es tut mir leid«, sagt Weniger. »Es tut mir leid.«

Weniger stürzt aus der Bar des Chatham Clubs und lässt die anderen in fassungslosem Schweigen zurück. Einen Moment später ist er zurück und reicht der Person am Empfang noch schnell die Krawatte. Dann verschwindet unser Autor wieder in der klammen Nacht von Savannah. Thomas steht da in seinem Anzug, blinzelnd, seine Hand noch immer nach der Stelle in der Luft greifend, wo vorher Wenigers Arm gewesen war.

Die Stiftungsmitglieder des Gantt Center beobachten dieses Treiben mit verwunderten und besorgten Blicken. Eine der Damen greift nach ihrer Brosche (ein diamantener Boomerang) und wendet sich zu Miss Dorothy: »Sicher, dass das der Autor war?«

In der Lobby wartet eine Frau mittleren Alters in einem schwarzen, mit Kunstpelz gefütterten Lackledermantel auf ihn, eine gesteppte Handtasche und einen Regenschirm haltend, mit zwei dramatischen, grauen Strähnen im Haar. Sie sieht aus wie eine spanische *Condesa*, die ihn durch eine Stielbrille prüfend ansieht. »Mr. Weniger«, sagt sie, das Lächeln so sicher wie ihr Händedruck. »Ich heiße Xiomara. Ich habe eine dringende Nachricht für Sie von Mr. Mandern.« Sie öffnet ihre Handtasche und holt eine Ansichtskarte hervor.

*Liebster Prudent,*

*bedauerlicherweise ist es an der Zeit, wieder mit Dolly vereint zu sein. Xiomara wird sie nach Palm Springs eskortieren, wo meine Tochter sich bereit erklärt hat, mich zu besuchen. Mein letztes Abenteuer? Was Rosina angeht: Lassen Sie sich von ihr so weit bringen, wie sie kann. Wenn sie stirbt, müssen Sie sie zurücklassen. Bereuen Sie nichts! Schließlich sind wir dieser verbliebene Bruchteil alter Magie.*

*Alles Gute*
*Parley*

Rosina steht vor dem Hotel neben einer gasbetriebenen Straßenlaterne. Weniger fällt auf, dass der Bürgersteig mit Austernschalen übersät ist. Er öffnet Rosinas Schiebetür, und das zweitlächerlichste Geschöpf der Welt kommt zum Vorschein. Dolly, die schlafend auf der Couch liegt, kommt nach und nach zurück ins Diesseits, wie von uralter Magie zum Leben erweckt: Sie öffnet ihre verständnislosen Augen, entrollt ihr Schwänzchen und streckt eine Pfote aus, bevor sie vor Freude über Wenigers Rückkehr am ganzen Körper zittert. Er nimmt sie hoch auf seinen Arm und lässt sich sein Gesicht komplett reinigen, doch er weiß ganz genau, dass sie sich eigentlich nach anderem sehnt. Er gibt ihr einen Kuss und dann übergibt er sie an Xiomara, die sie in ein Pelzfutter einwickelt. Erschüttert und einen Moment zu spät stellt er fest, dass Dolly seine treue Begleiterin auf dieser Reise war, dass er sich an ihr Schnarchen gewöhnt hat wie an meines, ebenso an ihren nächtlichen *Bowery Walzer*, ihre Absurditäten und Rituale, wie an mein Schlafbonnet – und dass sie sich vermutlich nie wiedersehen werden. Weniger streckt seine Arme aus, aber Xiomara zieht bereits von dannen, und ihr Regenschirm macht es Dolly unmöglich, zurückzuschauen. Hunde kennen eben keine Abschiede.

Weniger will gerade zurück zur Party, als das Trommeln auf seinem Dach einen plötzlichen Schauer ankündigt. Er springt auf den Fahrersitz und schlägt die Tür hinter sich zu, aber es ist zu spät, er ist bis auf die Knochen nass. Hinter der beschlagenen Windschutzscheibe: der Blick auf den Orleans Square, dem eine Brigade mit Louisianamoos bewachsener Virginia-Eichen vorstehen, deren lange Arme in den unheimlichen Gesten umgedrehter Kraken erstarrt sind. In der Mitte liegt ein krötenartiger Brunnen, der deutschen

Einwanderern gewidmet ist. Die Aussicht ist schwarz und vom Regen getrübt.

Er sieht zu den orangefarbenen Fenstern des Chatham Clubs und lächelt. Dann dreht er den Schlüssel im Zündschloss um und erweckt Rosina erneut zum Leben. Vielleicht wissen Hunde es besser; keine Abschiede. Er wird Miss Dorothy einen charmanten Brief schreiben: *Ich bedanke mich, Ma'am, für die Tanzstunden und den Bourbon.* Er wird Thomas in Ruhe lassen; ganz sicher hat der Zauber des Theaters sein Herz vernebelt. Wer würde sich schon in einen schwulen, weißen Romanautor mittleren Alters verlieben, von dem noch nie jemand gehört hat? Hinter ihm gerät Saint Joseph in seinen alten Taumel. Arthur Weniger macht sich auf den Weg zu seinem Vater. Und dann auf zur Müllhalde.

Auf dem Weg von Savannah zur Insel gibt es bei Nacht nicht viel zu sehen. Anders als die Nebenstraßen, die er bisher genommen hat, ist der Highway so nichtssagend, dass Weniger sich vorstellt, er sei in irgendeine Alien-Simulation geraten, bis er über eine Brücke fährt und die Schilder nach Sea Pines sieht. Als der Regen aufhört, fährt er rechts ran, zieht den nassen Anzug aus und wechselt in die einzige Kleidung, die er finden kann: seinen mit Matsch besprenkelten Poncho. Das muss reichen. Er nimmt die Ausfahrt und steuert auf eine umzäunte Einfahrt, die um diese Uhrzeit von einer Frau in einem weißen T-Shirt bewacht wird, auf deren Namensschild STARLET steht. Mit ihren platinblonden, ondulierten Haaren und dem Schönheitsfleck über ihrem linken Auge sieht die Schwarze Frau tatsächlich wie ein Filmsternchen aus.

»Es tut mir leid, Sir, auf der Insel sind keine Camper oder Vans erlaubt.«

»Wie bitte?«, fragt er.

Starlet lehnt sich aus dem Häuschen: »Camper und Vans sind nicht erlaubt.«

»Aber ich will nur kurz meinen Vater sehen. Er wohnt hier. Das ist bloß mein Wagen.«

»Ich verstehe, Sir, aber Ihr Fahrzeug darf nicht weiter als bis zu diesem Tor.«

»Ich kann also nicht zu seinem Haus fahren?«

»Nein, Sir.«

»Kann ich den Van hier parken und mich von ihm zu seinem Haus fahren lassen?«

»Das geht auf gar keinen Fall, Sir.«

»Warum?«

»So sind die Richtlinien der Insel.«

»Aber warum? Wohnen Sie hier, Ma'am?«

Starlet lacht. »Nein, Sir, das tue ich nicht.«

Das Moos auf den Bäumen schimmert um die beiden wie Lametta in einer Schul-Aula. Er schaut die Sicherheitsfrau an und fragt: »Was würden Sie an meiner Stelle jetzt tun, Ma'am?«

Mit ihrer Braue hebt sich auch der Schönheitsfleck über ihrem linken Auge. Starlet sieht ihn unverwandt an, schließt dann langsam die Augen und öffnet sie wieder.

»Ich würde meinen Vater anrufen«, sagt sie ruhig.

Weniger ist einverstanden. »Okay, rufen wir den an.«

Sie lacht. »Ich meine *Ihren* Vater.«

»Das klingt vielleicht komisch für Sie, Ma'am, aber ich habe seine Nummer nicht.«

»Ich kann für Sie nachschauen. Sie könnten außerdem

die zwei Campingplätze auf der Insel anrufen«, fügt Starlet hinzu und deutet auf die Highway-Ausfahrt, von der er gekommen ist. »Vielleicht haben die noch Platz? Und er könnte Sie dann von dort abholen?«

»Eine großartige Idee, danke!«

Doch beim ersten Campingplatz wird er darüber informiert, dass sie zwar Stellplätze hätten, allerdings nur Camper mit »Schwarzwasser« (also mit einer Toilette) akzeptieren. »Warum? Haben Sie keine Toiletten?«, fragt Weniger verblüfft; es ist, als wären auf Noahs Arche Dinosaurier erlaubt, aber keine Hühner. Ihm wird gesagt, das seien die Richtlinien der Insel. Der zweite Campingplatz hat glücklicherweise nicht nur Stellplätze, sondern akzeptiert auch Hühner. Allerdings haben sie eine »Altersgrenze«. Weniger fragt, was genau das heißt. »Nun ja, Sir, sind Sie älter als fünfundfünfzig?« Weniger antwortet, dass dem nicht der Fall sei. »Ach, das tut mir leid, Sir, aber Sie müssen sich wohl einen anderen Platz suchen. Dieses Resort ist nur für reifere Erwachsene.« Dies seien ebenfalls die Richtlinien der Insel. Für den einen Platz hat er die falsche Sanitäreinrichtung, für den anderen den falschen Geburtstag. Er fragt sich, wie er sich bloß in diesem Labyrinth von Ausschlüssen hat verirren können und wie er einen geheimen Ausweg finden könnte. Dann erhascht er im Rückspiegel einen Blick auf sich: matschiger Poncho, gepflegter Schnäuzer. Dann sieht er zu Starlet hinter ihm. Es gibt keinen geheimen Ausweg. Er und sie sind genau diejenigen, die ausgeschlossen werden sollen.

»Sir?«, ruft Starlet ihm zu. »Ich finde keinen Eigentümer namens Lawrence Weniger.«

»Er lebt nicht hier?«

»Könnte er bei jemandem zu Gast sein?«

»Wanda«, sagt Weniger. »Wanda soundso.«

Sie lacht erneut – ein gutes Zeichen? »Mein lieber Freund, an diesem verdammten Ort heißen sie alle Wanda!«

Er spürt irgendein Ungeheuer in der Dunkelheit auf ihn lauern, sein ganz eigener Herman, dessen Atem bereits die Stränge des Louisianamoos aufwirbelt.

Ein Hauch von Süßwarenhaar kommt ihm in den Sinn und er ruft: »Y.! Wanda Y.!«

Binnen einer Minute wird ihm mitgeteilt, sein Vater sei unterwegs.

Aus der moosdurchschwenkten Dunkelheit kommen Scheinwerfer auf ihn zu; Lawrence Weniger schält sich langsam windend aus dem Fahrzeug und kommt auf seinen Gehstock gestützt auf Weniger zu. Die Scheinwerfer, das Führerhäuschen, die Palmen, der Safari-Anzug, der Gehstock – all das fühlt sich an wie ein Spionageroman. Es fehlt bloß der Lederkoffer mit den Diamanten, ein Mikrochip und ein gefälschtes Kunstwerk. Ist Mr. Prediger nun endgültig zum Bösewicht avanciert?

Sein Vater ist von allen Seiten beleuchtet, seine Nase wirft drei Picasso-Schatten auf sein Gesicht. »Es tut mir leid, Archie, die sind hier eben etwas eigen.«

»Nun, ich entspreche vermutlich auch nicht gerade der Kleiderordnung.«

Ein Lächeln des Picassos. »Nicht wirklich, nein.«

»Ich werde schon irgendeinen Walmart-Parkplatz finden. Am besten fahre ich gleich los. Wenn man zu spät dran ist, muss man unter dem Flutlicht parken. Es war schön dich wiederzusehen, Dad.«

Weniger geht mit ausgestreckten Armen auf ihn zu, bereit für die letzte Umarmung.

Sein Vater rührt sich keinen Millimeter von seinem Platz unter der Straßenlaterne. »Eine alte Frau hat hier vor einem Monat ihren Arm verloren. Ein Alligator kam aus dem Wasser und verfolgte ihren Chihuahua. Sie lief auf ihn zu, um ihn abzuwehren. Schreckliche Tragödie.« Er schüttelt den Kopf. »Obwohl in der Zeitung noch stand, dass ihr Diamantring der Familie zurückgegeben wurde.« Sein Vater schaut hinaus in die dunkle, sumpfige Nacht. »Wenn der Krebs schlimmer wird, werfe ich mich vielleicht den Alligatoren zum Fraß vor.«

Weniger lässt seine Arme sinken. Er wird diesem Gespräch wohl doch nicht entkommen. »Alle Optionen klingen grauenvoll.«

»Ich möchte nur, dass du weißt, dass ich dich und deine Mutter und deine Schwester nur verlassen habe, um euch zu beschützen. Es wurde kompliziert. Ich musste ins Gefängnis.«

»Ich habe von einer Satellitenschüssel gehört«, sagt Weniger.

»Ach das!« Das altbekannte Lächeln ist wieder da. »Ich habe damals für die Regierung gearbeitet, Archie. Was ich sagen will: Ich wollte euch nicht verlassen. Ich habe es getan, um euch zu beschützen. Verstehst du das?«

Weniger wiederholt den Satz, den er sich extra für diese Gelegenheit zurechtgelegt hat: »Ich habe die Worte verstanden, die du gesagt hast.«

Lawrence neigt sein Gesicht ins Licht. »Archie, wir werden uns nicht wiedersehen.«

Wer weiß schon, ob der Krebs oder die Alligatoren sie

trennen wird; Weniger weiß es genauso wenig, wie er die Wahrheit hinter alldem kennt – die einzige Zeugin, seine Mutter, ist tot. Vermutlich sind es wieder dieselben Lügen, die sich Weniger über Jahre anhören musste. Aber diese Aussage entspricht der Wahrheit: Sie werden sich nicht wiedersehen.

Weniger sagt: »Danke, dass du dir die ganze Mühe gemacht hast.«

Lawrence schüttelt den Kopf. »Das ist keine Mühe.«

»Ich meinte die Theatertour«, erklärt Weniger. »Das Gantt Center. Alles. Es muss dir sehr viel Mühe bereitet haben, mich hierherzubringen, um dich zu verabschieden. Danke.«

Sein Blick fällt auf Starlet, die aus ihrem Häuschen heraus mithört. Sie zwinkert ihm kurz zu.

Lawrence legt, wie Dolly, seinen Kopf zur Seite. »Archie, ich habe keine Ahnung, wovon du sprichst.«

»Die Aufführungen«, sagt Weniger. »Das Last Word Ensemble.«

»Ach das!« Ein breites Grinsen. »Da kannst du dich bei Wanda bedanken. Sie hat die Ankündigung in der Zeitung gesehen. Sie schaut öfters nach deinem Namen, jetzt, wo du so berühmt bist. Scheint, als hättest du einen Doppelgänger! Wanda hat mich gedrängt, herzukommen und dich zu sehen. Also habe ich es gemacht.«

Weniger steht in der feuchten Nacht, die Arme an den Seiten herunterhängend. Natürlich hat Lawrence Weniger weder eine Theatertour noch das Stück noch eine Gage arrangiert. Ist Weniger nicht eben noch im Chatham Club vor den wahren Sponsoren geflohen? Warum sollte Lawrence Weniger auch nur irgendetwas mit dem

Gantt Center zu tun haben? Falsch gedacht, Arthur Weniger.

»Jetzt verstehe ich gar nichts mehr«, sagt er.

Wind kommt auf, weht um sie herum und lässt das Louisianamoos wie ein Windspiel hin und her wehen. Der Picasso (unser gefälschtes Meisterwerk) lehnt sich leicht nach vorne und der Schatten auf seinem Gesicht verschwindet. Er ist nun hell erleuchtet. »Übrigens, zu diesem schrecklichen Vater aus deinem Stück«, sagt Lawrence Weniger. »Sohn, ich denke, es ist an der Zeit zu vergeben, findest du nicht?«

Weniger seufzt; vielleicht hatte er gehofft, es würde nicht dazu kommen. Vielleicht hatte er gehofft, dass das ganze Durcheinander mit dem Van und dem Tor ihm erlauben würde, dieser unnötigen Verstrickung mit der Vergangenheit zu entkommen, so wie wir alle hoffen, dass uns der Schmerz und die Schande und die Erniedrigung erspart bleiben, die wir mit aller Kraft zu vermeiden versuchen. Aber die Dinge laufen nun mal anders. Und vielleicht steht vor ihm ein Mann, der ihm nicht mehr schaden kann. Ein Magier, der keine Zaubertricks mehr im Ärmel hat. »Dad, ich bin in meinen Fünfzigern. Ich hatte ein ganzes Leben ohne dich. Ich weiß nicht mal, warum ich hergekommen bin.«

»Bist du bereit für Vergebung?«

»Sicher, Dad«, sagt er in einer Demutsgeste. »Ich bin bereit für Vergebung.«

»In Ordnung, Archie«, sagt sein Vater und umarmt seinen Sohn mit seinen wuchtigen Oberarmen, und ein Duft nach Pfeifentabak und Holzlasur umgibt ihn. Während er seinen Vater umarmt, kann Weniger die Träne in seinem rechten Auge nicht vom Hervorquellen abhalten. Dann nickt Lawrence Weniger, auf seinen Gehstock gestützt, andächtig den Kopf und sagt: »Ich vergebe dir, mein Sohn.«

Was erwarten wir eigentlich von der Vergangenheit? Dass sie uns nicht länger quält? Dass sie uns nicht mehr überrascht, nicht mehr behelligt, auf ewig repariert – wie tot? Doch die Vergangenheit ist eher wie eine Qualle, die, wenn sie angegriffen wird, sich in sich selbst zusammenrollt und zu einem unausgereiften Klumpen wird, aus dem sich dann neues Leben entwickelt und die so – vereinfacht ausgedrückt – unsterblich wird. Was können wir anderes tun, als uns von diesen schmerzhaften Wunden abzuwenden?

»Tschüss, Dad«, sagt Dr. Prediger. Er hilft seinem Vater zurück ins Auto und umarmt ihn ein letztes Mal. *Du siehst jemanden, der leidet,* sagt er zu sich selbst. *Du siehst den Schmerz*. Weniger beobachtet, wie die Scheinwerfer in dem dunklen Tunnel aus Bäumen verschwinden, und geht dann zu Rosina, um sie zum Leben zu erwecken. In seinem Rückspiegel starrt Starlet in eine Erinnerung hinein, die diese Szene in ihr geweckt haben muss. Mögen die Alligatoren sie nie erwischen.

Es gibt wahrlich keinen Grund, laut auszusprechen, was er sagen wollte – auch, wenn er dafür extra den weiten Weg zurückgelegt hat.

Der Wind schüttelt den Regen vom Louisianamoos und er fällt wie ein Lederkoffer voller Diamanten auf den Asphalt.

Wie durch Zauberhand findet Weniger auf Hunting Island, nördlich von Savannah, zu dieser späten Stunde noch einen freien Stellplatz und vollzieht, was mittlerweile sein Ritual geworden ist: die Kulisse und Saint Joseph aus dem Wagen heben und neben Rosina stellen (die Müllhalde muss warten). Er hängt seinen grauen Anzug für den Moment an den Seitenspiegel. Er öffnet Rosinas Verdeck, verdunkelt die Fenster mit den Vorhängen und Abdeckungen, verwandelt sie in ein Schlafzimmer und sitzt einfach da und schaut Richtung Osten. Was für ein Glück! Ein Platz mit Blick aufs Meer – schwarze Palmen schütteln ihr struppiges Haar vor einem schwach beleuchteten Himmel und einem noch dunkleren Ozean –, doch wie im Märchen endet um Mitternacht der Zauber.

Ein lautes Klopfen an seinem Fenster. Eine Weniger'sche Hand hält einen Weniger'schen (stillen) Schrei zurück. Er öffnet die Abdeckung von der Scheibe; es ist bloß der Platzwart (eine Version seines Onkels Chuck, bloß Schwarz und mit Bart), der ihn warnt: »Hurrikan Herman ist unterwegs, nur, dass Sie es wissen, deswegen sind alle anderen auch schon weg. Parken Sie lieber um, nach Südosten ausgerichtet. So können Sie den Wind frontal nehmen. Viel Glück, mein Sohn.« Dann geht es los, der Wind erst ein Pfeifen, dann ein Wolfsgeheul. Er spürt, wie Rosina leicht nach Nordwesten schwankt, und begreift, dass er bald in ein unfreundliches Oz hinweggefegt wird. Also tut er, wie ihm gesagt: Er bringt sie in Gang, schaut, in welche Richtung sich die Palmen biegen, zielt in den Sturm hinein und verkriecht sich in seinem Sarg. Weniger späht in die Dunkelheit, doch es gibt fast nichts zu sehen, nicht mal einen Hühnerstall, der an ihm vorbeifliegt, nur die schwachen Scheinwerfer des Platzwarts, der denselben Hurrikan durchstehen muss. Arthur Weniger starrt ins Nichts hinein und hört den Regen, der wie eine Heavy Metal Band in endlosen Zugaben lauter und lauter trommelt, und er begreift, dass er nicht aus Liebeskummer oder wegen seines schlechten Vaters oder schlechter Rezensionen sterben wird, so wie er es sich immer vorgestellt hat; nicht an AIDS oder einem Herzinfarkt oder Krebs oder einem Autounfall (wie ein Versicherungsmathematiker schätzen würde); nicht vor Scham oder Erniedrigung oder aus Arroganz; nicht an Kokain oder Meth oder Pilzen; nicht durch Twinkies oder Spam oder Zigaretten oder irgendeinen der anmaßenden Auswüchse eines homosexuellen, amerikanischen Lebens – er wird so sterben, durch Hurrikan Herman. So einfach ist das.

»Freddy?«, ruft er in sein Telefon, aber zur Außenwelt besteht keine Verbindung. Und doch schreit er weiter in die Leere hinein. »Leiter runter! Freddy? Freddy?«

Vor ihm falten sich große, cremefarbene Wellen im Wasser, gigantische Seiten eines Romans, die von einem gelangweilten, titanischen Leser zum Ende geblättert werden, um herauszufinden, wer der Mörder ist – doch Arthur Weniger weiß nur zu gut, wer der Mörder ist. Es ist Herman. Was genau hat Arthur Weniger nur getan, um diesen alten Fluch zu wecken? Bei der Beerdigung eines geliebten Menschen gelacht? Eine Kommune geflutet? Zur Spinnengroßmutter hinaufgeschaut? Einen heiligen Jagdhundfriedhof betreten? Einen sterbenden Vater den Alligatoren überlassen? Oder ist das der Preis dafür, die Liebe für selbstverständlich genommen zu haben? Ein wahrlich Shakespear'scher Preis. Der Wind schlägt, wie ein Herz, in Böen ringsherum und es gibt nicht viel zu tun, außer Angst zu haben.

*Verbrechen der Liebe. Strafe ist Tod!*

Er schaut aus dem Fenster und ihm wird klar, was er vergessen hat …

Erst verabschiedet sich der Anzug, der dem Seitenspiegel entrissen wird und zu einer himmlischen Reinigung aufschwingt, die Schmutz und Demütigung beseitigt.

Dann ist seine Kindheit dran. Durch das Fenster gen Osten beleuchtet ein Blitz das Gemälde: die Kulisse und Saint Joseph. Das grobe, plötzliche Licht verleiht diesen stummen Objekten alles, was die Theaterarbeit ihnen verwehrte, und zwar das magische Licht der Realität. Denn just in diesem Augenblick - und nicht, wie er gehofft hatte, bei einer der von ihm so heißgeliebten Vorführungen - erkennt er die Bäume und Sträucher und ebenjenen Heiligen, der nahe seines Elternhauses stand, Saint Joseph, den ihre Nachbarn, die Reeds, in ihren Vorgarten gestellt hatten und zu Ostern mit pastellfarbenen Eiern dekorierten, und natürlich erkennt er erst in ebendiesem Moment, in dem er nach Luft schnappt, seinen Zwilling, mit dem er sich hier konfrontiert sieht: Zerstörung. Er wird Zeuge davon, wie Herman die Teile seiner Kindheit Stück für Stück aus der Erde und in seinen Schlund zieht, sie verschlingt, und Arthur Weniger kann nur noch beobachten, wie der Hornstrauch, der den Bordstein schmückte, in den Himmel gehoben wird, dann die Büsche, die die Einfahrt säumten, und schließlich, nach einer Pause, in der Herman überlegt, ob er nicht doch eine Vorspeise hätte nehmen sollen, dreht sich Saint Joseph im Schlamm zur Seite und wird mit einem letzten Blick auf unseren Helden endlich in den Himmel entrückt.

Der Wind steht still im Auge des Hurrikans, das lediglich eine Atempause verspricht: Schlimmeres steht bevor. In seiner vielleicht letzten Bewegung auf Erden lehnt sich Weniger nach vorn, um durch die Windschutzscheibe zu spähen, und dort sieht er, wie durch ein Bullauge, eine Sternenkonstellation am Himmel …

Und hier müssen wir ihn – vorerst – zurücklassen.

✣✣✣✣✣✣
✣✣✣✣✣✣

# MORGENDÄMMERUNG

Ein mir sehr lieber, bereits verstorbener Dichter wies mich einmal auf einen der dezentesten Cameos der Weltliteratur hin: In Buch vier der Odyssee tritt Helena von Troja mit einem Mal »aus der hohen duftenden Kammer«. Sie, die schönste Frau der Weltgeschichte, wird an dieser Stelle nicht näher beschrieben. Vielleicht ist ihre Schönheit ja nebensächlich und wird es immer sein. Wir werden es nie erfahren.

Aber Ihnen würde ich das nie antun. Ich möchte Sie nun bekannt machen mit:

Mir, Freddy Pelu.

Als Arthur Weniger im STAGGER LEE gefragt wurde, wie es ist, schwul zu sein, war ich auf einer Fakultätsparty des Down East College. Die Gastgeberin war eine – im wahrsten Sinne des Wortes – Titanin des Deutschen Fachbereichs: eine weiße Frau, wie ein Leuchtturm über die Party erhaben, mit einer frisierten Perücke und dicken Brillengläsern. Als ich ankam, fragte sie mich etwas auf Deutsch, und mir kam sofort Arthur Weniger in den Sinn. Ich war sprachlos. Enttäuscht deutete sie auf das Schlafzimmer, in das ich meinen Mantel ablegen sollte, dann driftete sie zu den anderen Partygästen ab. Ich ging in den Raum, sah zwei ineinander verschlungene, junge Menschen und ging wieder hinaus. Auf der Suche nach Wein bahnte ich mir einen Weg durch die akademische Elite.

Ich fand, wonach ich suchte, und mit einem Glas in der Hand trat ich auf die kalte Veranda, wo die Graduierten um eine Laterne standen und miteinander flirteten und tranken. Sie brachen in schallendes Gelächter aus, und ich wärmte mich an ihrem Feuer. Für einen Moment drängte sich mir eine Erinnerung an Straßenbahngeräusche und Lavendel auf, an meine rote Brille, die ich mit dem Saum meines Hemdes säuberte. *Ki-ki-koo.* Als ich mich umdrehte, um zu gehen, sah ich ein anderes Feuer neben mir brennen: eine Zigarette. An ihr hielt sich eine Person fest, ein Mann mit einer Fliege, sein Schmunzeln gerahmt von langen, schwarzen Haaren. Manche Menschen haben das Glück, dass ein seltsames Merkmal sie mit einer besonderen Schönheit auszeichnet, wie ein Daumenabdruck beim Töpfern; bei diesem Mann waren es seine Ohren, die jungenhaft von seinem markanten Gesicht abstanden. »Hast mich nicht gesehen, was?«, fragte der Mann. An seiner undeutlichen Aussprache erkannte ich einen kalifornischen Landsmann.

»Nein, nein, bitte entschuldige«, sagte ich. »Gehörst du zur Fakultät?«

»Soziologie. Jason Fidelino.« Er hatte in etwa meine Größe, und ich ging davon aus, er sei in meinem Alter.

»Englisch, Highschool. Freddy Pelu aus San Francisco.« Ich streckte meine Hand aus, doch der Mann schüttelte sie nicht. Er schüttelte bloß ablehnend den Kopf.

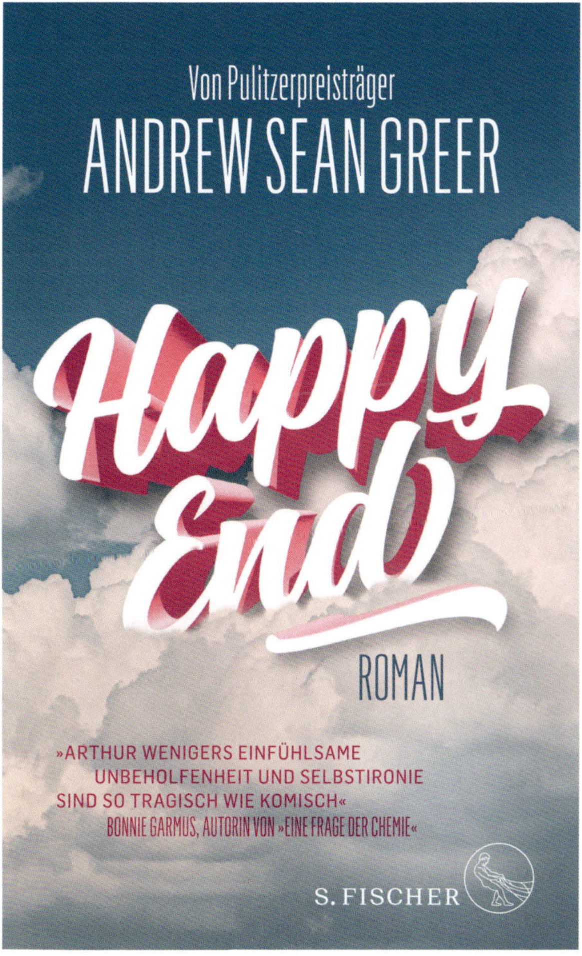
Von Pulitzerpreisträger
ANDREW SEAN GREER
Happy End
ROMAN
»ARTHUR WENIGERS EINFÜHLSAME UNBEHOLFENHEIT UND SELBSTIRONIE SIND SO TRAGISCH WIE KOMISCH«
BONNIE GARMUS, AUTORIN VON »EINE FRAGE DER CHEMIE«
S. FISCHER

»Sorry, ich kann nicht.«

»Oh.« Ich fragte mich, welche akademische Etikette es war, die ich noch nicht kannte.

»Du kannst nichts dafür«, erklärte Jason, während er sein Getränk abstellte, seine Zigarette in einer kleinen Blechdose löschte und diese in seiner Jacketttasche verschwinden ließ. »Ich bin Teil eines Experiments. Deswegen musste ich auch rausgehen. Ich habe getrunken, und dann ist es zu riskant, unter Menschen zu sein.«

Erleichterung. »Also, das ist wohl das Faszinierendste, was ich diese Woche gehört habe.«

»Es ist eigentlich eher ein Wettkampf mit meinen Graduierten.« Dr. Jason Fidelino nahm eine weitere kleine Blechdose hervor und hielt sie mir hin: Minzpastillen. Ich tat es dem Soziologen nach und nahm eine, bevor er die Dose wieder in der anderen Tasche verschwinden ließ. Ich fragte mich, wie er es schaffte, die kleinen Blechdosen nicht zu verwechseln. »Mein Kurs hat eine Theorie zu menschlichem, also physischem, Kontakt aufgestellt. Um sie zu testen, haben wir uns darauf geeinigt, dass wir alle probieren, ohne jegliche menschliche Berührung auszukommen. Keine Umarmungen, keine Küsse, kein Kind auf dem Schoß. Und kein Händeschütteln. Verzeihung.« Er verbeugte sich förmlich. Wieder fielen mir seine Ohren auf, die mich an Griffe an einer kunstvoll gefertigten Amphore erinnerten.

»Für wie lange?« Meine Zunge stolperte nervös über die Minzpastille.

»So lange wie möglich. Die meisten haben innerhalb der ersten Wochen abgebrochen. Sie sind schließlich noch jung. Ein paar von ihnen siehst du hier trinken und flirten.«

Die jungen Studierenden lachen mit einem Mal wie auf Knopfdruck. »Sie können nicht ohne Berührung leben. Tja, und jetzt entscheidet es sich zwischen meinem Studenten Hari und mir.« Er schaute mich an. »Sechs Monate.«

»Sechs Monate«, wiederholte ich so reflexartig, wie ich mich bei den Minzpastillen bedient hatte. »Also hast du seit sechs Monaten keine andere Person berührt! Hast du etwas dabei gelernt?«

Jason musterte mich einen Moment lang mit einem kleinen Grinsen im Gesicht. »Ich werde dir etwas erzählen. Vor fünf Jahren hatte ich einen Herzinfarkt.«

»Mein Gott!«

»Ich weiß. Ich war erst fünfundzwanzig.« Geschockt stellte ich fest, dass er viel jünger war als ich. Er fuhr fort: »Mein Arzt meinte, dass mein Herz nicht weiter belastet werden dürfe, also musste ich mich entscheiden. Für die Liebe. Oder für Käse.«

»Das waren die Auswahlmöglichkeiten? Liebe oder Käse?«

»Das waren die Auswahlmöglichkeiten. Und Freddy«, sagte Jason und lächelte dabei reumütig, »ich entschied mich für Käse.« Wir konnten hören, wie die Rosskastanien auf das Dach fielen. »Ich glaube, ich bin eine dieser Personen, die nicht ohne leben können. Vielleicht geht es Hari ja genauso.«

»Es muss doch alle möglichen Versuchungen geben.«

»Ich gehe gern im kalten Wasser schwimmen«, sagte Jason. »Das hilft mir bei Versuchungen. Und wenn man im Nordosten asiatisch gelesen wird und schwul ist, nun ja, dann bleibt man eh Single.«

»Und Hari?«

»Taub und Bengale. Wir sind die Unantastbaren.« Er strich sich durch sein langes Haar und schaute zu den Studierenden rüber.

Ich ertappte mich dabei, wie ich einem Hobbydetektiv gleich noch einmal die Szenen des Abends rekapitulierte und mir fiel ein wichtiger Hinweis auf, den ich zuvor übersehen hatte. »Ist Hari hier auf dieser Party?«

»Irgendwo ja, wenn er nicht gegangen ist. Wie ich vorhin meinte, es ist riskant, unter Menschen zu sein. Plus die Getränke!« Er nahm sein Getränk wieder in die Hand, fingerte die Olive heraus und steckte sie sich in den Mund.

»Ich glaube, ich habe ihn ein Mädchen küssen sehen.«

»Hari?«, fragte Jason schockiert.

»Groß, lockige Haare, Brille mit durchsichtigem Rahmen? Er hat im Zimmer mit den Mänteln eine junge Frau geküsst. Ich habe mir nichts dabei gedacht.«

»Das ist er!«, sagte Jason und starrte dann zu Boden. »Oh Gott.«

»Was ist los?«, fragte ich ihn. »Du hast gewonnen.«

Er sah wieder herüber zu seinen Studierenden. Die Laterne beleuchtete jede Bewegung seiner markanten Gesichtszüge: die Kurve seiner Wangen, die Vertiefung unter seiner Lippe. Als stünde eine ganze Reihe gutaussehender, junger Männer neben mir. Ich dachte daran, wie lange ich schon nicht mehr berührt worden war.

»Zugegeben, es ist etwas verwirrend«, sagte er. »Ich habe eine gewisse ... Entschlossenheit erlangt. Schwimmen im kalten Wasser und so.«

Ich fragte ihn, welcher Preis ihm nun zustehe.

»Ein Laib Käse«, Jason lächelte ein wenig. Die Studierenden lachten erneut auf, und ich nahm einen Schluck Wein.

Jason schien in eigenen Gedanken und Vergnüglichkeiten zu schwelgen, vielleicht dachte er auch an seine Trophäe.

Ich fragte ihn: »Würdest du es gerne ausprobieren?«

»Was genau?«

Ich lächelte bloß und streckte meine Hand aus. Jason untersuchte sie sorgfältig, als läge eine große Summe Geld vor ihm, nahm sie aber nicht. Stattdessen streckte er seine Handfläche aus und legte sie unter meinem Jackett auf meine Brust. Der Mann schaute ausschließlich auf seine Hand und schien einen tiefen Atemzug zu nehmen. Wir hörten das Geschnatter der Studierenden und das Geräusch von aneinander klirrenden Gläsern. Dann führte ich meine Hand zur Knopfleiste meines Hemdes und öffnete die obersten Knöpfe; und Jason, der noch immer bloß auf seine Hand starrte, schob den Stoff zur Seite und ließ seine Handfläche auf meiner nackten Haut ruhen. Ich fühlte, wie seine kalten Finger durch meinen Körper wärmer wurden, sah einen Ausdruck schüchterner Begeisterung in seinem Gesicht, spürte meinen eigenen Herzschlag sich in den eines anderen Mannes drängen. Vielleicht waren es die vom Wind herumgewehten Rosskastanien, wie das Klappern eines vorbeifahrenden Pferdewagens, die das Fass zum Überlaufen brachten und Ihren Erzähler auf unerklärliche Weise in Tränen ausbrechen ließen.

Jason nahm seine Hand zurück und schaute zu mir auf. Auch seine Augen waren feucht. Verlegen knöpfte ich mein Hemd zu und versuchte unauffällig, die Tränen zu trocknen. Jason schaute in die Dunkelheit und nahm einen tiefen Atemzug.

»Danke, Freddy«, sagte er in seiner ruhigen, formellen Art. »Ich gehe jetzt zurück zur Party.«

»Und nimmst deinen Käse entgegen.«

»Und nehme meinen Käse entgegen«, sagte er. Wie er so unbeweglich dastand, war Jasons Gesicht nichts als Schatten und Laternenlicht. Dann tropfte mein Name von seinen Lippen: »Freddy!« Der Ausdruck auf seinem Gesicht war einer der Panik. Ruhig kam er auf mich zu und öffnete seinen Mund, als wolle er zu sprechen beginnen. Er schloss ihn wieder und schluckte. Ich fragte ihn, was los sei, doch er schüttelte nur seinen Kopf und sagte: »Nichts.«

Fast hätte er etwas anderes gesagt. Doch nach diesen Worten verschwand er im Haus der Titanin, und ich stand einfach da und spürte den Schrecken des Unversuchten. Was hatte er sagen wollen? Und wenn er es gesagt hätte, was wäre dann passiert? Wie hätte ich mich gefühlt?

*Unsicher.*

Am nächsten Morgen, während Arthur Weniger auf der Gillespie-Plantage Gwen lauschte, war ich längst nicht mehr auf der »Konferenz für Amerikanische Lehrkräfte«, um in Kleingruppen Formen des Erzählens zu hinterfragen; stattdessen hinterfragte ich meine eigenen Formen des Erzählens. Ich verließ die Geschichte sogar komplett und fand mich in einem Bus auf dem Weg runter nach Down East wieder (wie man im Pine Tree State sagt). Fast einen Monat hatte ich im Hotel verbracht und nie mehr als eine Möwe auf ihrem Weg zum Hafen beobachtet. Doch als der Bus abfuhr, fing ich endlich an, die Landschaft des Nordostens wirklich zu sehen: Pyramiden aus Kanonenkugeln, Bonbons in einem Süßwarenladen gleich, die Villen im Stil griechischer Tempel im Wechsel mit ausgebrannten, verlassenen Fabriken, unechte Leuchttürme, in denen

Kunst aus Sanddollar und Seesternen verkauft wurde, und Tausende an Hinterhofverkäufen mit Waren, die durch das Wetter ruiniert würden – Klaviere, Sofas, gusseiserne Pfannen, Gemälde, Poster, ausgestopfte Tiere –, als ob sie gar nicht zum Verkauf stünden, sondern vielmehr Opfergaben für die Götter wären. Dann bog der Bus Richtung Meer ab, und ich erhaschte einen Blick auf: den Atlantischen Ozean! Endlich. Irrte ich mich, oder lag da der nackte Oberkörper eines Mannes im kalten Wasser der Bucht? Ein Schwimmer in kaltem Wasser oder ein mystisches Monster, ein Ichthyokentaur, von der Flut halb verdeckt? Doch der Bus fuhr weiter, und er war verschwunden, und an seiner Stelle sah ich nun einen Wunschbrunnen. Gefolgt von einem Friedhof. Und einem Fischmarkt, auf den die Sonne schien und alles glitzern ließ, was mir einen Jungen in Arizona in Erinnerung rief, von dem Weniger mir erzählt hatte.

Womöglich habe ich beim Verlassen der Konferenz die gleiche Abenteuerlust verspürt wie Weniger, als er mit einem alten Mann und einem Mops in die Mojave Wüste fuhr, ein Don Quijote, der sich mit Windparks anlegt und einen Abfalleimer als Helm aufsetzt. Ich wurde vom einen zum nächsten Bus geführt – wie eine Geisel, die vorsätzlich über ihren Aufenthaltsort im Ungewissen gelassen wird –, und schließlich stieg ich an meinem am Wasser gelegenen Zielort aus: Rockland Ferry. Dieser Kontinent ist so wundersam und wechselhaft, dass der Umstand eines im Spätherbst eingestellten Fährdienstes einem Kalifornier wie mir gar nicht in den Sinn gekommen wäre.

Ich lächelte über das Schild an der nahe gelegenen (und mit Brettern vernagelten) Hummerbude und amüsierte mich über Worte, die ich absichtlich nicht mit meiner eigenen schicksalhaften Reise in Verbindung bringen wollte:

SAISONBEDINGT GESCHLOSSEN.
WARUM?
DARUM!

»Heute keine Feen.«

Die Stimme kam von hinter mir.

»Wie war das?«

Eine Frau mittleren Alters in leuchtend gelber Schlechtwetterkleidung starrte mich vom Ende des Docks an. In ihrem Haar, das wie eine Pusteblume aussah, steckte eine Lesebrille. Sie verhielt sich, als hätte sie schon seit Tagen auf mich gewartet. »Heute keine Feen«, sagte sie. »Aber ich bring' Sie.« Sie trug eine Perlenkette, an der ein geschnitzter Blauwal hing.

»Keine Fähren«, wiederholte ich, während ich in meinem Kopf ihren ersten Satz korrigierte, dann antwortete ich ihr auf den zweiten: »Aber Sie wissen doch gar nicht, wohin ich will.«

Die Frau schaute an mir herunter. »Sie wollen nach Valonica, stimmt's?«

»Ja.«

»Ich bring' Sie.«

Nach dem Preis gefragt, erwähnte die Frau eine Summe, die für die meisten Highschool-Lehrkräfte ungewohnt hoch erscheinen dürfte. Sie sagte mir, ihr Name sei Captain Eliot Morison vom Gay Head (dem Tribe der Wampanoag). Nein, betonte sie, nicht Elliott Morrison oder Elliot Morisson oder irgendeine andere Variation ihres Namens: »Ein *l*, ein *t*, ein *r*, ein *s*. Ich nehm' Bargeld oder 'nen Scheck.«

»Oh.«

Meer und Himmel ein tiefes Grau. Auf dem Schuppen vor mir zerrte der Wind an den Flaggen: die des Bundesstaates Maine, darauf ein Wappen mit einer Kiefer und einem Elch, das von zwei flirtenden Homosexuellen gehalten wird. Die US-amerikanische Flagge darüber wirkte weit weniger verspielt: vier Dutzend Eier mit Speck. Ich drehte mich wieder zu der Frau mit Latzhose um.

»Bargeld oder Scheck«, sagte sie. »Ein *l*, ein *t*, ein *r*, ein *s*.«

Nachdem ich gezahlt hatte, lächelte mich Captain Morison zum letzten Mal an diesem Tag an, und wir stürzten uns blindlings wie das Schicksal in den einsamen Penobscot-Fluss in Richtung Valonica, wo (laut der Broschüre auf der Fähre), »die ersten Sonnenstrahlen des Tages amerikanischen Boden berühren«.

Auf der kleinen Insel Valonica gelangte ich zu einem Saltbox-House aus der Kolonialzeit namens PENSION ZUR ÄLTESTEN LEBENDEN WALFÄNGERWITWE und klopfte an die Tür. Sie öffnete sich, und eine ältere, weiße Frau kam zum Vorschein, ihre Augen tief in den rosafarbenen, finsteren Schluchten ihres Gesichts versunken.

»Mrs. Nicholson?«, fragte ich.

»Jungchen, du sprichst mit der Ältesten Lebenden Walfängerwitwe!«, rief sie. Dabei zitterte sie vor Entrüstung, während sie mit einer Hand einen karierten Schal um ihre Schultern legte.

»Ich bitte um Verzeihung«, sagte ich mit einer kleinen Verbeugung. Selbstverständlich hatte ich keine Ahnung, was das zu bedeuten hatte, außer dass ich womöglich meine Schlafunterkunft würde wechseln müssen. Bedauerlicherweise gab es auf der Insel nicht viel mehr als ein Becken voller schwimmender Hummer, ein paar steinige Strände, die von Chaplin-artigen Papageientauchern bewacht wurden, und die PENSION ZUR ÄLTESTEN LEBENDEN WALFÄNGERWITWE. Papageientaucher oder Witwe, schwierige Wahl. Wie hätte sich ein Pelu da nur entscheiden sollen?

»Mein verstorbener Ehemann, Captain Nicholson«, informierte sie mich mit ernster Miene, ihre Augen grau wie Zinnkrüge, die zu Kugeln eingeschmolzen wurden, »war Teil der Crew der *John R. Manta*. 1927 in New Bedford eingelaufen, das letzte der alten Walfangschiffe New Englands.« Sie schüttelte ihren Kopf, ihr silbernes Haar war ordentlich gescheitelt, nach hinten gekämmt und zu einem Dutt gebunden. »Das Letzte! Danach gab es keine mehr.«

Möwen saßen auf dem Dach und lauschten der Geschichte. Von irgendwoher ertönte die Hafenglocke. Ich lächelte, setzte meine Tasche ab und wollte vorsichtig eine Reihe an Fragen stellen, die mir auf der Seele brannten: »Ich hatte wegen eines Zimmers angerufen –«

»Kommen Sie mir nicht mit der *Wanderer*!«, unterbrach mich Mrs. Nicholson, und einer ihrer Finger kam aus ihrem Schal hervor und zeigte gen Himmel. »Die *Wanderer* kam nie zurück! Wir schon.« Der Finger senkte sich. »Ich war bei ihr.«

Die Möwen und ich verloren uns in Geschlechterfragen. »Bei wem?«

»Bei der *John R. Manta*«, sagte sie nickend. »Sie holten mich auf den Azoren ab, und wir wurden an Bord getraut.« Mrs. Nicholson lächelte verlegen. »Eine Braut im zarten Kindesalter.«

Wie war es damals wohl für Walfängerwitwen und Walfängerehefrauen? Nach Jahren auf hoher See kamen die Ehemänner zurück – wenn sie denn zurückkamen – und hatten Dinge gesehen, die man sich nicht vorzustellen vermochte, hatten mit dem Unbekannten gekämpft und, irgendwie, gewonnen? All das mit kaum genug Lohn, um die aufgelaufenen Schulden zu decken? Ich stelle es mir ein bisschen so vor, wie mit einem Schriftsteller verheiratet zu sein. Ich mochte sie sofort.

Sie lächelte. »Wissen Sie, junger Mann, Sie erinnern mich an meine große Liebe.«

»Captain Nicholson?«

Sie schien mich zunächst nicht zu hören und starrte auf das bunte Treiben des Herbstlaubs (wie die Puritaner angesichts dieser Natur errötet sein mussten!). Dann wendete sie sich mir zu. »Nein, oh nein«, sagte sie eilig. »Kommen Sie, kommen Sie, Sie lassen ja die ganze Kälte rein …«

Jeden Morgen erwachte ich mit der Morgendämmerung und den Hafenglocken. Wann war der Morgen je mein Freund? In meiner Jugend war es für mich schwer zu ertragen gewesen – das ungemachte Bett, der ungemachte Tag –, aber auf Valonica hatte ich das Gefühl, in der Nacht wäre etwas wie von Zauberhand repariert worden. Etwas veränderte sich – ich veränderte mich. Das war mir schon einmal passiert. Als ich eines Morgens unter einem Himmel in der Farbe Weniger'schen Blaus erwachte, als ich von meinem Ehemann fortging, damit jeder meiner Morgen in diesem Blau erstrahlen würde, als ich auf den Treppenstufen auf Arthur Weniger wartete, nachdem ich die Pläne der Welt für mich verworfen hatte. Und am nächsten Morgen: Sonnenlicht, das durch die Trompetenranke auf das weiße Bett und den darin schlafenden Körper fiel. Ein Knäuel dünner, blonder Haare, seine Wangen errötet. Und ich, wie ich Wenigers schlafende Gestalt betrachtete. Voll des Gefühls einer frisch belebten Liebe. Wohin war das alles gegangen? Wo war die schöne, gemeinsame Zwischenzeit, die Zeit, die er und Robert miteinander geteilt hatten? Hatte ich das verpasst? Oder würde mich das noch erwarten?

Auf Valonica gab es kein Blau. Die Landschaft hatte sich umgekehrt: Der Ozean wog jetzt in schäumenden Wellen am Himmel und die Oberfläche darunter schien bloß die turbulenten Gedanken des Wetters widerzuspiegeln. Wie lange war das schon so gegangen? Ewig? Hatte sich all das mit mir verändert?

Während meines Aufenthalts bei Mrs. Nicholson ertappte ich mich dabei, wie ich Spaziergänge rund um die kleine Insel unternahm, etwas, das in vierzig Minuten zu schaffen war. Mein Lieblingsplatz war eine kleine, in Stein eingelassene Markierung mit dem Namen des verstorbenen Hummerfischers, seiner Bojennummer, dem Längen- und Breitengrad seines Todes auf See, sowie BRUDER, SEEMANN, EHEMANN, FREUND. Sie gehörte Captain Nicholson. Ich berichtete seiner Witwe davon, die mich anschnauzte, so wie sie mich angeschnauzt hatte, als ich ihren Vornamen wissen oder einen Wal sehen wollte. »Um diese Jahreszeit gibt's hier keine Wale«, erklärte sie mir, während sie ihre Kabeljausuppe umrührte und das knisternde Feuer wie eine Uhr tickte. Noch unwahrscheinlicher war es, einen Elch zu sehen. Und doch ging ich immer wieder zum Stein ihres Ehemannes und betrachtete die Veränderungen im Wasser, die mir wie Flüsse und Teiche in einer grauen Landschaft unter den schnell vorbeiziehenden grauen Wolken erschienen. Eine Anekdote: Als Kind war mein Lieblingsfilm *Der Zauberer von Oz,* und ich wusste, dass zu Anfang graue Wolken wie diese zu sehen waren. Jedes Mal, wenn ich im Fernsehen graue Wolken in einem Schwarz-Weiß-Film sah, klatschte ich vor Freude in die Hände. Keine noch so große Enttäuschung hätte mich davon abbringen können, ich dachte jedes Mal, es sei *Der Zauberer von Oz*. Und das Leben ist dann doch so sehr von versteckter Magie durchzogen, dass es eines Tages tatsächlich so war.

Dem ähnlich: An einem valonicanischen Nachmittag, ich stand gerade neben besagtem Stein, stieg ein anderes Grau als das des Wassers in einer cremigen Gischt auf, etwas, das seine faltige Haut aufwirbelte, bis es wie eine Fontäne in die Luft schoss.

»Thar she blows! Dort pustet sie!«, schrie ich zu niemandem. »Dort pustet sie!« Und dann begab sich der Wal wieder geräuschvoll in die Tiefe.

Erzählen Sie mir keine Märchen. Sprechen Sie nicht von Hoffnung.

Ich blieb bei Mrs. Nicholson und ihren Geschichten und ihrem Haferbrei und ihrer Hummersuppe und erfuhr schließlich, dass ihr Vorname Adele war. Eines Nachts, als ich über die Insel wanderte und vom Geist der Freiheit (oder den Weingeistern in Adeles Speisekammer) ergriffen wurde, warf ich mein Telefon weit hinaus ins Meer, um Adeles Ehemann in dessen Grab zu folgen. Die Brandung gab keinen Mucks von sich. Nun war ich wahrlich verloren. Hier blieb ich, hielt Zwiesprache mit den Papageientauchern, arbeitete an einem Buch, über das ich schon länger nachdachte, für das ich aber nie den Mut aufgebracht hatte, es tatsächlich zu schreiben, ein Buch über eine Reise um die Welt, bestehend aus dem, was ich kenne und was ich mir vorstellen kann: eine Liebesgeschichte.

Eines Tages beendete ich die Arbeit in aller Stille. Ich lächelte und sagte zu mir selbst: *Champagner!*

Lassen Sie uns zu Arthur Weniger zurückkehren.

Wir sind nun an einem Punkt der Geschichte angekommen, den man getrost »Dolly *Disparue*« nennen könnte. Nachdem sie einen Hurrikan überlebt hat, fährt Rosina, die ausgenommen von Weniger und seinen spärlichen Habseligkeiten (einschließlich des T-Shirts und den Shorts, die er trägt) von aller Fracht befreit ist, von Savannah aus Richtung Norden, und eine drückende Trübsal macht sich im Wagen breit. Die Kilometer ziehen vorbei und mit ihnen geben sich die lokalen Radiosender die Klinke in die Hand. Ohne Dolly herrscht Leere. Weniger füllt sie mit Essen – von der Bar des mit kristallenen Kronleuchtern geschmückten Childress House, wo ein weißer Barkeeper mit gezupften Augenbrauen Weniger bedeutungsvolle Blicke zuwirft, während er die mit Shrimps verfeinerte Polenta serviert, bis zum heruntergekommenen Rhoda's Famous, erbaut aus einer Baracke, in dem Weniger mit der alten Rhoda (schwarzes Wickeltuch und Perlen) zusammensitzt, während die Frau die Süßkartoffelkuchen füllt und ihm von alten Zeiten erzählt, als dieser Ort noch ein Juke Joint war, und ihre Enkelin (rote Braids, zwei Goldzähne) müde Low Country Boil zubereitet und »Nicht jetzt, Mama!« warnt, als Rhoda versucht, ihre Aufmerksamkeit mit der Fliegenklatsche zu erhaschen. »Nicht jetzt, Mama!« Es gibt keinen Hund, der Arthur Weniger mit dem Schwanz wedelnd begrüßt, sobald er in den Van zurückkommt, oder der unablässig auf den

Campingstellplätzen herumbellt, die nun nicht mehr von Platzwarten mit Verkehrskegeln verwaltet werden, sondern von effizienten Büroangestellten hinter Plexiglasscheiben. Diese Mitarbeitenden stellen keine Vermutungen darüber an, wo Weniger herkommen könnte. Kein verrückt gewordenes Fellknäuel kuschelt ihn jeden Abend in den Schlaf. Niemand klettert ihm auf sein Gesicht, um ihn zu wecken. Im Moment ist Arthur Weniger wahrlich allein.

Heute Abend ist Super-Bibermond. Zumindest ist es das, was der Radiosender lautstark in dem Buchladen / Donut-Shop in Rocky Mount, North Carolina, verkündet, wo Arthur Weniger an einem Tisch sitzt und ein Gesicht wie H. H. H. Mandern macht. Ob er bereits mit Dolly und seiner Tochter wieder vereint ist? Weniger hat vier Donuts vor sich: Speck, Speck, Speck und Candycorn; er versucht sich zwischen diesen überschaubaren Möglichkeiten zu entscheiden, als er hört, wie die Worte *Super-Bibermond* laut durch den Raum schallen. Er wendet sich an die Donut-Verkäuferin hinter der Theke. »Entschuldigen Sie, was hat er da gerade gesagt?«

Die Verkäuferin ist eine junge Frau, deren falsche Wimpern wie Turteltauben in einer Laube flattern. »Er hat Super-Bibermond gesagt.«

»Ich ... Ich dachte nur, ich hätte mich verhört.« Er beginnt, wie ein Vollidiot zu kichern.

»Ein Supermond ist ein Vollmond, wenn der Mond auf seiner Umlaufbahn der Erde am nächsten steht«, erklärt die junge Frau ernst. »Ich belege einen Astronomie-Kurs.«

»Und wo kommt der Teil mit dem Biber dazu?«

»Das ist der Vollmond im November. Im Januar heißt er Wolfsmond. Meinen Lieblingsnamen hat er im August«, sagt sie und lehnt sich zu ihm. »Der Störmond.« Sie zuckt dabei mit den Schultern, als wolle sie *Weiß nicht* sagen. »Störmond! Jedenfalls wird das der größte Mond sein, den wir je gesehen haben. Setzen Sie sich heute Abend um etwa neun Uhr auf Ihre Veranda. Für November ist es noch recht warm.«

»Könnte ich diesen Candycorn-Donut umtauschen? Mir war nicht klar –«

»Kein Umtausch, keine Rücknahme, Sir.«

»Oh.«

»Genießen Sie Ihren Super-Bibermond.«

Als er auf dem Weg zu Rosina den Parkplatz überquert, kommt ihm die alte Navajo-Frau in den Sinn. Dort, am steinigen Abhang: Wasser, das aus den Felsen tritt.

Er sieht nach, ob er Nachrichten bekommen hat und findet heraus, dass er (der unaufmerksame Juror) das entscheidende Preisvotum um einen Tag verpasst hat. Er erfährt es nicht von Finley Dwyer, der allem Anschein nach nicht erreichbar ist, sondern von Freebie.

»Aber kann ich denn mein Votum nicht noch nachträglich abgeben?«, sagt Weniger, während er panisch versucht, Telefongespräch, Navigation und Schaltgetriebe unter einen Hut zu bringen. »Ich war gestern verhindert. Ich hatte doch Bescheid gegeben.«

»Darüber haben wir gesprochen! Ich habe mich für dich eingesetzt! Aber Finley meinte, wenn wir anfangen, die Regeln auszulegen, wie es uns passt, wo würden wir da hinkommen?«

»Aber gestern war doch die letzte Sitzung. *Am Ende* lassen sich die Regeln doch immer auslegen, wie es einem passt.«

»Sorry, wir haben dich gestern aus der Jury geworfen.«

»Bitte was?«

»Falls es hilft, ich habe mich enthalten.«

»Danke, Freebie.« Weniger reibt sich die Augen. Da geht es hin, das schöne Geld. Naja, der jüngste Scheck wird die dadurch entstandene Finanzlücke ausgleichen.

*Der Rat hat beschlossen, dich für immer aus Ambrogio zu verbannen.*

»Eigentlich hat das einiges vereinfacht«, sagt Freebie. »Finley war für Natasha Ashatan, aber sie ist ja Lyrikerin. Vivian wollte Michael Saint John, aber sie hatte nicht auf dem Schirm, dass er letztes Jahr gewonnen hat. Edgar hat seine Stimme für Overman abgegeben, was erst mal geklärt werden musste.«

»Ich dachte, so schreibt man nicht über queere Lebensrealitäten?«

»Das musste erst mal geklärt werden.«

Ein Lastwagen hupt und Weniger realisiert, dass er zwischen zwei Spuren fährt. »Freebie, ehrlich gesagt muss ich los –«

»Wir haben alles noch einmal über den Haufen geworfen. Finley hat bekommen, was er von Anfang an im Sinn hatte. Wie auch immer, das war der einzige Kompromiss, auf den wir uns einigen konnten. Ich kann dir den Gewinner aber nicht verraten, Arthur.«

»Im Ernst, Freebie, ich –«

»Wir geben es am Montag bekannt!«

»Schön. Ich muss los –«

»Wir sehen uns dann in New York!«, beendet Freebie das Gespräch. Offenbar hat er vergessen, dass Weniger nicht länger Teil der Jury ist.

Weniger atmet tief durch und schüttelt diese neue Scham ab. Immerhin beginnt morgen seine große Lesereise entlang der Ostküste! Er wird ein bisschen Geld anhäufen und dieses eine Häufchen zu den anderen dazugeben und irgendein Wunder wird sich um den Rest kümmern. Denn landen Männer wie Arthur Weniger am Ende nicht doch immer sicher im Bett?

Als er die Grenze von Carolina zu Virginia passiert – seltsam, wie stark er das spürt –, verwandelt sich die Landschaft in alte, vertraute Formen, als wäre der Fluch eines Königreichs aufgehoben: Die zerklüftete Baumlinie zerfällt in Hornstrauch, Tulpen und roten Ahorn, die Insekten (Raststättenärgernisse seit Palm Springs) verwandeln sich von an den Urinalen entlangkriechenden Aliens zu harmlosen, langbeinigen Schneidern, das Gras des Highways nimmt ein gewöhnliches Grün an, der Himmel ein prosaisches Grau. Sogar die Luft verliert ihren Duft, die exotischen Partikel dieser langen Wochen verschwinden und lassen den bloßen Asphalt und verbrannte Blätter zurück, und jetzt, da er über die Brücke fährt, kehrt der vertraute Geruch von Schlamm und nassem Stein zurück: der Potomac River. Ein Bann wurde gebrochen, und die Welt um Arthur Weniger verliert etwas von ihrem Schrecken und Zauber und wird wieder zur schlichten Alltäglichkeit – das vertraute Gefühl, nach Hause zu kommen.

Er fährt durch die mit Gaslaternen beleuchtete Kolonialstadt Alexandria, wo auf der einen Seite des Highways weißen Gästen die Mahlzeiten von George Washington serviert werden (Hammelfleisch und Süßkartoffeln), während auf der anderen Seite Schwarze Familien auf den Stufen von Reihenhäusern sitzen, sich unterhalten und Blechkuchen mit rosafarbener Glasur teilen. Etwas weiter nördlich, im unauffälligen Rockville, liegen die Gräber von F. Scott und Zelda Fitzgerald auf ewig neben einem Einkaufszentrum. Weniger überquert den Pontomac, und da ist es: Washington D. C., die strenge, graue Stadt des Rechts! Wie gut er diesen Weg kennt und wie leicht sich der Taster nach ein paar Kratzern in die Vinylrille der Erinnerung schmiegt.

Wenn Sie aus dem Fenster auf der rechten Seite blicken, liebe Fahrgäste, sehen Sie ebenjenen Ort, an dem Arthur Weniger im Teenageralter drei miserable Sommer lang gekellnert hat: Thee Wayside Inn, das angeblich 1784 gegründet und angeblich vom damaligen Präsidenten George Washington besucht wurde. Weniger war gezwungen, in den kerzenbeleuchteten Räumen Kniebundhosen und Dreispitz zu tragen, die Gäste mit einem »What cheer?« zu begrüßen und die Anrede »Goodman« und »Goodwife« zu verwenden. Während er zwischen den Tischen hin- und herlief, nutzten sich seine Schnallenschuhe ab und sein Vokabular entwickelte sich zur Mundart des achtzehnten Jahrhunderts zurück. »What cheer, Goody Weniger?«, sagte er zu seiner Schwester Rebecca, worauf diese mit einem »Fuck you« antwortete. Das Leiden unseres Helden hatte ein Ende, als er eines Tages bei der Arbeit erschien und eine Horde Feuerwehrleute einen Haufen nasses schwarzes Holz untersuchten, wo einst das Thee Wayside Inn gestanden hatte. Diese modernen Männer drehten sich zu Weniger in seinen Kniebundhosen und seinem Dreispitz um und sahen dort vielleicht einen jugendlichen Rip Van Winkle vor sich stehen.

Zu diesem Zeitpunkt hatte seine Demütigung allerdings

schon seine Apotheose erreicht. Man stelle sich einen besonders nervenaufreibenden Abend vor, an dem der Quarterback der DelMarVa High dort seinen Geburtstag feierte. Jener Quarterback, der jeden Morgen beim täglichen Treueschwur im Klassenzimmer mit seinen Freunden den schlaksigen Weniger hämisch angrinste, während sie schworen: »Ich schwöre Treue auf den *Homo* der Vereinigten Staaten von Amerika …« Und der an jenem Abend mit grausamem Vergnügen dabei zusah, wie Weniger ihm in Strümpfen, Kniebundhosen und Dreispitz den flambierten Pudding servieren und dabei »Hurra! Hurra! Hurra!« skandieren musste.

Die Hitze des flambierten Puddings, des brennenden Restaurants und der jugendlichen Scham beginnt sich abzukühlen, als Weniger auf der großen Bay Bridge über den Chesapeake fährt. Das Sonnenlicht glitzert auf dem dunklen Wasser, als würde es in den Atlantik eingesogen werden. Segelboote befinden sich auf See, und irgendwo da unten ist ein Ort, zu dem sie ihre Mutter früher mitgenommen hatte, ein Laden am Wasser, in der Fleischerpapier über den Tisch geworfen, ein Eimer mit blauen Krabben hereingetragen und dem heranwachsenden Arthur Weniger ein Hammer in die Hand gedrückt wurde, um dem Ruf seines Herzens zu folgen. Er fährt vorbei an den Sumpfgebieten von Ost-Maryland und an kilometerlangem, buschigem Winter-Ackerland und an einer Straßenbaustelle mit einer schwangeren Frau mit langen, gelben Haaren, einem orangefarbenen Baustellenhut und einem STOPP-Schild, die Arthur Weniger volle zehn Minuten lang an Ort und Stelle festhält, wobei sie ihn nicht aus den Augen lässt, bis sie das Schild umdreht, das ihm anzeigt, LANGSAM zu fahren – wofür er ihr dankbar zuwinkt. Kurz stellt er sich ihr Leben vor.

Doch das Nachdenken darüber wird durch kilometerweites Ackerland verdrängt, bis er die Mason-Dixon-Linie überquert.

Und schon ist er in Delaware.

Überquert man den südlichsten Teil des Bundesstaates, kommt man – selbstverständlich – am Atlantik an, und die Stadt, die man erreicht, heißt Rehoboth. Mit ihren Salzwasser-Toffees und Karamellbonbons, ihrem kleinen Rummelplatz und Autoscootern und Zuckerwatte, den Stränden, die von den Gezeiten gereinigt und dann wieder verschmutzt und zweimal am Tag mit Algen bedeckt werden, ähnelt sie den vielen anderen Badeorten. Es gibt Hunderte davon. Der einzige Unterschied ist, dass dieser hier queer ist. Das war nicht immer so: Ursprünglich war er als christlicher Ferienort am Meer geplant. Doch es kam anders. Wer weiß schon, warum? Wer weiß schon, warum die Dinge in den USA vor sich gehen, wie sie es tun?

Wie viele Strandhäuser steht auch dieses auf Stelzen. Weniger geht die Stufen hinauf und klopft an die Tür. Sie öffnet sich, und eine Frau mit Haaren wie eine tiefhängende, silberne Wolke, dünnen Lippen, einer spitzen Nase und einem länglichen Kinn, das an die Wikinger auf dem Wandteppich von Bayeux erinnert, kommt zum Vorschein.

»What cheer, Goodman Weniger?«, fragt seine Schwester. »Du hast dir ja einen Schnäuzer stehen lassen!«

⁂

»Und, wie war er so?«

Sie sind in der Küche des kleinen Hauses, dessen Holzvertäfelung mit Fischernetzen und Seesternen verkleidet ist und auf dessen dem Ozean gegenüberliegender Seite die Wände komplett verglast sind, als würde sich ein alter Mann alle Vergnügen versagen außer diesem einen. Weniger sitzt in einem geborgten College-Pullover auf einem Barhocker; Rebecca hackt Zwiebeln. Der Atlantik ihrer Kindheit flirrt durch die Herbstluft.

»Harmlos«, antwortet Weniger.

Sie lächelt, das Dewey Bier an den Lippen. »Siehst du?« Rebecca trägt einen Jumpsuit, aber dem aus ihrer österlichen Erinnerung nicht sonderlich ähnlich. Dieser hier ist schwarz mit weißen Streifen an der Seite. Sie trage ihn beinahe täglich, hat sie Weniger erzählt. Das Leben ist einfacher geworden.

»Zumindest fast«, warnt er sie. »Rosarot, kahl, alt.«

»Bist du nicht froh, dass du da warst?«

»Er meinte, er vergibt mit. *Er* vergibt *mir*!« Er erschaudert vor dieser Unverfrorenheit.

Rebecca wirft die Zwiebeln in die Pfanne. »So was sagen sterbende Menschen eben, Archie. Sie sagen dir, dass sie dich lieben und dass sie dir vergeben. Ich glaube mittlerweile, das steht so im Skript, das sie dir im Krankenhaus austeilen.«

»Den Teil mit der Liebe muss ich wohl überhört haben. Und er war böse wegen etwas, das ich geschrieben habe. Es war wirklich seltsam. Dann hat er mich zu sich eingeladen ... also, nicht zu *sich*, in *sein* Haus –«

»*Nutrition Play.*«

»Bitte was?«

»Er ist sauer, weil er in *Nutrition Play* vorkommt.«

»Der Vater ist fiktional, ein Kompositum, ein zusammengesetzter Charakter, das versteht nur niemand ...« Weniger seufzt.

Rebecca sagt nichts dazu. Weniger schaut hinaus auf das Meer und das Durcheinander an Algen und Müll, das von der Flut an die Küste gespült wird.

»Er kam und war charmant und ... es ist nicht mal sein eigenes Haus. Er lebt auf Kosten irgendeiner reichen Frau namens Wanda. Wie immer also. Und ich ...«, beginnt er und schließt seine Augen vor Scham. »Und ich war der dummen Überzeugung, dass er mir diese Reise finanziell ermöglicht hat.«

»Ach, Archie.«

»Es ist nicht seine Schuld«, erzählt Weniger seiner Schwester und stellt sein Dewey Lager ab (Aufflackern einer davontreibenden Erinnerung). »Ich hatte es mir in den Kopf gesetzt, dass er es war, der mich dorthin gebracht hat. Dass er reich geworden wäre und mit diesem Geld jetzt um sich schmeißen würde ... Selbstverständlich hat er genau das nicht getan. Er hat es bloß in der Zeitung gelesen. Nein, eigentlich hat Wanda es in der Zeitung gelesen. Er hängt sich an irgendeine Frau, um ein abgesichertes Leben zu führen, und erzählt Lügen und kommt damit durch und ...« Er verliert sich, schweift ab und starrt auf etwas über dem Wasser.

»Archie?«

»Ich habe diesen ganzen Weg auf mich genommen, weil ich meinem Vater etwas sagen wollte, und habe dann begriffen, dass nicht er es ist, dem ich das erzählen muss.«

Rebecca schweigt.

»Es ist ganz einfach. Bloß: ›Ich will nicht so sein wie du.‹«

»Ach, Archie.«

»Ich bin es aber.«

»Nein, bist du nicht.«

»Die Arroganz. Das Robert-hafte. Vielleicht ist es das Einzige, das ich kenne. Zumindest ist es das, was Freddy denkt.«

»Das ist doch Quatsch, Archie. Das ist Unsinn.«

Ein Nachtvogel singt: *Ki-ki-koo. Ki-ki-koo.*

Weniger reibt sich die Augen, kichert und fragt. »Was ist mit dir? Klingelst du noch immer nach der Magd?«

Ein Lächeln. »Ach, ich bin so froh, dass du fragst. Ich habe sie gefeuert.«

»Es ist so schwer, gutes Personal zu bekommen.«

»Stattdessen habe ich jetzt so eine Art ... Schauer. Immer noch sehr damenhaft. Als wäre ich eine gutbetuchte Witwe und du würdest mir vorschlagen, den Bus zu nehmen. Dann fange ich an ...« Rebecca schließt die Augen, hebt die Hände und erschauert angewidert. »Eine Hommage an Maggie Smith.«

»Heißt das, deine Angststörung ist besser geworden?«

»Meine Ärztin kann es nicht genau sagen. Niemand weiß es. Ich bin ein medizinisches Wunder. Ich glaube, meine Ängste sind jetzt mittleren Alters und werden mit mir zusammen älter.«

»Solange du dabei damenhaft bleibst.«

Eine Geste der Ungeduld. »Ach ja! Ich denke einfach, so bin ich jetzt eben. Deine Freundin Zohra meint, das sei der Preis dafür, dass ich in einem puritanischen Land geschieden und glücklich bin. In einer 1980er-Comedy-Version meines Lebens würde Steve Martin den Pilger spielen, der, ähm, von einer Hexe verflucht wurde oder so, und er reist durch die Zeit und landet ganz, ganz klein geschrumpft in meinem Schädel. Und die Hexe wird gespielt von Lily Tomlin und sie ist unsterblich und leitet jetzt die Ölfirma, für die ich arbeite, oder so was in der Art.«

Weniger zieht die Augenbrauen hoch. »Klingt, als wärst du da an etwas ganz Heißem dran.«

»Sozusagen!« Sie hebt wieder ihre Hände und erschauert, und sie beide lachen über diese schauerliche Sache, die ihr da passiert. »Ach! Ich habe deine Post.« Er erinnert sich, dass er seine Post hierher hat schicken lassen, und findet neben einem Haufen Rechnungen ein altmodisches Telegramm mit einer simplen Mitteilung: *Lieber Prudent: Hab Dank für die rasche Rückgabe meiner liebsten Dolly. Ich hoffe, du findest, wonach du suchst. Parley.*

»Was ist das?«, fragt Rebecca.

Er fängt an, von einem Mops und einer Pfeife und einem Camper zu erzählen –

»Nein, in deiner Hand, Archie.« Sie deutet auf seine rechte Hand, in der er einen Stift hält, den er – vielleicht aus einer fast reflexhaften Reaktion auf die Gegenwart von Rechnungen – aus der Brusttasche seines Sakkos genommen hat. »Ist das der von Mom?«

»Ja.«

Sie runzelt die Stirn. »Warte mal, hast du den nach der Beerdigung gestohlen?«

»Du wirst dich nicht mehr daran erinnern, aber wir haben darüber gesprochen«, erklärt er ihr ruhig. »Er steckte fest. Also die Kappe steckte fest, vielleicht war die Tinte ausgelaufen und ist dann getrocknet, ich weiß es nicht. Du meintest, ich solle ihn einfach nehmen.«

»Das klingt nicht nach mir.«

»Nun«, sagt er, »ich habe ihn mitgenommen. Und die

Kappe klemmte tatsächlich. Keiner meiner Freunde hat sie abbekommen, niemand, es wurde bei mir zu Hause zum Running Gag. Robert meinte, wer auch immer es schafft, sei ›rechtmäßig geborener König von England!‹ Wenn ich das noch richtig im Kopf habe.« Weniger lacht.

Rebecca fragt, wer es geschafft habe.

Weniger beschreibt, wie er eines Morgens beim Telefonieren nach einem Stift fragte und ihm der seiner Mutter gereicht wurde, von dem auf wundersame Weise die Kappe entfernt worden war. Einfach so, der Stift seiner Mutter. Als ob nichts wäre. »Ausgerechnet Freddy.«

Es stimmt, ich war's.

»Das Schwert im Stein«, sagt sie einfach so.

Pause. »Ja, ich glaube schon«, sagt er. »Das Schwert im Stein. Was gibt es zum Abendessen?«

⁂

Es gibt natürlich Crab Cakes. Echte Delaware'sche Crab Cakes mit Mangosalat und Curry-Dressing. Ein Gericht ihrer Mutter, das sie immer dann zubereitet hat, wenn sie sich den Luxus von Krabbenfleisch gönnte – zum Geburtstag oder wenn die Kinder zu Besuch kamen –, und dem jedes Mal, auch jetzt, mit feierlicher Ehrfurcht gedacht wird. Auch wenn sie am Meer aufgewachsen sind, haben sie kaum davon gegessen; ihre Mutter wuchs in Georgia auf, und arm dazu. Einen ganzen Fisch, Venus- oder Miesmuscheln zu kochen schien ihr genauso bizarr wie ihren Eltern Sushi. Abenteuer sind eben nicht für jeden etwas. Nach dem

Abendessen tun sie etwas, das ihre Mutter auch nie gemacht hätte: an einem Herbstabend den Strand entlangspazieren.

Weniger trägt seinen Poncho. Rebecca hat eine Decke um sich gewickelt und die kleinen Fläschchen aus ihrer Minibar mitgebracht. Sie entschuldigt sich, dass sie nicht bei seiner Veranstaltung am nächsten Morgen dabei sein kann. »Ich habe schon eines der Plakate gesehen und …« Sie lacht.

»Oh nein.«

»Es ist nicht dein Foto, Archie!«

»Das passiert ständig!«

Sie lachen und laufen, bis ihnen der Weg von Felsen versperrt wird, dann kehren sie um. Jetzt haben sie Sicht auf die Strandhäuser, die meisten leerstehend und gegen den Wind abgeschottet, aber ein paar sind erleuchtet, obwohl Nebensaison ist. Aus einem kommen Partygeräusche, Rebecca sagt, das seien ihre lesbischen Freundinnen. Sie könnten hineingehen, wenn er feiern wolle, aber Weniger ist dagegen. Er sagt, er brauche am Morgen einen klaren Kopf für die Lesereise – noch eine Etappe und er hat seine Schulden beglichen! Seine Vortragsreise. Man meint die Gravitas förmlich in seiner Stimme zu hören. Aber Rebecca fragt nicht weiter nach.

»Wie läuft es mit Freddy?«

Weniger nimmt einen tiefen Atemzug und schließt seine Augen. »Bee, er ist auf eine Insel vor der Küste Maines geflohen. Für irgendein Projekt, von dem ich nichts weiß. Er meinte, etwas müsse sich bei uns ändern.«

»Bei uns?«

»Zwischen uns.« *Romeo und Julia und Robert.* »Aber er hat mir nicht gesagt, was genau.«

»Der gleiche Typ, der einmal um die Welt –«

»Ja. Und er geht nicht an sein Telefon.«

»Liebst du ihn noch?«

»Klar tue ich das, Bee! Aber er hat sich verändert.«

»Hast du dich auch verändert, Archie?«, fragt sie.

»Ich möchte mich nicht verändern, Bee! Ich bin in meinen Fünfzigern«, sagt er entschlossen. »Ich habe mich genug verändert.«

Der Mond ist noch nicht aufgegangen, aber die Sterne sind schon zu sehen, und die Welt, die diesen Delawariern vermutlich gewöhnlich oder sogar hässlich vorkommt – die Berge an Seetang und Meeresmüll, der harte, steinige Sand, die Felsen, von denen der Vogelkot wie Kerzenwachs herunterläuft, der Geruch nach Verfaultem und Leben, die brechenden Wellen, die wie Applaus klingen, und überall, überall, versteckt oder kriecht oder schwimmt unaufhaltsam das Leben – diese Welt ist für alle anderen (also mich) außergewöhnlich, aberprächtig, ausgefallen, andersartig. Irgendwo im Wasser lauern lauschend Fische, angeordnet wie magische Dolche im Dunkeln.

»Zohra und ich haben nach der Scheidung viel Zeit miteinander verbracht«, sagt seine Schwester und holt ihr Handy hervor. »Sie hat etwas Ähnliches durchgemacht, weißt du. Ich lese dir mal vor, was sie mir geschickt hat. Ich habe es gleich hier. Ich habe so etwas in der Art gesagt wie du gerade, dass ich nicht möchte, dass sich alles verändert, dass ich nur diese *eine Sache* ändern wollte. Meine Ehe. Zohra meinte« – und Rebecca räuspert sich, bevor sie den britischen Akzent von Zorah nachahmt – »›Scheiß drauf. Das bekommst du aber nicht, Rebecca. Du dekorierst hier nicht gerade dein Haus neu, das Haus steht verdammt nochmal in Flammen. Und du packst zusammen, was du retten willst. Du musst den ganzen Scheiß hinter dir lassen. So ein Leiden und solche Schmerzen und so einen Liebeskummer – das erlebst du nur einmal im Leben. Und das ist vielleicht deine einzige Chance zu entscheiden, was du wirklich willst. Also weg mit diesem *Ich-will-mich-nicht-verändern-Scheiß*. Zur Hölle damit – du hast dich verändert. Das ist längst passiert. Na und? Alles verändert sich und dieses eine verdammte Mal liegt die Verantwortung in deiner Hand, mein Gott, also entscheide dich! Triff falsche Entscheidungen, großartig! Das ist großartig! Aber triff sie.‹«

Rebecca schaut mit einem Lächeln von ihrem Handy auf. Als sie lacht, brechen die Wellen in tosenden Applaus aus.

Aus dem Haus der lesbischen Freundinnen sind Geräusche zu hören, und Rebecca schaut sich um. Menschen sind auf den Veranden und Balkonen entlang der Küste versammelt. Seine Schwester gibt einen johlenden Schrei von sich und zieht dann die kleinen Fläschchen aus ihrer Tasche. Arthur fragt, was los sei; vielleicht ist die Polizei schon unterwegs, wie schon vor Jahrzehnten, als sich die minderjährigen Wenigers hier an der Küste herumtrieben. Aber seine Schwester hält nur kurz inne, um ihn anzusehen und zu lachen.

»Archie!«, sagt sie mit Entzücken. »Es ist Super-Bibermond!«

Hier, heute Abend, sieht er den ganzen Strand entlang US-Amerikaner. Auf ihren Veranden und auf Plastikstühlen am Strand, in Decken oder Überwürfe gewickelt, schauen sie zum Mond hinauf. Im Schoß haben sie Biere und Knabbereien, die sie im Straßenlicht oder in einem Fall sogar im Licht einer Flurlampe essen, die extra zu diesem Zweck in den Garten geschleppt wurde. Von mehr als ein paar Veranden und in mehr als ein paar Gärten flattern US-Flaggen in der kühlen Brise. Der Mond geht auf, groß und hell, neben den Sternen, die den Himmel bedecken wie Dollarscheine. Eine Konstellation haben wir schon gesehen: *Das Frage-Zeichen*. Und wie lautet die Frage? Ist es vielleicht jene, die ihm Vit damals in San Francisco gestellt hat: Was ist, wenn die ganze Idee dieses Landes falsch ist? Es kommt Arthur Weniger so vor, als würden die Amerikaner, die im ganzen Land gerade von ihren Veranden aus mit ihren wehenden Fahnen in den Himmel hinaufschauen, *Die Antwort* erwarten.

So wie vielleicht auch ich.

Amerika, wie steht es um deine Ehe? Dein zweihundertfünfzig Jahre altes Versprechen, zusammenzubleiben, in Krankheit und Gesundheit? Erst dreizehn Staaten, dann mehr und mehr, bis das Gelübde fünfzig Mal beteuert worden war. Es ging, wie bei so vielen Ehen, ich weiß, nicht um Liebe. Ich weiß, es hatte steuerliche Gründe, doch schon bald waren alle finanziell so verwickelt, dass ihr nicht nur Schulden, sondern auch Grundstückskäufe und grandiose Zukunftsvisionen miteinander teiltet, und doch standet ihr im Grunde genommen von Anfang an im Wesentlichen im Widerspruch zueinander. Uralter Zwist. Die Trennung, die ihr hattet, tut noch immer weh, nicht wahr? Wer hat am Ende wen betrogen? Ich habe gehört, ihr habt versucht, trocken zu werden. Das war nicht von Dauer, oder? Wie läuft es so, Amerika? Träumt ihr manchmal davon, endlich wieder jeder für sich und unabhängig zu sein? Niemals wieder in den Familienstreit eines anderen involviert sein zu müssen? Niemals wieder auch nur einen Cent zu teilen? Sich niemals wieder mit dem Waffen-Hobby der anderen herumschlagen oder der Autobesessenheit oder dem Ernährungswahn? Sagt es mir ehrlich, denn ich habe viel über die Ehe nachgedacht und frage mich: Wenn es für euch nicht funktioniert, kann es dann für irgendwen funktionieren?

»Hurra!«, schreit Bee neben Archie und reckt ihr Rumfläschchen in die Höhe. »Hurra!«

»Mache dich auf, werde licht; denn dein Licht kommt« (Jesaja 60:1).

Während seine Schwester noch schläft, erwacht Arthur Weniger, duscht und zieht den Anzug seines Vaters aus dem Kleidersack. Ein Hauch von Naphthalin steigt ihm in die Nase und bringt Weniger zurück in das Haus seiner Großmutter, an irgendeinem beliebigen Feiertag, und dieser Anzug schimmert neben einem Weihnachtsbaum oder vielleicht schimmert er auch am Abend der Schulaufführung, als sein Vater sich zu ihm herunterbeugte und ihm sagte, er komme später dazu. Thomas hat den kleinen Archie Weniger gespielt, und Weniger selbst wird jetzt die Rolle des Vaters zuteil. Aber er hat keine Wahl – er wirft sein einziges gutes Hemd über, schlüpft in den Anzug, und findet, dass er nahezu perfekt sitzt; um die Taille ist er etwas eng, die Ärmel etwas zu kurz (vielleicht ist die Schnürung mangelhaft?). Weniger steht vor dem Badezimmerspiegel seiner Schwester und sieht in einer stereoskopischen Aufnahme: sich selbst heute und seinen Vater vor fünfzig Jahren.

Der Anzug ist so strahlend blau wie nur irgend möglich.

Er packt seine wenigen Sachen zusammen, hinterlässt eine Nachricht an seine Schwester *(Good morn, Goody Weniger!)*, und geht hinaus, um Rosina in Gang zu setzen. Das Licht, das sich am frühen Morgen am Strand zeigt, erinnert ihn an die Sommer, die er hier in einem angemieteten Ferienhaus verbracht hat, an die Unmengen an Pfeilschwanzkrebsen auf einem Haufen, die Sonnenbrände, der mit Algen und anderen Schätzen übersäte, äußerste Rand des Strandes, die Unmengen an Flip-Flops auf einem Haufen, seinen ganz eigenen Einsiedlerkrebs und Geschichten einer nahe gelegenen Insel, auf der wilde Ponys herumlaufen. Er ist zurück auf den Landstraßen von Delaware, die am schönsten im Schnee aussehen (es hat nicht geschneit), auf dem Weg zu seiner Veranstaltung in Dover, als Rosina endgültig den Geist aufgibt.

Und so geschieht es: Weniger steckt auf der Straße hinter einem kleinen, roten Auto fest, auf dessen Dach ein Schild mit der Aufschrift FAHRSCHULE die sich darin befindlichen Insassen ankündigt. Auf dieser ganz gewöhnlichen Straße mit den aufgereihten, stählernen Briefkästen, die wie gefiederte Mützen auf ihren Pfosten stehen, fährt dieses Auto so, so, so langsam. Und so, so, so langsam und nahezu nicht wahrnehmbar fährt es im Zickzack-Kurs über die Spur. Weniger weiß, dass er nicht wirklich hinter dem Auto feststeckt: es ist die Person am Steuer, die *vor* ihm eingeklemmt ist und verängstigt auf den riesigen, alten Van schaut, der im Rückspiegel zittert, und die gleichzeitig *im* Körper eines Teenagers aus Delaware gefangen ist, ein Gefühl, das Arthur Weniger nur allzu gut kennt. Ignoriert er deswegen das blinkende Licht auf seinem eigenen Armaturenbrett?

Um den Druck für die Person im Fahrschulauto rauszunehmen, fährt Weniger einen Umweg; immerhin kennt er die Gegend. Sein Umweg führt ihn, nicht ohne ein wenig Genugtuung, in sein altes Jagdrevier. Kein Gebäude mehr als einstöckig, keine Kirche, keine Post, kein Friseursalon. Und dann, als er um die Ecke biegt, sieht er: den schlafenden Hornstrauch am Bordstein, eine Reihe von Sträuchern in der Einfahrt, und dort, wo ihn die Reeds vor vierzig Jahren festhielten, steht Saint Joseph und reckt seine Hände in den Himmel von Delaware.

Sie waren alle schon immer hier, und es war Arthur Weniger, der ihnen den Rücken zugekehrt hat. Das Königreich seiner Kindheit, das er für das College und Großstädte verließ und dem er nach dem Tod seiner Mutter für immer abschwor, alles weggab oder verkaufte, so dass er später gezwungen war, all das akribisch mit Worten zu rekonstruieren. Gibt es einen Begriff, frage ich mich, für einen staatenlosen Einwohner, geboren in einem Land, das vor langer Zeit verschwunden ist, und der nun ohne Ausweis oder Portfolio lebt?

*Pasticcio? Walloon?*

Der meistgenutzte Straßenname Amerikas ist *Second Street* (*First* wurde meist durch *Main* ersetzt), und es ist auf besagter Second Street, Ecke Elm Street (keine Ulme in Sicht), als Rosina ihre letzte Kurve fährt. Das Armaturenbrett leuchtet auf, der Motor gibt ein verräterisches Todesröcheln, ein Rucken und Rütteln geht durch ihr ganzes System von der Nasenspitze bis zum Heck, und sie stößt, als Zeichen ihrer Erschöpfung, eine Schwade weißen Rauchs aus dem Auspuff, wie der Vatikan bei der erfolgreichen Suche nach einem neuen Papst. Von diesem Moment an schweigt sie für immer. Sie rollt dennoch weiter, während Weniger panisch auf die Pedale tritt, den Schlüssel umdreht und versucht, Verbündete zu finden (ebenfalls keine Dolly in Sicht), bis Rosina schließlich ausrollt und zum Stehen kommt. Ihr letzter Atemzug hängt noch in der Luft, weit ausgebreitet wie ein Erzengel. Vor ihnen, ein Schild:

DELMARVA HIGH SCHOOL
LOS, PFEILSCHWANZKREBSE!

*Ich schwöre Treue auf den Homo* ... Von allen Orten auf dieser Welt, an denen man hätte anhalten können.

Doch der Erzengel hat einen Retter geschickt:

»Hey, bist du der alte Archie Weniger?«

Ein kleines, rotes Auto hat neben Rosina angehalten. Das weiße Gesicht eines weißen Mannes grinst ihm vom Beifahrersitz entgegen und winkt unserem Helden zu. Neben ihm sitzt eine rothaarige Teenagerin, die unübersehbar schwanger ist. Der Mann mit seinem buschigen, grauen Haar und seinem Schnäuzer kommt Arthur Weniger nicht bekannt vor, und doch ist da etwas Vertrautes in seinem Lächeln ...

Das Schild über dem Fahrzeug der Retter?

FAHRSCHULE.

Lassen Sie uns das Glück von Arthur Weniger genießen, denn es wird nicht lang anhalten: Der Lehrer der Fahrschülerin ist niemand Geringeres als Andrew Pollack, der Quarterback, der sich vor vielen, vielen Jahren über Weniger lustig gemacht hat und scheinbar keine Erinnerung daran hat. »Bist du für länger wieder zu Hause, Archie?«, fragt er, und es kostet Weniger einige Mühe, den athletischen Football-Spieler wiederzufinden und ihn durch ein Wurmloch seiner Erinnerung zu diesem Moment und mit diesem zotteligen Mann in Verbindung zu bringen, der sich aus dem Fenster des Fahrschulautos lehnt. Allem Anschein nach unterrichtet er an der DelMarVa High Geschichte und Fahrtheorie und -praxis. In einer beeindruckenden Kurzfassung erklärt Weniger sein bisheriges Leben bis hin zur bevorstehenden Literaturveranstaltung, der er nun auf keinen Fall mehr schafft beizuwohnen. Eine Pause, der Herbstwind schlägt gekünstelt gegen die Highschool-Flagge. »Na, dann spring rein!«, sagt Andrew und Weniger setzt sich auf den Rücksitz und wird von einer verängstigten Teenagerin den ganzen Weg nach Dover gefahren, während er sich Andrews ungekürzte (und mehrheitlich ereignislose) Lebensgeschichte anhören muss. Weniger kommt zu dem Schluss, dass das Leben für manche sehr viel geordneter verläuft, so frei von Vorfällen wie vielleicht von Poesie; eine unauffälligere Art des Glücks, als Weniger je widerfahren könnte. Wie Cookie, die Großmutter von Thomas, sagen würde: Wir erleben die Welt alle unterschiedlich. Andrew winkt zum Abschied und lässt Weniger an der Tür der United Baptist Church zurück (»Ruf mich doch mal an, Archie! Es war schön, dich zu sehen!«)

»Hallo, mein Herr«, sagt die Frau zwischen den Eingangssäulen, ein Bündel Broschüren in der Hand. Sie hat Sommersprossen und trägt einen scharlachroten Rock und Blazer und eine Brille. Ihre schulterlangen Haare und der Hut mit der breiten Krempe geben ihr das pastorale Aussehen einer Quäkerin. Das Lächeln dieser Schwarzen Frau wirkt auf Arthur Weniger irgendwie reumütig. »Ich bin Diakonin Perkins, wie kann ich Ihnen helfen?«

»Es tut mir leid, dass ich so spät dran bin!«, sagt Weniger ziemlich außer Atem, während er sein einziges sauberes Hemd nicht unwesentlich durchzuschwitzen beginnt. Er nimmt einen tiefen Atemzug und erklärt: »Mein Van hat den Geist aufgegeben, ich musste noch Ersatz finden!«

Das Gesicht von Diakonin Perkins zeigt aufrichtige Sorge. »Oh, was für ein Jammer!«

Sie hat die richtigen Worte gefunden: *Jammer* (obwohl der Jammer des heutigen Tages ganz woanders liegt). Weniger knöpft den zweiten Knopf seines Hemdes zu, verzieht sein Gesicht zu einem Lächeln, wie er es im Süden gelernt hat, und sagt zu Diakonin Perkins: »Nun, Ma'am, sehe ich so weit in Ordnung aus? Ich hoffe, ich bin nicht zu spät.«

Mit der einen Hand rückt sie ihren Hut zurecht und sagt: »Ich fürchte schon. Die Veranstaltung ist gerade zu Ende. Aber Sie sehen zauberhaft aus, mein Herr.«

»Wie meinen Sie das?«

»Sie können sich Ihr Buch signieren lassen, wenn Sie möchten.« Diakonin Perkins reicht ihm eine Broschüre, die er nimmt, aber nicht liest. »Sind Sie ein Fan von Mr. Weniger?«

»Wie bitte?«

»Arthur Weniger, mein Herr«, erklärt sie ihm mit einem sympathischen Lächeln. »Er ist gerade zum Ende gekommen.«

So wie zwei Flüsse auf einem Campingplatz miteinander kollidieren, bevor sie eins werden, prallen nun zwei Realitäten aufeinander.

Wie eine Schildkröte reckt er seinen Kopf hervor, zwischen seinen Augenbrauen liegt die Haut in Falten.

*»Aber ich bin Arthur Weniger.«*

Die beiden schauen einander an, als seien sie verrückt geworden.

Diakonin Perkins steht wie vorübergehend betäubt da, unfähig, etwas zu tun. Also sucht unser Held anderswo nach Antworten und geht einfach durch die offen stehende Tür in die Kirche hinein, dessen große Fenster, horizontal geteilt in bernsteinfarbene Glasscheiben, den Raum in topasfarbenes Licht einhüllen (so wie man eine Kuchenform mit Butter bestreicht) und eine Reihe von Menschen in herbstlichem Licht erkennen lässt, die geduldig vor einem Tisch warten, hinter dem Arthur Weniger sowohl einen vertraut aussehenden Mann sieht, der Bücher signiert, als auch, was viel wichtiger ist (und endlich liest Weniger die Broschüre), seinen eigenen Anteil an diesem Irrsinn erkennt. Der Titel:

EIN SONNTAG MIT ARTHUR WENIGER

Wie erstarrt steht unser Held vor dem Kirchenschiff, eingetaucht in goldenes Licht, und stößt eine Reihe Seufzer aus.

Ohhh!

*Er war etwas durcheinander, aber ich habe das geklärt.*

*Nicht unbedingt das, was ich erwartet habe.*

Ohhh!

*Als ich Ihr Gesicht gesehen habe, da wusste ich einfach, das ist der Richtige.*

*Sicher, dass das der Autor war?*

*Es ist nicht dein Foto, Archie!*

Ohhh!

Die großen Schleusen der Wunderwelt öffnen sich. Die vielen seltsamen Begebenheiten seiner Reise – die vielen Abenteuer, die er kein Recht hatte zu erleben, diese ungewöhnlichen Dinge, diese Ehrungen und Entsetzlichkeiten, diese Anerkennungen und Ängste, die unseren armen Mann vor Rätsel gestellt haben, bis er angesichts der Absurdität des Lebens und seines Glücks einfach mit den Schultern zuckte – lassen sich auf eine einfache Erklärung reduzieren: Es war alles für den Mann bestimmt, der ebenfalls seinen Namen trägt.

Den anderen Autor, den anderen Arthur Weniger.

Ohhh!

Er erinnert mich an einen Welpen, der sein eigenes Spiegelbild anbellt, bevor er mit einem Jaulen versteht, dass der Eindringling er selbst ist.

✣✣✣✣✣✣
✣✣✣✣✣✣

»Arthur Weniger, ich werd' verrückt!«

Unser Protagonist sitzt auf der Rückbank einer schwarzen Limousine auf dem Weg von Dover nach Wilmington, Delaware. Sonnenlicht durchflutet den Innenraum. Neben ihm auf der grauen Lederrückbank sitzt sein zeitweiliger Mitreisender: ein Mann etwa in seinem Alter, mit ansatzweise seiner Statur (kleiner, aber breiter) und mit beinahe seinem Haarausfall. Er trägt einen Schnäuzer, allerdings in der Farbe von Schneeleoparden und nicht im Weniger'schen Fuchsbraun, sowie einen Samtanzug in dunklem, nahezu Marian'schem Blau. Ab und zu blitzt das Sonnenlicht durch, doch *er* – Brille mit Drahtgestell, Ehering, Taucheruhr – lässt sich nicht blenden; er absorbiert im Stillen, wie der Samt, den er trägt. Er macht den Eindruck eines schüchternen Schuljungen, der die Antwort zwar kennt, doch keine Anstalten macht, sich zu melden. Er ist Schwarz und sein Name ist Arthur Weniger.

»Danke noch mal für's Mitnehmen«, sagt unser Protagonist.

Arthur Weniger weint fast vor Lachen und winkt ab. »Nein, wirklich, mir tut es leid. Tut mir leid, aber ich finde das so witzig! Es ist witzig, kommen Sie schon.« Er wirkt offenkundig amüsiert über diese Situation und hat angeboten, unseren Helden mitzunehmen und ihn zu der zusammengebrochenen Rosina zu fahren (obwohl nicht er fährt, sondern beide von der Balanquin Agentur eskortiert werden), um seine Sachen zu holen, und ihn dann an einem Bahnhof in Wilmington, Delaware, abzusetzen. Er schaut lächelnd zu unserem Protagonisten rüber. »Arthur Weniger, endlich treffen wir uns.«

»Endlich, ja.«

»Moment!« Das Gesicht des Schwarzen Mannes verzieht sich zu einer Miene spöttischer Entrüstung. »Sie haben für letzte Nacht mein Hotelzimmer storniert, nicht wahr?«

»Oh mein Gott, ja, das habe ich«, sagt der weiße Mann und verbirgt sein Gesicht in den Händen. »Es tut mir so leid.«

»Schämen Sie sich!« Albernes Gelächter: *HA-ha-ha.* »Einfach mein Hotelzimmer stornieren!«

»Es kam mir einfach nie in den Sinn, dass Balanquin –«

»Nun, offensichtlich stand Ihr Agent die ganze Zeit mit

den Leuten von Balanquin in Kontakt, während *ich* ebenfalls mit ihnen in Kontakt war –«

»Also habe ich Ihnen all diese Angebote weggenommen? Es tut mir so leid.« Unser Protagonist senkt die Hände. »Ich muss einfach fragen. Es ist mir so unangenehm …«

»Raus damit.«

»Hat Sie ein Ensemble aus den Südstaaten angefragt, um Ihre Arbeit auf die Bühne zu bringen?«

»In voller Länge?«

»Scheiße.«

»Sie riefen mich zurück und sagten mir ab. Sie hätten einen Fehler gemacht. Sagen Sie mir nicht … ach Quatsch!« *HA-ha-ha.*

Unser Protagonist lacht mit: *AH-ah-ah.*

Klirren und Rütteln signalisieren, dass sie über eine hohe Brücke mit Blick auf einen geraden, glänzenden Wasserweg fahren. Die Brille von Arthur Weniger fliegt auf die Sitzbank, und während er blindlings um seine Füße herumtappt, verschwindet das Bild, das sich unser Protagonist von ihm gemacht hat. Selbstverständlich, denkt er bei sich. Der Samt und die Stimme sind ebenso eine Verkleidung wie ein wolkengrauer Anzug. Tief im Inneren ist er ein unbeholfener Schriftsteller wie jeder andere auch. Ob er auch aus den Niederlanden ist?

In vertrautem Tonfall sagt Arthur Weniger: »Hey, es ist dafür zwar noch ein bisschen zu früh, aber das hier ist schon ein bedeutender Anlass, oder? Ich habe ein paar Fläschchen aus der Minibar mitgenommen –«

Unser Protagonist zückt Rebeccas Rum aus seiner Brusttasche.

»Arthur Weniger! Sieh mal einer an! Okay, geben Sie her,

wir machen daraus ein Spiel. Sie wählen einen geheimen Schnaps.« Arthur Weniger wirft alle Fläschchen in seine Anzugtasche und lässt unseren Protagonisten wählen. Nachdem er im Samt herumgewühlt hat, taucht unser Protagonist mit gewürztem Rum wieder auf. Arthur Weniger bekommt Southern Comfort. Unser Protagonist bemerkt erst jetzt den Ring am linken Ohr, den er vom Autorenfoto kennt.

»Verdammt«, sagt Arthur Weniger. »Ich hasse Southern Comfort! Naja, wir nehmen es, wie es kommt. Auf Arthur Weniger.«

»Und Arthur Weniger.«

Sie prosten einander zu und lachen – *AH-ah-ah; HA-ha-ha* –, als würden sie sich über ein großes, gemeinsames Glück freuen.

Die Schatten der Brückenpfeiler ziehen über den Fahrer und Arthur Weniger und Arthur Weniger hinweg. Unser Protagonist versucht ganz ruhig auf seinem Platz zu sitzen, aber während dieses Teils des Gesprächs lässt ihn jede Dehnungsfuge, über die das Auto fährt, wie auf einem Trampolin leicht aufhüpfen.

»Hey, einmal hätten wir uns fast getroffen!«, sagt Arthur Weniger. »Ich war auf der Durchreise in San Francisco, und Silvia Tsai veranstaltete eine Dinnerparty und meinte, Sie seien auch eingeladen. Sie dachte, wir sollten einander endlich mal kennenlernen! Aber Sie sind nicht gekommen.«

»Daran erinnere ich mich nicht.«

»Ich aber – Sie waren gerade dabei, um die Welt zu reisen!«

Unser Protagonist, überrascht von der Tragweite dieser Bemerkung, muss die Tränen wegblinzeln, von denen er nicht weiß, warum sie ihm kommen.

Er fragt: »Haben Sie je H. H. H. Mandern interviewt?«

»Ich wurde gefragt, aber ich muss gestehen, das ist nicht so mein Ding.«

»Nun, ich habe zugesagt.«

»Ach, echt? Ich wette, das war ein hartes Stück Arbeit.«

Das Theater im Südosten. Die Reise entlang der Ostküste. Diese verrückte Sancho-Panza-Tour durch den Südwesten. Alles von diesem Mann gestohlen?

Wir überqueren den Chesapeake- und Delaware-Kanal, 1788 in Auftrag gegeben von Benjamin Franklin. Weil er zwei Bundesstaaten miteinander verbindet – Maryland und Delaware –, besteht ein für Geschwister üblicher Zwist mit einer angemessen absurden Lösung, an der bis heute festgehalten wird. Auf der Seite von Chesapeake legt das Boot mit einem Kapitän aus Maryland ab und fährt bis zur Staatengrenze, wo im Fahren ein Kapitän aus Delaware übernimmt, den anderen ausbootet und das Schiff zum Delaware River führt. Eine umgekehrte Kaperung passiert von Osten nach Westen. Dabei sind die beiden Hälften des Kanals so identisch wie Zwillinge.

Mit einem Ruck erreichen sie die andere Seite.

Unser Protagonist sagt: »Ich glaube, ich habe etwas, das Ihnen gehört.« Aus der Innentasche des Anzuges seines Vaters zieht er ein verschlissenes Portemonnaie und aus ihm einen verschlissenen Umschlag. Er starrt einen Moment darauf und händigt ihn dann feierlich seinem verwirrten Schriftstellerkollegen aus. »Ist eine lange Geschichte«, sagt er, während Arthur Weniger ihn öffnet. »Aber in Savannah hat eine Stiftung dem Falschen einen Scheck gegeben.« Unser Protagonist kann sein Seufzen kaum unterdrücken, während er denkt: *Es tut mir leid, Freddy. Ich habe alles weggegeben.*

Arthur Weniger holt ein meeresgrünes Stück Papier hervor und liest laut: »Das Gantt Center.« Dann liest er den Betrag. »Heilige Scheiße!«

Unser Protagonist senkt demütig sein Haupt. »Mittlerweile bin ich mir sicher, dass sie es dem falschen Arthur Weniger gegeben haben.«

Arthur Weniger zeigt auf unseren Protagonisten: »Sie meinen, dem weißen Typen!«

Unser Protagonist schweigt, den Kopf noch immer gesenkt.

»Weil es eine Stiftung für Schwarze Kunst ist!«, erklärt er weiter und lacht dabei. »Für Schwarze Kunstschaffende!«

»Ist das so?«, fragt unser Protagonist.

»So ist es, Arthur«, sagt er und lacht dann wieder, während er den Scheck mit einem Schulterzucken einsteckt. »Was machen Sie jetzt?«

»Nun«, sagt unser Protagonist, »ich weiß, was ich nicht mache, Arthur. Ich löse keine Schecks ein, die für andere bestimmt sind.«

»Arthur Weniger«, sagt Arthur Weniger, plötzlich ganz lebhaft, »ich löse jeden Scheck ein, den ich kriege!«

Schilder tauchen auf, die den Weg zum Flughafen weisen, und die Landschaft nimmt die Fadheit des Funktionalen an – Mietwagen, Parkplätze, fadenscheinige Motels, Autoreparaturwerkstätten und ein neonbeleuchteter Sexshop. Wir könnten absolut überall in Amerika sein.

Der Gesichtsausdruck von Arthur Weniger ist mit einem Mal fragend. »Was machen wir jetzt mit unseren Namen? Die werden uns wohl auf ewig miteinander verwechseln.« Und alarmierender: »Was ist, wenn das *Nobelpreiskomitee* bekannt gibt, dass Arthur Weniger den Literaturnobelpreis bekommt?« Er lacht, doch unser Protagonist ist erstarrt.

»Arthur«, sagt er ernst. »Ich habe eine Frage.«

»Sollte ich mir vorher noch eine unserer geheimen Schnapsfläschchen nehmen?«

»Sie wurden nicht zufällig gefragt, in der Jury zu sitzen für« – und er erwähnt den Namen des Preises.

»Damit habe ich nichts zu tun«, sagt Arthur Weniger. »Für so etwas würde ich eh nicht in Frage kommen, ich bin ja nicht mal Amerikaner. Ich komme aus Kanada.«

Unser Protagonist schlägt vor, trotzdem noch einen Schnaps zu trinken, und das machen sie. Er holt den Stift seiner Mutter hervor. »Ob Sie wohl mein Buch signieren würden?«

»Wissen Sie«, sagt Arthur Weniger, als er mit dem Signieren fertig ist, »ich bin jetzt unterwegs, auf Lesereise durch das Land. Und danach kommt schon die nächste.«

»Besuchen Sie mich, wenn Sie an der Westküste sind.«

»Wir könnten zusammen eine Veranstaltung machen«, sagt Arthur Weniger. »Und alle umhauen!«

*AH-ah-ah; HA-ha-ha.*

(Braucht die Welt wirklich zwei dieser Geschöpfe?)

An der Bahnstation Wilmington trennen sich ihre Wege und zwischen ihnen kehrt wieder etwas Formelles ein. Schließlich ist es sehr wahrscheinlich, dass sie in den nächsten zwanzig Jahren noch einmal aufeinandertreffen werden, weswegen sie die höfliche Distanz von Nachbarn wahren müssen, deren gemeinsamer Baum seine Äpfel auf beiden Seiten des Zauns fallen lässt. Weniger nimmt seine Reisetasche und winkt; nur sein Spiegelbild antwortet ihm. Dann fährt die Limousine weiter Richtung Baltimore.

Die Widmung im Buch: *Von Arthur Weniger für Arthur Weniger: Möge jeden Tag Sonntag sein.*

Wenn diese Reise ein Motto hätte, wäre es »Falsch gedacht«.

Falsch in Bezug auf das Wetter. Falsch in Bezug auf die Reiseroute. Falsch in Bezug auf Schaltgetriebe, Boomerangs und Blaubeeren, Inlandseen und Wüstenstraßen und Canyons; falsch in Bezug auf *Lavvus*, Kneipen und Fährenfahrtzeiten. Falsch in Bezug auf Liebhaber. Väter. Berühmte Autoren und Theaterensembles und Preise. Falsch in Bezug auf *Walloons*.

Aber vor allem lag er in Bezug auf die Menschen falsch. Eigentlich kein Wunder, irren sich Romanautoren mit ihrer Vorliebe für Struktur und Sprache und Symmetrie in ihren Romanen doch häufig über die Menschen, die in der wirklichen Welt leben, so wie sich Architekten bezüglich Kirchen irren. Was in einem Roman als wahr und vertretbar gilt – dass die Kellnerin, die nur dazu da ist, den Protagonisten mit Suppe zu bekleckern, bloß eine Frisur und eine Hand braucht –, wäre in der wirklichen Welt ein unverzeihlicher, moralischer Fehler. Und auch wenn sich unser Autor mittleren Alters vermutlich eher die Rolle eines Rosencrantz oder Guildenstern zumessen würde, also niemals die eines Protagonisten, hat die Wahrheit der eigenen Existenz offenbar noch nicht wirklich seine Seele berührt: Im wahren Leben gibt es keine Protagonisten. Oder vielmehr ist der Umkehrschluss wahr: Es gibt nichts als Protagonisten. Protagonisten, soweit das Auge reicht.

Und da steht er nun, unser Arthur Weniger, an der Station Wilmington, Delaware, wo ihn die Limousine abgesetzt hat.

Sehen Sie ihn sich an: den Fahrplan studierend, gekleidet in seinen blauen Anzug, den stürmischen Gefühlen ausgesetzt, die ihn vom Herbsthimmel umwehen, hier an dieser Seite des gescheiterten Fort Christina, New Sweden, genau jener Ort, an dem Prudent DeWeniger zum ersten Mal amerikanischen Boden betrat, vielleicht sogar neben genau jenem Lavendelstrauch. Doch wohin kann sein mutmaßlicher Nachkomme von hier aus gehen? Gibt es auf diesem Fahrplan irgendeinen Zug in Richtung einer längst vergangenen Wallonie? Oder wo auch immer er sonst herkommen mag – mit Sicherheit ist Weniger genauso ein *Pasticcio* wie wir alle. Er schnäuzt sich die Nase mit einem Kleenex (sein Lieblingstaschentuch hat er vor einem Jahr weggegeben – zumindest fühlt es sich so an) und nimmt in aller Ruhe sein Telefon zur Hand.

»Freddy«, sagt er zu einer Tiefsee-Mailbox. »Freddy, ich weiß ja nicht einmal, wo du steckst.«

*HaaaaaAAAAAAAAR!* kreischt ein heranfahrender Zug. Das Geräusch verwandelt sich von weit entferntem Wimmern zu einem unmittelbar bevorstehenden Donner (seine Schwester konnte mit nichts als ihren Händen einen Zug auf genau diese Art imitieren, ganz unschuldig bewies sie damit, dass alles relativ ist – vielleicht werden wir allwissend geboren).

Weniger steht ganz still und ruhig da, die Augen geschlossen, und bereitet sich auf den irgendwie angenehmen Windstoß vor, der einen vorbeifahrenden Zug begleitet. Er nimmt einen tiefen Atemzug und riecht die Lavendelbüsche und die Kühle des matschigen Delawares. Seine rechte Hand kriecht zu seinem Herzen und ruht dort auf der Brusttasche seines Sakkos, wo die Beständigkeit des alten Stifts seiner Mutter ihm wie so oft eine befriedigende Beruhigung verschafft, wie das Wunder ihrer mehligen Hand auf seiner an einem der sonnigen Nachmittage in einer längst vergangenen Küche. Doch heute findet er keine Beständigkeit. Er tastet sich von außen ab und sucht dann, in einer Verrenkung seines Arms, in den Taschen. Die Limousine kommt ihm in den Sinn, der Autor, der sein Buch signiert und den Stift vermutlich eingesteckt hat – wie ein Stofftaschentuch auf einer Beerdigung. Weniger fühlt etwas in der Ecke der Tasche und sagt »Ahhh!« – doch es ist bloß eine Pistazie. Seine Finger beenden die Suche. Es ist nichts weiter da.

*HAAAAAAAAAAR!*

Weniger wirft die Nuss in die Wirren des vorbeifahrenden Zugs, dann bricht er an der Backsteinwand zusammen. Er legt die Hand auf seine Stirn, während der Zug vorbeirattert. Er schnappt nach Luft. Der vorbeifahrende Zug zieht einen kleinen Tornado mit sich und lässt die Blätter in Spiralen um ihn tanzen, wirbelt das Sakko seines Vaters auf und lässt seine Haare, die er heute Morgen so sorgsam zurechtgelegt hat, nach hinten wehen und die rosafarbene Unschuld seiner Kopfhaut enthüllen. Seine Augen sind mit Tränen gefüllt. Er atmet heftig schluchzend. Sein Körper fängt an, unkontrolliert zu zittern; das Vermächtnis seiner Familie trifft nun auch ihn. Die Geräusche drängen wie eine Sturzflut auf ihn ein. Seine Augen sind geschlossen, der Rücken zur Wand.

»Freddy, ich …« Er ringt nach Luft. »Ich habe mich zum Narren gemacht!«

Ich bin um die Welt gereist, um Weniger zurückzugewinnen, und an dem Tag, als er mich fand, saß ich am oberen

Treppenabsatz auf meinem Gepäck, lächelte ihn an und weinte vor Freude. Und voll der Freude und der Frische einer neuen Liebe waren auch die Tage in der Hütte. Tagelang haben wir gelesen und geschlafen und gearbeitet und uns im Schatten einer Trompetenranke geliebt. Es war schön, so zu leben, doch fühlte es sich für Weniger vielleicht zu schön an? Nicht zu überleben, sollte es je enden? Eines Morgens fand ich ihn, wie er im Badezimmer weinte. Geht es dir gut?, fragte ich. Was ist los? Er schüttelte seinen Kopf, hielt die Augen geschlossen und sagte, dass ihn die Menschen immer verließen. Er wischte sich die Tränen weg, doch er konnte mir nicht ins Gesicht sehen. »Also wenn du vorhast, mich zu verlassen, Freddy«, flüsterte er mir zitternd zu, »mach es bitte bald.«

*HAAAAAaaaaaaaar!*

In seinem Gesicht sah ich die Jahre der Verzweiflung und sagte zu meinem Liebsten: »Wovon redest du da? Ich werde dich nicht verlassen!«

Als der Zug in der Ferne verschwindet, legt sich auch der Wind und Arthur Weniger tritt von der Wand weg. Er sieht dem Zug nach, der längst verschwunden ist. Sein Gesicht noch feucht von den Tränen sucht er nach einem Kleenex und fühlt in der Seitentasche etwas Kühles, Zylindriges. Er holt den Stift hervor und erschaudert.

Das Schwert im Stein.

Neben dem Fahrplan der Bahnstation Wilmington ist ein altes Telefonhäuschen (allerdings fehlt das Telefon), und Weniger betritt das Prisma, um sich dem aufkommenden Sturm zu entziehen.

*Triff falsche Entscheidungen, großartig! Das ist großartig! Aber triff sie.*

Er recherchiert und telefoniert herum und endlich erreicht er ein Hotel in Maine:

»Jungchen, du sprichst mit der Ältesten Lebenden Walfängerwitwe!«

Wir kehren zu unserem Erzähler zurück, der bereits unterwegs ist –

Hatte ich das nicht erwähnt? Die Geschichte hat sich selbst weitergeschrieben, während Sie weg waren ...

Leider Gottes wirst du mich nicht in der PENSION ZUR ÄLTESTEN LEBENDEN WALFÄNGERWITWE finden, mein *Walloon*. Ich sagte ihr und Captain Nicholson und all den Papageientauchern auf Valonica Lebewohl und nahm den Bus runter nach Boston, wo ich mir ein Zugticket für die Fahrt buchte, die ich dich immer angefleht hatte, mit mir zu machen. Was soll ein verliebter Mann sonst tun? Während du dir in Wilmington den Wind um die Ohren blasen lässt, habe ich es bis nach Chicago geschafft, wo sich die Dächer der Firmenhochhäuser über die Wolken aus Würstchendampf erheben, und ich warte auf den Anschlusszug meiner eigenen Reise quer durch das Land.

Der Erste war der Lake Shore Limited. Ich gönnte mir ein Schlafwagenabteil, ein so genanntes »Roomette«, und ich ging davon aus, dass ich es mir in europäischer Manier mit einer fremden Person würde teilen müssen. Doch es kam anders, US-Amerikaner sind nicht an Mitbewohnerkomödien interessiert. Komisch, aber ich war erleichtert. In mir spürte ich eine Art Amerikanismus aufkeimen. Ich versuchte, ihn im Bordrestaurant mit Whiskey zu ertränken (gegen *Penthos* und *Kholon*), dann fiel ich in einen traumlosen Schlaf, während der Zug einmal komplett durch Ohio und Indiana fuhr, wodurch sie für mich als reine und jugendliche Schwärmereien zurückbleiben werden, so ausgefallen und verlockend, als würde ich ihre Namen zum ersten Mal auf der Karte lesen: Elkhart und Waterloo, Sandusky und Elyria. Als ich aufwachte, sah ich durch das Fenster: den Super-Bibermond. Die Stimme des Zugführers kündigte es durch die Lautsprecher an: »Eerie ... Eerie ...«

Ach, Arthur Weniger. Kein Grund, anzurufen, denn dir wird ja doch nur Captain Nicholson antworten können. Außerdem braucht es weit mehr als einen Anruf. Ich will irgendeine große Geste, wie die antiken Läufer, die als Beweis dafür, dass sie es auf die Berge und wieder hinunter geschafft hatten, in ihren Händen Schnee mitbrachten. Ich möchte Schnee in deinen Händen. Ich möchte, dass du für mich stark bist, egal, welcher Tag ist. Ich möchte, dass du fragst: War es das wert, Freddy? Ich weiß noch nicht, was ich antworten werde.

Vielleicht werden wir zwei Entdecker unser Lewis-und-Clark-Gespräch führen. Was werden wir über diese zehn gemeinsamen Jahre sagen? *Ich würde mich in deiner Gesellschaft außerordentlich glücklich schätzen!*

Der nächste Zug kommt an – der Empire Builder! Ich steige ein und finde mein nächstes Roomette, das Klappbett noch in der Inkarnation einer Couch. Während ich meine Tasche verstaue und mich auf meinen Platz setze, und der Empire Builder auf seinem Weg nach Westen Dampf macht (wie man so schön sagt), ist es sehr wahrscheinlich, dass Weniger bereits mit Adele spricht, die ihn darüber informiert, dass ich zwei Tage zuvor abgereist bin. Er fragt, warum ich herkam? Die Antwort darauf kennt sie nicht. Er fragt, warum ich ging? Die Antwort darauf kennt sie nicht.

Aber ich kenne sie:

Ich habe noch nie Amerika gesehen. Aber das möchte ich gerne, vielleicht auch, um meinen Partner besser zu verstehen – seine Liebe zu Ketchup der Kolonialzeit, Root Beer der Prohibitionsära, dem Mont-Blanc-großen Stück Eis in jedem Schluck Wasser, seine Angst über *Race* und Rassismus zu sprechen, seine Faszination mit der Insel Großbritannien und sein Desinteresse gegenüber dem Kontinent Afrika, das Verteidigen der Demokraten und der Fahrenheitskala, dem Glauben daran – obwohl die letzten Jahrhunderte das Gegenteil bewiesen haben –, dass wir die Freiheit haben, ganz wir selbst zu sein, dass wir die Freiheit haben zu lieben, wie und wen wir wollen und dass das Glück eine Handbreit entfernt ist, und wir bloß danach zu greifen brauchen.

Vielleicht. Aber auch – um mich selbst zu verstehen. Stellen Sie sich vor, jeden Tag neben einer Person aufzuwachen, die einem ein Wunder verspricht, und jeden Tag glaubt man es und jeden Tag passiert aufs Neue nichts. Schauen wir nicht alle unsere Liebsten manchmal an und denken: *Warum bleibe ich?* Warum bleiben wir? Bleiben ist etwas Entschiedenes, auch wenn die Antwort noch immer in ihrem Versteck kauert. Ich will sie ans Licht locken.

(Studierst du jetzt die Fahrpläne, mein Schatz? Suchst du bei einer Autovermietung nach einem Mietwagen oder schaust du nach Flügen Richtung Eerie, St. Cloud, Wishram, Redding?)

Von Chicago aus durchquere ich den großen Mittleren Westen. Die Nacht bricht über den eisigen Seen von Minnesota an. Ich wache einmal auf, um die Zugtoiletten aufzusuchen und während ich draußen auf die Person im WC warte (alles, was ich sehen kann, ist der Rücken eines Drachenkimonos), schaue ich zufällig aus dem Fenster. Dort, in der Dämmerung, liegt ein schmaler, glänzender Streifen Wasser, der wie eine Gitarrensaite mit den Bewegungen unsichtbarer Vögel vibriert, dann plötzlich abgelöst wird von den schwachen Umrissen eines Hauses mit nur einem beleuchteten Fenster, ein Diamant, durch den ich deutlich einen Mann in einem Overall erkennen kann, erschöpft auf seinem Stuhl, einen Hammer in der Hand – wie auf dem Einband amerikanischer Volkssagen, die mir mein Großonkel als Kind gab und die mich in meinen Träumen heimsuchten. Der Zugführer murmelt etwas durch den Lautsprecher: »Cloud ... Cloud.«

Ich erwache in North Dakota und entdecke ein Kind, das mich durch das Fenster anstarrt; ich hatte vergessen, meine Vorhänge zu schließen. Wir sind in Minot und offensichtlich hat es geschneit. Das Kind wirft mir einen skeptischen Blick zu und geht weiter, wodurch sich ein Bahnhof offenbart, der voller Gepäck und Menschen ist, so dass man fast meinen könnte, wir seien nach Budapest gereist, und eine lange, sich windende Schlange aus Dampf erweckt den Anschein, wir seien auch in der Zeit gereist. Der Zugbegleiter, der an meine Tür klopft und mir Kaffee anbietet, hat sogar einen Akzent. In diesem Moment fühle ich mich vollends beglückt (der Dampf enthüllt seinen Urheber: einen Hot-Dog-Stand).

Als wir das Vanille-glasierte North Dakota durchqueren, denke ich an Arthur Weniger.

(Hast du einen Anruf von Hallo-ich-habe-Peter-Hunt-in-der-Leitung-bitte-warten-Sie bekommen? Hast du die

Morgenzeitung gesehen? Hast du die Neuigkeit schon erfahren?)

Ich brauche keinen Ring. Ich habe die Ehe schon einmal ausprobiert, wie viele wissen. Lassen Sie mich noch einmal klarstellen, dass Tom Dennis ein guter, anständiger Mann war, der mich liebevoll behandelte, und als ich ihn darum bat, ließ er mich gehen. Ich glaube, dass er mich wirklich geliebt hat. Aber mein Verlobter war kein einfacher Zeitgenosse. Er ließ Gläser auf Holztischen stehen (auf Holztischen, liebe Leser!) und er ließ Socken und Bonbonpapier liegen, wann immer sie nicht mehr von unmittelbarem Nutzen waren. Er wurde zu einem dieser Menschen am Strand, die davon ausgehen, dass ihr Müll mit der Flut verschwinden wird. Allein deswegen hätte ich wissen müssen, dass meine Beziehung in Schwierigkeiten steckte. Aber ich wusste auch, dass alle Paare diese Streitigkeiten erlebten, und ich ging davon aus, dass sie kein Hindernis für die Liebe waren, sondern lediglich ihr holpriger Weg. Stellen Sie sich meine Überraschung vor, als ich (Tom Dennis bloß noch entfernt im Rückspiegel zu erkennen) zu Weniger in die Hütte zog und dieser neue Mitbewohner die gleichen Tendenzen aufzeigte – Socken auf dem Boden, Unterwäsche hinter der Badezimmertür, schmutziges Geschirr – und, liebe Leser, es machte mir nichts aus! Ich erinnere mich noch, wie ich das Bett machte und unter seinem Kopfkissen eine Unmenge an Taschentüchern fand (damit er sich am Morgen seine Nase schnäuzen konnte), die sich pilzartig darunter ausgebreitet zu haben schienen, und nicht von Wut, sondern von ... Zärtlichkeit erfüllt war! Mit Tom Dennis waren es Aufgaben gewesen, die ich bereit war zu erledigen. Mit Weniger – machte es mir absolut nichts aus.

Ich starrte diese Taschentücher vollkommen verblüfft an. Es machte mir absolut nichts aus. Der große Unterschied ist, liebe Leser, dass ich ihn liebe. Wie soll ich das erklären? Er ist weiß Gott nicht der Beste.

Er ist nicht der Beste.

Aber der Beste, den ich je hatte.

Von North Dakota aus gleiten wir durch Montana. Nach Tagen der Ebenerdigkeit (stundenlang so gleichförmig, dass wir uns nicht zu bewegen scheinen), fühlt sich das Herannahen der Berge so beängstigend an wie Frankensteins Kreatur, die sich auf eine Einsiedlerhütte zubewegt. Die schneebedeckten, im Blutbad des Sonnenuntergangs gefärbten Gipfel erheben sich mit dem Glanz von Filmstars aus der Ebene, und es ist ein unglaubliches Gefühl zu begreifen, dass wir das samtene Seil der Gebirgsausläufer hinter uns gelassen haben und in ihre Gegenwart geführt werden; ich bin beeindruckt. Rosa- und türkisfarbene Felsen und Steilhänge ziehen an mir vorbei, Facetten von Eis. Eine allgemeine Bläue stellt sich ein, aber selbst in der Dämmerung leuchten die Gletscher in gehorteter Pracht.

Der Zugführer sagt: »Wishram, Wishram.«

Wir erreichen Portland am Morgen, und der Anschluss an die letzte Etappe meiner Reise – die Coast Starlight – verläuft reibungslos. Sie bringt mich in mein letztes Roomette, das bis auf kleinere Unterschiede in Haken und Schlössern mit den vorhergehenden identisch ist. Irgendwo im Norden: Cape Alava, wo die letzten Sonnenstrahlen des Tages amerikanischen Boden berühren. Mein Ziel ist San Francisco, und während wir Richtung Süden ruckeln, beobachte ich, wie die Sonne über Chemult, Oregon, untergeht. Einer der vielen Orte, von denen ich nie gedacht hätte, dass ich sie einmal sehen würde, oder vielmehr: über die ich vorher nie nachgedacht habe. Er ist nur dürftig mit Schnee bedeckt. Ich komme gerade rechtzeitig in den Speisewagen, um von einer Keilerei in Klamath Falls zu hören.

»Jemand hat versucht, auf den Zug aufzuspringen!«, sagt eine rothaarige Frau um die dreißig, die einen Kimono trägt. Ihre Haare sind oben lang und an den Seiten rasiert und grün gefärbt; ihr ebenfalls grüner Kimono enthüllt eine Reihe an Tattoos (allerdings nicht in voller Größe). Sie isst von einem Block Käse. Ich frage sie, ob sie in Richtung San Francisco unterwegs ist, und sie klärt mich darüber auf, dass sie zurück zu ihrem Freund will. »Ich habe die falsche Entscheidung getroffen«, sagt sie und schaut dabei auf ihren Käse. »Ich hoffe, er kann mir vergeben.« Wie sie ihn beschreibt? Ein tätowierter, taiwanesischer Phlebologe. »Und du?«

Ich sage ihr, dass ich auf ein Zeichen warte.

Sie runzelt die Stirn und bietet mir etwas von ihrem Käse an. Ich denke an einen Soziologen in der Kälte einer Veranda in Maine und lehne ab. Ich bemerke, wie ich denke: *Ich kann ohne Käse leben.* Wir verschwinden vor den verschneiten Bergen in der Dunkelheit, und im Schein der Lampe liest sie die Meldung über einen Literaturpreis für eine außerordentliche schriftstellerische Karriere vor. Ich erzähle ihr, dass ich den Mann kenne.

Und nun muss ich von einer merkwürdigen Entwicklung berichten, die ein Muster zu bilden begann, das ich schon früher hätte bemerken müssen, wäre ich von dieser Ankündigung nicht so schockiert gewesen.

Rabatz in Redding, jenseits der kalifornischen Grenze: Während unseres kurzen Zwischenhalts am Morgen sehe ich, wie ein leuchtend roter Mietwagen auf dem Bahnhofsparkplatz mit den Reifen quietscht. Ich ziehe aus Vorsicht meine Vorhänge zu, als tatsächlich irgendein Bandit versucht, den Zug ohne Fahrschein zu betreten, und ein beherzter Zugbegleiter sein Vorhaben direkt vor meinem Fenster vereitelt. Ich beobachte den Kampf in einer Art Schattenspiel, bis sich ihre Umrisse nach Norden verschieben und unser Zug entlang des Sacramento Rivers weiter Richtung Süden rumpelt.

Im Morgenlicht tauchen Bergsilhouetten auf, dann kommen allmählich Kiefern zum Vorschein, die sie wie Federn bedecken, und in Chico, gerade als wir den Bahnhof verlassen wollen, versucht derselbe entschlossene Jesse James aus Redding erneut einzusteigen, diesmal zu spät, um noch den Schaffner zu bestechen, und durch komplexe Spiegelungen kann ich gerade noch eine Filmtrope erkennen: einen Mann, der einem Bremserwagen nachläuft. Zu seinem Pech haben moderne Züge keine Bremserwagen. Ich nehme an, dass er hustend im Staub zurückbleibt.

Bedrängt von Fluss und Felsen, verlaufen die Schienen von hier bis nach Sacramento neben dem Highway. Ich bin mir mittlerweile sicher, dass derselbe leuchtend rote Wagen mit uns Schritt hält. An einer Stelle kommt er uns so nah, dass ich fast den Fahrer erkennen kann, doch die Straße zieht zur Seite und sicher habe ich einfach die Autos miteinander verwechselt. Mir kommt in den Sinn, dass wir uns einem Piratenort am American River und dem Hotel D'Amour nähern. Doch dann geraten wir etwas unerwartet in eine Nebelbank; die Starlight schwebt über eine Gegend, die von Weiß eingehüllt ist. Nicht wie Schnee, nicht wie etwas, das fällt oder sich bewegt, nicht greifbar oder offensichtlich – mehr eine Blindheit, ein Schweigen über der Welt. So muss es sich anfühlen, wenn die Toten unsere Welt heimsuchen, denn jetzt ist es die Starlight, die durch das Herrschaftsgebiet der Geister schwebt. Welche Geister? Aleuten und Delaware, Spanische und Navajo, Französisch, Hopi, Wampanoag, Niederländisch … und Wallonisch.

Halt – Ich sehe etwas und bevor ich es auch benennen kann, sehe ich es, Steuerbord, jenseitig in den Wolken schweben: eine Erscheinung. Warum, wie die Dichterin sagt, dieses süße Gefühl der Freude? In der Ferne, auf mittlerer Distanz schwebend, ein unvollendetes Werk auf der Leinwand, dreht er sich um und sieht auch mich:

Ein Elch.

Durch das Nichts starren wir einander an. Dann ist er weg.

Der Zug wird langsamer. Der leuchtend rote Wagen zieht die Geschwindigkeit an und rast voraus, wirft dreidimensionale Schatten in den Nebel und verschwindet.

Ach, Nebel der Einsamkeit, ach, mystischer Elch der Liebe, ach, Arthur Weniger.

Mein Roomette ruckelt, als wir in Martinez einfahren, auf dessen Parkplatz der leuchtend rote Wagen ein Zuhause gefunden hat. Der Fluss breitet sich vor uns aus, und der Nebel lichtet sich, und auf einer Bank hat jemand ein Schild gemalt mit der Aufschrift: WILLKOMMEN IM MILDEN, MILDEN WESTEN. Noch ein Ruckeln und wir bewegen uns weiter in Richtung San Francisco.

Dann klopft es an der Tür.

Wir könnten eine Zeitmaschine erfinden, mein *Walloon*, und zurückgehen und uns nie füreinander entscheiden. Wir könnten noch weiter zurückgehen und es mit allem, was wir jetzt wissen, noch einmal versuchen, versuchen, zusammen jung und verliebt zu sein, so wie es kaum jemand sein darf. Jung und dumm und glücklich. Aber ich habe eine einfachere Lösung: Nimm einfach die ganz gewöhnliche Zeitmaschine. Und versuch, alt zu werden. Alt und dumm und glücklich.

Noch ein Klopfen. Hinter der Tür ruft jemand:

»Leiter runter! Leiter runter!«

Ich schaue ein letztes Mal auf die nebeldurchzogene Landschaft, dann stehe ich auf, öffne die Tür und frage mich, welcher Wanderer dort vor mir steht, mit einem von Sorgen gezeichneten Gesicht, das von einem hoffnungsvollen Lächeln verzogen ist, und dem leuchtende Nelken von seinen blassen Wangen blühen; welcher Preisträger quer durch Amerika gereist ist, um sich für mich zu entscheiden, und vor Erleichterung keucht, als er mein Gesicht sieht …

Nun, liebe Leser, die Antwort auf diese Frage überlasse ich einfach Ihnen.